Schottland, der Schotte und ich.

Bester Urlaubsroman aller Zeiten!

A.S. Love

A. S. Love
c/o Werneburg Internet Marketing und Publikations-Service
Philipp-Kühner-Straße 2
99817 Eisenach

ASLoveautorin@gmail.com

ISBN: 9798757706788

1. Auflage
Umschlaggestaltung, Illustration: Canva & A.S. Love

VORWORT

Ich weiß nicht, wie alt Du bist, liebe Leserin und lieber Leser, doch ich bin so alt, dass ich mich an die Urlaubslektüre meiner Mutter aus den 90ern erinnern kann. Meine Mom verschlang massenweiße Geschichten über Mittelmeerkreuzfahrten und Inseln, auf denen ein heißblütiger Grieche (manchmal auch ein Italiener) die unglücklich getrennte Hauptfigur um den Verstand vög* … Verzeihung … liebte.

Die Romane waren nach dem gleichen Muster gestrickt und schlossen nach einigen Turbulenzen und Missverständnissen mit einem Happy End ab.

Vor Kurzem hielt ich solch ein Urlaubsbuch in der Hand. Das Deckblatt war weg – wahrscheinlich ist es am Strand verblieben –, die Seiten waren vergilbt und der

Inhalt las sich recht peinlich. Meine Mutter wollte das Büchlein partout nicht wegwerfen. Sie erinnerte sich und mochte noch immer die Geschichte über den Griechen Alexandros, der die Deutsche Susana an einem stürmischen Abend aus dem Meer rettete. Es weckte bei ihr schöne Erinnerungen an noch schönere Zeiten.

Die Geschichte gefiel ihr so sehr, dass sie sie auf dem Sofa nach zwanzig Jahren noch einmal las. Banale Literatur für banale Abende, doch wer bin ich, um das zu verurteilen? Meine Generation hat ihre eigenen Alexandros, Costas und wie sie auch immer hießen. Sie hören lediglich auf andere Namen, die da wären:

Ian, Logan, Liam, Jamie, Connor und Hamish.

Aus den einst heißblütigen, emotional überforderten Griechen wurden muskelbepackte, unterkühlte Schottenboys, die sich nichts sehnlicher wünschen, als eine orientierungslose Deutsche oder Londonerin endlich den betrügerischen Ex-Freund vergessen zu lassen. Und wenn es nicht Schotten und Schottland sind, dann sind es Iren und Irland, denen die deutsche Leseratte meines Alters lustvoll im Gedanken hinterher stöhnt.

Was ich mich dabei frage:

Wo sind die sexy Griechen und Italiener unserer Mütter hin?

Braucht die keiner? Will niemand mehr mit seiner Buchheldin am Strand liegen und sich von einem heißen Barkeeper mit dem klangvollen Namen Maximos den Rücken eincremen lassen, um nicht unter der gnadenlosen Sonne Griechenlands den Sonnenbrand seines Lebens zu bekommen? Interessiert sich keiner für das Mittelmeer? Sind alle Augen gegen Norden gerichtet, hoffnungsvoll ausschauhaltend nach großen, arisch-keltischen Kiltträgern mit Clananhang?

Solche Fragen gingen mir durch den Kopf, als ich in dem abgegriffenen, coverlosen Urlaubsbuch meiner Mutter blätterte – das wohlbemerkt nach all der Zeit noch immer nach Sonnencreme roch. Zwischen den Seiten fand sich Vertrautes, das man selbst 2021 in Frauenliteratur wiederfindet:

Frustrierte Frauen aus Deutschland, die ihren Glauben an die Liebe verloren haben und mit ihrer Freundin oder Schwester einfach mal Urlaub machen wollen (das Wort *Neuanfang* oder *Insel* kommt sehr häufig vor, besonders im Klappentext), enttäuschte und unterkühlte (emotional unausgeglichene) Männer, die nicht glauben wollen, dass sie jemals wieder so intensiv Lieben konnten, nachdem man ihnen so übel mitgespielt hatte. Unterfüttert wird das schnulzige Gemisch mit geerbten Häusern, Cocktails, langen Nächten unter Sternenhimmel, bösartigen Nebenbuhlerinnen und eine Menge Sex an exotischen Orten wie … wie Hotelzimmer. Und Strand.

Hotelzimmer und Strand.

So viel hat sich in den letzten 20 Jahren wahrlich nicht getan. Belletristik für Frauen, so scheint es mir, muss in den 50er Jahren des letzten Jahrhunderts in den Stein gemeißelt worden sein.

Meine Mutter maulte mich vom Sofa aus an – ich habe es natürlich gewagt, ihre Leselektüre feministisch zu kommentieren –, dass ich ihr doch ihre "Träumerei" lassen sollte. Wenn sie Spaß empfindet, dann ist es ein gutes Buch, egal was ich dazu sage. Ich, so ihr Gegenvorwurf an mich, "schreibe" ja nur Bücher. Das bedeutet nicht gleich, dass ich etwas davon verstehe.

Und recht hat sie.

Es grüßt,

A.S. Love

DIE BEGEGNUNG

Berlin

Das Marmeladen-Paradoxon hatte mich eingeholt. Im Edeka. Der Humor des Universums war an Zynismus nicht zu überbieten. Vor meinem inneren Auge sah ich bereits die imaginäre Schlagzeile:

Data-Analystin von Marmelade in die Knie gezwungen!

Apfel-Zimt, Himbeer-Ananas, Kirsch-Marzipan, Rhabarber-Himbeere …

Hilfe! Zu viel Marmelade!

Der Auswahl-Überfluss traf mich mit voller Wucht und minderte meine Kauffreudigkeit um 38 %. Ich nahm Marille – Pfirsich in die Hand, philosophierte darüber, ob mir das schmecken würde und stellte das Glas zurück.

Warum tat Lena mir das nur an? Warum durfte ich nicht einfach Brötchen zum Frühstück mitbringen?

Warum musste ausgerechnet ich Marmelade kaufen gehen? Meine Unentschlossenheit verwandelte jeden Einkauf zu einer Tortur.

Bevor ich an der Aufgabe scheiterte und mich zum Gespött des Tages machte, beschloss ich, tief durchzuatmen und mich an einer Entscheidungstaktik zu versuchen, die ich Klienten und Konsumenten gleichermaßen ans Herz legen würde.

Ich teilte das Marmeladenregal in Gruppen auf. In jeder Gruppe befanden sich fünf Sorten nebeneinander. Aus den fünf Sorten suchte ich mir eine Sorte aus, die ich haben wollte und stellte das Glas auf den Kopf. Bei 45 Sorten Marmelade verblieben mir nur noch neun.

Eine alte Dame lief an mir vorbei. Sie warf mir einen schrägen Blick zu, als ich die neun Marmeladengläser auf den Kopf stellte.

»Ich versuche der *Tyrannei der Auswahl* habhaft zu werden«, klärte ich sie auf. Sie durfte nicht denken, dass ich komisch war. War ich nicht. Ich handelte überaus rational.

Die Alte sagte nichts, drehte ihren Kopf weg und suchte nach einem Tee. Sie verstand mein Problem nicht, weil sie ahnungslos von den Dingen um sich herum war. Die Glückliche. In all den Jahren des Konsums hatte sie sich ihre kindliche Naivität bewahren können. Ich beneidete sie darum.

Neun Sorten verblieben mir.

Auch diese Sorten teilte ich in drei Gruppen mit jeweils drei Gläsern. Ich suchte mir nach einem langen hin und her die sympathischsten drei heraus.

Feigen - Rotwein – Honig, Himbeere – Vanille, Marille – Aperol.

Unentschlossen hielt ich die Gläser in meiner Hand und blickte von einem Etikett zum nächsten. Mittlerweile war ich dermaßen gestresst, dass mein Appetit auf ein Rekordtief sank. Die große Auswahl hatte mich entscheidungsunfähig gemacht. Ein schrecklicher Zustand, den Konsumenten nicht ausgesetzt werden durften. Würde man mich um meine Meinung fragen und mich fürstlich für diese entlohnen, ich würde Edeka dazu raten sich lediglich sechs, höchstens acht, Sorten in die Regale zu stellen und so die Kauffreudigkeit, um bis zu 40% zu steigern. Aber man fragte mich nicht, also behielt ich es für mich. Andere mussten mir für Manipulations-Strategien viel Kohle zahlen.

Meine Kauffreudigkeit befand sich mittlerweile bei 0,34%. Ginge es nach mir, ich würde keine Marmelade mehr kaufen. Aber ich sollte Marmelade besorgen, hatte Lena gesagt, also musste ich mich entscheiden.

Hm.

Ich legte alle drei Sorten in den Einkaufswagen. Dann gab es halt pro Person ein Marmeladenglas.

¥

An der Kasse kamen mir die Zweifel. Waren das gute Sorten? Mochte Lena Himbeeren, Feigen oder Marillen? Wenn sie Marmelade aß, dann immer Erdbeere. Und Alex aß nichts Süßes.

Für eine Rückkehr zum Regal war es zu spät. Ich war eingekeilt zwischen einem jungen Paar und der alten Dame von vorhin. Sollte ich zwei Gläser einfach neben der Kasse liegen lassen?

Das war eine gute Idee!

Ich griff nach Feigen - Rotwein – Honig und Himbeere – Vanille und spürte den Blick der Alten hinter mir. Sie würde nach deutscher Manier die Nase rümpfen, wenn ich Zweidrittel meines Einkaufs zwischen Kinderüberraschungseier und Feuerzeug liegen ließe. Außerdem würde sie spätestens dann wissen, dass ich an meiner Auswahltaktik gescheitert war. Die Blöße wollte ich mir nicht geben.

Frustriert ließ ich die Gläser auf dem Band liegen und zahlte. Die Marmelade rieb in meinem Beutel aneinander und fühlte sich unnötig schwer an. Mein Kauferlebnis war geprägt von Frustration und Reue. Wer auch immer sich das mit den vielen Sorten ausgedacht hatte, handelte sicher nicht im Sinne von –

»Tony?«, hörte ich jemanden rufen, sobald ich aus der Glasschiebetür trat. Ich blickte nach rechts und stutzte.

»Michel? Bist du es?«

»Antonia! Ich kann es nicht fassen. Ich habe gerade an dich gedacht. Wirklich!«

Michel umarmte mich mit einem strahlenden Lächeln. Er schien sich aufrichtig darüber zu freuen, mich zu sehen. Das wunderte mich. Nach unserer letzten Begegnung wollte er mich für immer vergessen und wünschte mir eine unschöne Geschlechtskrankheit an den Hals.

Ich erwiderte seine feste Umarmung zaghaft.

»Was machst du denn in Berlin?«

»Business. Meinen Schwiegerpapa vertreten. Ich bin einen Tag da und hab mir vor einer Minute gewünscht, dir zu begegnen. Und siehe da, auf einmal kommst du durch die Tür und siehst auch noch so aus wie vor fünf Jahren. Das ist verrückt! Kannst du das glauben?«

Ich konnte es nicht glauben und wurde misstrauisch. Warum war er so nett?

Noch immer strahlend, als hätte er in Lotto gewonnen, löste sich Michel von mir und schüttelte den Kopf über sein unfassbares Glück. Erst jetzt realisierte ich seinen teuren Anzug, der ihm ausgestanden stand, und dass er schlank war, wie ich ihn so noch nie zu Gesicht bekommen habe.

Und die Haare! Seine ehemals lange, blonde Mähne war kurz! Unwillkürlich fuhr ich ihm über den Kopf.

»Was ist denn mit dir passiert?«, rief ich. Michel sah gut, gesund, glücklich und völlig zufrieden mit sich und der Welt aus.

»Joggen«, kommentierte er meinen staunenden Blick und legte sich stolz eine Hand auf den Bauch. »Jeden Morgen. Auch bei Regen und Schnee. Und ich habe geheiratet.«

Zu Verdeutlichung hielt er seine Hand hoch und zeigte auf den goldenen, schlichten Ring. »Vor drei Jahren. Bin auch noch seit einem Jahr Papa von dem bezauberndsten Geschöpf auf diesem Planeten. Komm her, lass die Leute vorbei. Du musst dir die Bilder ansehen.«

Er packte mich am Ellbogen und schob mich von der Edeka-Tür weg, während er in seiner Hose nach dem Handy suchte.

Ehe ich mich versehen konnte, hielt ich das neuste IPhone in der Hand – Michel und ein Smartphone? –, und sah mir Babyfotos eines Mädchens an, das sich an einen braunen Labrador schmiegte.

»Das ist Leonie, ist sie nicht zauberhaft? Zum Glück kommt sie nach ihrer hübschen Mama. Und das ist T-Rex, den haben wir schon drei Jahre. Vom

Schwiegervater zur Hochzeit bekommen. Ah, ja, das ist Greta. Mein Herz.«

»Wie? Was? Wo?« Das waren so viele Bilder, ich kam nicht hinterher. »Ist das dein Kind? Deins?«

Michel lachte. Voller Lebensfreude und Glück. Schon wieder!

»Ich kann es selbst kaum fassen. Schau dir Greta an. Kannst du dir vorstellen, dass mich so eine Frau zum Mann nimmt?« Er zeigte mir das Bild einer durchschnittlich gebauten, leicht pausbäckigen Frau, die glücklich in die Kamera lachte. An ihr war nichts Besonderes, doch Michel blickte sie an, als hätte er Heidi Klum vor sich. »Kannst du natürlich nicht. Du wolltest mich schließlich nicht.«

Er sagte das ohne Vorwurf oder Trotz. Als wäre das, was zwischen uns vorgefallen war, nichts weiter als ein Missverständnis gewesen.

»Ich … ich …«, stotterte ich überrumpelt. »Also, so einfach …«

»Mach dir kein Stress, Tony.« Michel klopfte mir wie einem alten Kumpel auf die Schulter. »Das war gut so. Die Abfuhr habe ich gebraucht. Ich bin sogar sehr froh darüber, dass du mich zum Teufel jagtest. Ohne dich hätte ich weder meine Leo, meine Greta noch T-Rex. Schau mal, das ist der erste Geburtstag. Sie hat Gretchen Essen ins Haar geschmiert. Ist sie nicht goldig? Kannst du dir vorstellen, dass das mein Kind ist? Ich kanns nicht!«

Ich auch nicht. Vor fünf Jahren sah Michel noch aus, als würde er in einer mittelmäßigen Metal-Band spielen – was er auch getan hatte – und zu viel Bier trinken – was er ebenfalls zu genüge getan hatte – und nichts auf die

Reihe bekommen. Und jetzt, im Anzug und mit dem sauberen Haarschnitt, könnte der Mann mir Versicherungen andrehen, die ich nicht brauchte.

»Zum Glück hast du mir den Laufpass gegeben!«

Es folgte eine weitere feste Umarmung. Michel meinte das ernst.

Er war glücklich!

Er war, nach meiner Abfuhr, glücklich.

Paralysiert starrte ich über seine Schulter auf die Straße, während er mich an sich drückte und mir vollmündig dankte.

»Meine Manieren!«, rief er schließlich, schob mich von sich und sah mich neugierig an. »Ich rede die ganze Zeit über mich. Wie ist es dir ergangen? Besuchst du deine Schwester in Berlin? Wie ist die Weltreise? Wo warst du schon alles?«

Nirgends.

Ich war seit unserer Trennung nirgends gewesen, dabei hatte ich ihm vorgehalten, dass ich auf Grund seiner Trägheit nie verreisen konnte, weil er jeden Sommer auf Deutschland-Tournee war und mich mitschleppen musste.

»Äh … ich wohne noch immer hier«, wich ich seiner Frage aus.

»Bist noch in Berlin gemeldet, wah? Kann man dir nicht verdenken. Ich vermisse es manchmal. Besonders die S-Bahn. In unserem Kaff fährt der erste Bus um acht und der letzte um fünf Uhr nachmittags. Fahr ich mit dem Auto, dann trink ich nicht mehr. Bin ja Vater. Und, wie war Kambodscha? Wolltest du da nicht als erstes hin? Erst Kambodscha, dann der Rest der Welt und als letztes Schottland?«

Keine Ahnung wie Kambodscha war, ich hatte mich nicht dazu durchringen können zu verreisen, nachdem ich ohne Rücksicht nehmen zu müssen überall hinkonnte.

»Nett«, log ich.

»Nett? Was soll das heißen "nett"? Das war sicher der Wahnsinn! Hast du Bilder?«

Gebannt blickte Michel mich an, in der Erwartung, ich würde ebenfalls mein Handy herausholen und ihm Reisebilder zeigen, die es nicht gab.

»Nicht auf dem Handy. Aber auf meinem Instagram-Account«, log ich schon wieder. »Darauf poste ich alle meine Reisen.«

»Wirklich? Bist du eine Art Reise-Influencerin? Wie heißt du?« Michel öffnete die App, bereit mich zu suchen.

»Du hast Instagram?«, rief ich. »Ich dachte, du hasst Social-Media und würdest niemals deine Daten an Zuckerberg und Co. weitergeben, damit sie auf deine Kosten noch reicher werden.«

»Ich habs mir anders überlegt. Greta ist Social-Media-Beraterin und so schlimm, wie ich glaubte, ist es auch nicht, wenn man ein paar Regeln beachtet. Also, wie heißt du denn? Und wohin geht die nächste Reise? Erzähl mir alles.«

Ich überging die Frage nach meinem Account. Abgesehen von meinem Müsli, meiner Kaffeetasse und der Palme ohne Namen hatte ich keine Bilder drauf. Wie hätte ich auch ahnen können, dass Michel seine Internetphobie überwinden würde und plötzlich auf Instagram anzutreffen war?

Ausgerechnet da!

»Schottland!«, antwortete ich, weil Schottland schon immer mein ultimatives Ziel darstellte. Dort hätte meine

Weltreise enden und mein neues Leben als Aussiedler beginnen sollen.

»Dann warst du ja schon überall«, stellte Michel fest und klopfte mir erneut auf die Schulter. »Mensch, Tony, gut für dich!«

Die 170 fuhr an mir vorbei und würde gleich halten. Ich tat so, als wäre das mein Bus und trat einen Schritt zurück.

»Ich muss los. Bin schon spät dran!«

»Schade! Ich hab jetzt auch eine Mailaddresse, nachdem ich deine nicht mehr nutzen konnte. Auf Instagram bin ich auch. Lass uns in Kontakt bleiben. Wie heißt dein Account?«

Ich machte ein Gesicht, als wäre ich im Stress und lief los, sobald der Bus anhielt und seine Doppeltür öffnete.

»TonyDonner…89«, dachte ich mir aus und verschluckte absichtlich ein paar Buchstaben. »Machs gut, Michel. War schön dich wieder zu sehen. Siehst spitze aus!«

»Danke. Grüße deine Schwester von mir!« Michel winkte mir euphorisch zu.

Sobald ich mich im Bus befand, fluchte ich und ließ mich in ein Sitz fallen. Wie hatte das nur passieren können? Michel, verheiratet, glücklich, sexy und mit einer eigenen Mailaddresse? Ich, noch immer unverheiratet, unglücklich, weniger sexy und ohne Weltreise?

Berliner Straßen zogen an mir vorüber, führten mich von meinem Ziel weg. Ich achtete nicht darauf, dafür war ich zu geschockt.

Der Tag konnte nicht schlimmer anfangen.

DRAMA

Berlin

»Ich verstehe nicht, was du die ganze Zeit gemacht hast«, beschwerte sich Lena und nahm Himbeere – Vanille in die Hand. »Du solltest doch nur über die Straße und ein Glas Marmelade kaufen. Warum hat das so lange gedauert? Und was ist das denn? Warum hast du nicht einfach Erdbeere genommen?«

»Frag nicht!«, stöhnte ich und setzte mich neben Alex an den fertig gedeckten Küchentisch.

»Frag nicht? Alex und ich verhungern elendig, weil wir nicht ohne dich anfangen wollten. Feigen - Rotwein – Honig? Ist das ein Cocktail? Tony, was war los?«

Ich nahm Lena genervt das Glas aus der Hand, schraubte es auf und hielt es ihr zum Riechen hin.

»Das ist Marmelade, was soll es sonst sein? Das nächste Mal, wenn dir nach Erdbeere ist, kannst du selbst losgehen und welche kaufen. Oder sag mir einfach, was du möchtest.«

»Hast du eine Stunde lang die drei Gläschen da eingekauft?«

Alex, der von der Diskussion gelangweilt war, nahm sich ein Brötchen und schnitt es auf. Er warf Lena einen langen Blick zu.

»Ist doch egal«, sagte er und deutete auf die Butter, die ich ihm reichen sollte. »Jetzt ist sie ja da.«

»Das ist nicht egal. Ich wollte einfach nur Marmelade. War das zu viel verlangt? Und was bekomme ich? Die neuste Lindt-Création im Glas. Außerdem war sie ewig fort und jetzt müssen wir uns mit dem Frühstück hetzen, dabei sollte der Tag heute wenigstens gemütlich —«

»Ich bin Michel über den Weg gelaufen!«, rief ich dazwischen, weil sie mit dem Meckern nicht aufhören wollte.

Lena verstummte.

»Ihm geht es gut. Sehr gut sogar«, fügte ich hinzu und schnappte mir wütend ein Brötchen. Statt es aufzuschneiden, tunkte ich ein Messer in die Marmelade und schmierte die Masse drüber. »Er ist schlank, riecht gut, hat einen guten Job, eine Frau und ein Kind. Einen Hund hat er auch noch. Einen Labrador!«

Wütend biss ich hinein und störte mich nicht daran, dass sich die Marmelade zu allen Seiten verteilte.

»Deswegen bist du so aufgebracht?« Lena setzte sich und legte mir eine Hand auf die Schulter. »Du hast ihn nicht gewollt. Ist doch gut, dass er trotzdem glücklich geworden ist.«

»Ich weiß, was ich hab. Darum geht es mir nicht. Er hat alles und ich habe nichts. Darum geht es!«

»Das ist nicht wahr. Du hast einen viel zu gut bezahlten Job, für den du fast nichts machen musst. Du hast eine tolle Wohnung und du hast —«

»Er hat sich eine Email-Adresse zugelegt und er hat Instagram. Kannst du dir das vorstellen? Als wir noch zusammen waren, hatte er sein altes Nokia auf den Balkon gelegt, sobald wir ins Bett gingen. Wegen der Strahlung. Und auf einmal hat er ein IPhone. Apple! Der Mann hasste Apple. Wir hatten uns wegen dem Handy fast ein ganzes Jahr in den Haaren und jetzt —«

»Michel, der alte Luddist, ist auf Instagram?«, unterbrach mich Alex und legte sein Brötchen auf den Teller. »Gib mal dein Handy. Das will ich sehen.«

»Benutz doch deins.«

»Geht nicht. Ich hab die App gestern gelöscht. Frisst zu viel Zeit und lenkt ab. Gib her.«

Ich rollte mit den Augen und kramte nach meinem Telefon. Während Alex Michael Möhrer auf Instagram suchte, drehte ich mich frustriert zu Lena um.

»Er hat einen Job. Einen richtigen Job. Deswegen ist er in Berlin. Und wem läuft er dabei zufällig über den Weg? Mir natürlich. Und wie sehe ich aus?« Ich deutete auf mich herunter. »Ich habe eine Jogginghose an und erwecke den Eindruck, als würde ich hauptberuflich Flaschensammeln. Rat mal, was er anhatte: Einen Anzug. Einen Anzug! Lena, ich glaub ich spinne.«

»Ich check immer noch nicht, warum du dich deswegen so aufregst. Wärst du glücklicher, wenn es ihm nicht gut ginge und er auf der Straße leben müsste?«

»Ja!«, erwiderte ich aufgebracht. »Ja, das wäre ich. Ich habe drei Jahre mit ihm den größten Scheiß durchgemacht. Er hat sich in den drei Jahren geweigert auch nur eine Sache an sich zu ändern. Kaum aber sind wir auseinander, ist er ein völlig anderer Mensch und auch noch glücklich! Was soll das denn?«

»Ich fasse es nicht. Die haben den *Bull 7 Burner Premium* im Garten stehen!« Alex blickte von meinem Handy auf. »Das Ding ist mehr als 6 000 Euro wert.«

»Was?«, fragte ich verständnislos.

»Zeig mal«, erwiderte Lena und nahm ihm das Telefon aus der Hand. »Ist das das Ungetüm, was du dir auch wünscht?«

Er nickte eifrig.

»Ihr wollt euch einen 6 000 Euro Grill in den Garten stellen? Moment, ihr habt nicht mal einen Garten.«

»Noch nicht. Morgen besichtigen wir in Haselhorst gleich zwei Häuser. Eins davon hat eine alte Scheune im Hinterhof stehen«, erwiderte Alex und erhob sich, um Lena über die Schulter zu sehen.

»Ihr meint das ernst mit dem Haus«, stellte ich zum hundertsten Mal überrascht fest.

»Sehr ernst. Schau mal, Alex, die haben sogar ein Gewächshaus. Der Michel wohnt schon schick, das muss man ihm lassen.« Lena scrollte von einem Bild zum nächsten. »Oh, ist die süß. Das muss seine Kleine sein. Die sieht aus wie er. Die Arme.«

»Was machst du da?«, rief ich, als ich erkannte, dass Lena jedes Bild mit einem Herzchen versah. »Likest du die Bilder?«

»Ja, sorry, mache ich automatisch. Keine Panik, ich mach das rückgängig.« Sie ging zurück und entlikte alles. »Kuck nicht so, Tony, ist ja nichts passiert.«

Ich nahm ihr wütend das Telefon aus der Hand und kontrollierte jedes Bild. Michel sollte bloß nicht denken, dass ich ihn auf Instagram stalke. Und noch schlimmer, er sollte nicht auf meinen Account –

»Oh nein!« Ich sah erschrocken zu Lena und Alex. »Er hat mich geadded. Oh mein Gott!«

»Was? So schnell?«

Lena glaubte mir nicht.

»Ja, so schnell! Und mein Account ist auch noch öffentlich! Ach du Scheiße! Was mache ich denn jetzt?«

»Gar nichts. Da gibt es eh nichts Spannendes zu sehen, außer ein paar Kaffeebilder und ein Foto von deinen Füßen.« Alex setzte sich wieder hin und nahm sein Brötchen in die Hand.

»Alter! Warum habt ihr seine Bilder geliked? Seht, was ihr angerichtet habt!« Wütend erhob ich mich. Hätte ich lange Haare, ich hätte sie in diesem Moment aus Frust gerauft.

Michel fing an meine Bilder mit Herzchen zu versehen und war nach wenigen Sekunden fertig, es waren ja nur sieben Stück drauf.

»Tony, du bist heute unerträglich. Nichts haben wir angerichtet. Michel hat dich auf Instagram geadded, na und? Das ist ja kein Weltuntergang.«

Lena schüttelte den Kopf über mich, nahm die angebrochene Marmelade in die Hand, schnupperte daran und legte sie wieder weg. Statt der Marmelade entschied sie sich für Nutella. Was mich noch wütender machte, weil ich wegen ihrer blöden Marmelade überhaupt erst zu

Edeka musste und deswegen Michel über den Weg gelaufen war.

»Es ist ein Weltuntergang. Er denkt, ich hätte einen Reiseblog und jetzt weiß er, dass ich ihn angeschwindelt habe.«

»Warum sollte er denken, du hättest einen Reiseblog?« Lena biss in ihr Brötchen und sah mich verwundert an.

»Weil ich ihm das erzählt habe. Das, und dass ich bald nach Schottland reisen würde.«

»War das etwa das, was du die letzte Stunde gemacht hast? Michel irgendeinen Scheiß über dich aufgetischt? Wir haben auf dich hungrig gewartet, während du …«

Ich faste mich an den Kopf und hörte Lena gar nicht mehr zu.

»Ich muss nach Schottland!«, stellte ich erschrocken fest. »Damit wenigstens eine Sache stimmt. Ich muss, sobald es geht, nach Schottland.«

»Warum?« Alex sah mich verständnislos an.

Michel kommentierte mein Füßebild mit einem Smilie. Ich legte frustriert das Handy weg. Das war mir zu viel. Wahrscheinlich lachte er über mich und meine 68 Follower. Von wegen Reise-Bloggerin, dachte er sich, und freute sich darüber, mit seiner Gisella oder Greta, oder wie auch immer sie hieß, verheiratet zu sein statt mit mir.

»Ich buche gleich morgen einen Flug«, verkündete ich und sah Lena an. »Und du kommst mit!«

Meine Schwester lachte und wischte sich Nutella von den Lippen.

»Ganz sicher nicht.«

»Doch, du kommst mit! Ich fahre nicht allein. Das sieht traurig aus, wenn ich mit meinem Rucksack ohne

Freunde durch die Highlands turne. Leni, du musst mich begleiten.«

»Das sieht doch keiner, mit wem du in Schottland bist.«

»Doch, ich werde es ja auf Instagram posten müssen.«

»Warum?«

»Hörst du mir überhaupt nicht zu? Ich habe Michel erzählt, ich wäre Reiseblogger.«

»Das war wirklich dumm von dir.«

»Nein, war es nicht. Ich habe nicht ahnen können, dass er mich auf Instagram findet und das überprüft. Dank dir, weiß er jetzt, dass ich gelogen habe. Also muss ich nach Schottland.«

Lena schüttelte den Kopf.

»Ohne mich. Ich muss mich um das Haus kümmern, das wir kaufen wollen, dann sind da noch die Hochzeitsvorbereitungen und außerdem gebe ich für Schottland kein Geld aus. Malediven, vielleicht, aber Schottland? Nee!«

»Ich fahre da nicht allein hin«, rief ich verzweifelt und setzte mich. »Und du musst. Du hast mich mit deinen Likes in die Scheiße geritten.«

»Nee! Den Schuh ziehe ich mir nicht an. Du hast dich selbst in die Scheiße geritten, indem du Michel so einen Unsinn erzählt hast.«

Ich drehte mich zu Alex um und sah ihn flehend an. Er sollte mir beistehen. Immerhin wollte er mein Schwager werden. Dafür erwartete ich Rückendeckung.

»Ich sehe das wie Lena«, sagte er unbekümmert und leckte seine Fingerkuppe an, um die Brötchenbrösel von dem Teller aufzupicken. »Wir brauchen das Geld für das Haus und die Hochzeit, wenn wir für beides kein Kredit nehmen wollen. Warum sollten wir es für eine sinnfreie Reise ausgeben —«

»Aber einen 6 000 Euro Grill kaufen, das geht?« Ich würde wütend. Die hatten mehr als genug Geld und sollten sich nicht so anstellen. Ich verlangte nicht die Welt.

»Das ist etwas anderes«, verteidigte meine Schwester ihren Verlobten. So typisch. »Von einem Grill hätten wir viele Jahre lang etwas. Eine Reise dagegen —«

» … ist ein Erlebnis fürs Leben. Wenigstens eine Woche. Für die Anfangszeit, damit ich mich an das Land gewöhne. Komm schon Leni, gib dir einen Ruck. Mir zur Liebe! Ich zahl dir auch alles.«

»Nein. Schlag dir das aus dem Kopf. Ich habe keine Zeit für so einen Unsinn.«

REISEFREUDE

Berlin, Tegel

»Ich fasse es einfach nicht, dass ich mich habe von dir dazu überreden lassen. Unglaublich«, beschwerte sich Lena und hievte ihren Backpackingrucksack auf das Band.

Kommentarlos reichte ich der Check-In-Lady mein Ticket und Reisepass und ignorierte meine Schwester, die so tat, als würde man sie aus Deutschland entführen.

»Kannst du dir vorstellen, wohin wir alles in September reisen könnten? Griechenland, auf die Kanaren, Italien. Aber nein, wir müssen nach Schottland, weil du vor Michel nicht wie eine Versagerin dastehen möchtest.«

»Wird das die ganze Reise über so gehen?«, wollte ich wissen und nahm mit einem gequälten Gesichtsausdruck meine Unterlagen entgegen.

»Ja«, erwiderte Lena knapp und machte sich auf die Suche nach dem Gate.

»Ein paar Tage auf dem *West Highland Way* und du wirst Griechenland, die Kanaren und Italien vergessen haben.«

»Ja, weil ich einen Berg heruntergestürzt bin und mir den Kopf dabei stieß.«

Ich stöhnte genervt. Wenn Lena sich die ganze Reise über so bockig gab, würde ich die Person sein müssen, die sie den Berg runterschubst.

»Warum hast du die nicht mit aufgegeben?« Sie deutete auf meine schwere Fototasche, die ich um die Schulter trug und an mich presste. Da meine Handykamera bockte, weil sie eine Macke hatte, hatte ich mich gezwungen gesehen, eine Kamera anzumieten. Unentschlossen darüber, wie viele Linsen ich brauchte, stattete ich mich mit allem, was zur Kamera gehörte, aus. So musste ich mich nicht an etwas Teures und Unnötiges binden, und konnte gleichzeitig im Urlaub das beste Equipment benutzen.

»Ich behalte das lieber bei mir. In der Tasche sind mehrere tausend Euro Technik drin.«

»So ein Aufwand für ein paar Schottlandfotos.«

»Das muss sein. Wie soll ich sonst als professionelle Reise-Bloggerin durchgehen, wenn meine Bilder aussehen, als hätte ich sie besoffen aus einem Busch heraus gemacht?«

»Gar nicht. Du bist keine und auch wenn du eine teure Kamera hast, macht dich das zu keiner.« Lena ließ sich auf einen gelben Plastikwartestuhl fallen und legte ihren Kopf in den Nacken. »Ich fasse es nicht, dass ich mich habe dazu überreden lassen!«

»Ich auch nicht!«, erwiderte ich trotzig, nahm ihr gegenüber Platz und beschloss zu schmollen. Sie konnte wenigstens etwas Vorfreude heucheln. Das war nicht zu viel verlangt.

¥

Sobald wir in Glasgow aus dem Flugzeug stiegen und die Treppe runtergingen, machte sich bei mir Urlaubsstimmung breit. Lena schnupperte neben mir heimlich an der Luft, um die Fremde in sich aufzunehmen. Abgesehen vom verbrannten Kerosin, bekam man nicht viel geboten.

Da es weit nach Mitternacht war, waren wir gezwungen ein Taxi nach *Milngavie* zu nehmen, auch wenn mich das ein Vermögen kosten würde. Ich zahlte es gern, um meine kleine Schwester bei Laune zu halten.

Glasgow bei Nacht zog an unserem Fenster vorbei. Aus dem Radio dröhnte leise Hiphop und wollte sich dem Stadtbild so gar nicht fügen. Die Stadt sah, je weiter man nach Norden fuhr, überraschend unspektakulär aus. Nur hin und wieder erwischte ich mich dabei, wie ich einem hellbeleuchteten Gebäude hinterher starrte und mir dachte, dass es recht hübsch aussah, aber mehr auch nicht.

Leni schnarchte leise auf den Rücksitz.

Neonlichter, Laternen und angeleuchtete Fassaden huschten an mir vorbei und lockten mit Abenteuer. Wer hätte gedacht, dass ich doch noch wegen Michel nach Schottland kommen würde?

Ich nicht.

Jedenfalls nicht so.

¥

Sobald das Taxi abrupt hielt, schreckte ich auf. Wie Lena musste ich von der Autofahrt eingelullt worden und eingeschlafen sein. Das Hostel lag im Dunkeln, kein Fenster beleuchtet. Die Gegend sah aus, als wäre nicht unweit die Katz gebleut.

Ich schubste Lena an, die noch immer ihr Handy in den Händen hielt. Sie hatte auf die "Gute-Nacht-Nachricht" von Alex gewartet. Ohne sein geflüstertes »Gute Nacht, Liebe meines Lebens« konnte sie nicht einschlafen. Dabei sollte sie froh sein, dass sie Urlaub von ihm hatte. Sie hockten 365 Tage im Jahr aufeinander.

»Wir sind da«, flüsterte ich. »Leni, wach auf, wir sind da.«

»Hä? Was?«

Ich überließ sie ihrer Orientierungslosigkeit und kletterte aus dem Wagen, um den Taxifahrer zu helfen, unser Gepäck aus dem Kofferraum zu holen.

Erleichtert stellte ich fest, dass im Erdgeschoss des Hostels Licht anging und kurz darauf der Vorhof bestrahlt wurde. Man hatte uns nicht vergessen. Während ich den Fahrer bezahlte, wurde die rote Tür des alten Backsteingebäudes geöffnet und ein Hipster – Vollbart, Hemd, große Brille – steckte seinen Kopf hindurch.

»*Madainn mhath*!«, grüßte er uns gelangweilt und verschwand wieder. Die Tür blieb offen.

»Was hat er gesagt?«, fragte mich Lena, die es endlich auch aus dem Auto geschafft hatte und mit ihrem Reiserucksack kämpfte.

»*Madddnii mathe?*« wiederholte ich und zuckte mit den Schultern. »Bedeutet wahrscheinlich "Hallo".«

»Sprechen die hier kein Englisch?« Lena gähnte laut.

»Natürlich sprechen die Englisch.«

»Das war kein Englisch. Ist der hier, um das Gepäck zu tragen?« Sie deutete auf einen Mann, der lässig in Jeansjacke und Jeanshose um die Ecke des Hostels bog und uns sowie unsere Sachen neugierig betrachtete. Er hatte eine gebrochene und schräg verheilte Nase und ungewöhnlich dunkle Augen für seinen doch sehr hellen Hautton.

Lena ließ erleichtert über sein Erscheinen den Rucksack fallen und betrat das Hostel. Ich ahnte jetzt schon, wie schwer ich es mit ihr auf dem Wanderweg haben werde.

Ich hievte mein Gepäck auf den Rücken, legte lediglich die Kameratasche auf Lenas Sachen und nickte ihm zur Begrüßung zu. Er erwiderte das mit einem überraschend sympathischen Lächeln. Derweil fuhr der Taxifahrer ohne ein Wort des Abschieds oder Dankes für das großzügige Trinkgeld davon.

Musste hier wohl so üblich sein.

Ich folgte Lena nach drinnen und ließ meinen Rucksack auf einen bequemen Sessel gleiten. Meine Schwester stand neben dem Broschürenständer und pickte sich willkürlich eine Broschüre nach der nächsten heraus, wohlwissend, dass sie in ein paar Tagen ungelesen im Müll landen würden. Der schottische Hipster stellte sich – von uns oder der späten Nacht gelangweilt – hinter den kleinen Tresen.

»*Fàilte!* Ist das alles, was Ihr mit euch habt?«, fragte er auf Englisch und deutete auf meinen Rucksack.

»Nein, der Page bringt den Rest rein«, erwiderte ich. Er runzelte die Stirn, dachte nach, zuckte mit der Schulter und bat uns um unsere Pässe. Ich kramte meine Sachen aus der Tasche, während Lena ungeduldig darauf wartete, dass ihr Rucksack gebracht wurde.

Was nicht passierte.

Selbst nachdem der Rezeptionist meine Daten in den Computer längst eingetragen hatte, gab es von Lenas Sachen keine Spur.

»Sieh doch einfach nach«, forderte ich sie auf. »Vielleicht hat er sich verhoben. Was hast du eigentlich in deine Tasche gepackt? Steine?«

Lena ging kommentarlos hinaus. Ich grinste den Rezeptionisten entschuldigend an. Er gab sich nicht mal die Mühe so zu tun, als würde er sich über unsere frühe Ankunft freuen.

Ich ließ das Grinsen sein.

»Sie sind weg!«, hörte ich Lena von draußen rufen. »Meine Sachen sind weg!«

Ich lief raus, stellte mich neben Leni und blickte auf die Stelle, auf der sie ihren Rucksack und ich meine Kameratasche hatte liegen lassen. Abgesehen von Asphalt und einer flachgetretenen Wiese, gab es nichts zu sehen.

»Scheiße!«, rief ich aus. »Superscheiße. Das Equipment war geliehen. Ich habe nicht mal ein einziges Foto damit gemacht.«

»Wen interessiert das? Du bist versichert! Meine ganzen Sachen waren im Rucksack. Mein Pass, mein Bargeld, Alex Schlaf-T-Shirt! Alles weg!«

Der Rezeptionist folgte uns mit einem ungeduldigen Gesichtsausdruck auf die Straße.

»Ihr habt keine Pagen, nicht wahr?«, stellte ich in seine Richtung fest.

Er schüttelte den Kopf.

»Verstehe. Dann wurden wir bestohlen. Ist eine Polizeistation in der Nähe?«

¥

Der neue Tag brach an, als wir aus der Polizeistation kamen. Lena lief vor mir her und telefonierte schluchzend mit Alex. Ihr Handy und ihre Bankkarten waren das Einzige, was sie noch ihr Eigen nennen durfte.

»… ich habe dir doch gesagt, dass das eine blöde Idee ist … ich hätte in Berlin bleiben sollen … bei dir …«

Sie versuchte zu flüstern und verdeckte ihren Mund mit den Händen, dennoch konnte ich jedes Wort hören.

»… ich hasse es hier … das ist doch kein Urlaub … Wandern … wären wir nach Griechenland, wäre das nicht passiert … ich würde viel lieber mit dir Urlaub machen …«

Ich beschloss, dass ich genug davon hatte und ließ mich zurückfallen, damit sie Alex ungestört die Ohren vollheulen konnte.

Ja, es war ärgerlich, dass ihre Sachen weg waren. Ohne Papiere kam man nicht weit, erst recht nicht in einem fremden Land. Und ja, dass ihr das gleich am ersten Tag zugestoßen war, machte es nicht besser, sondern schlimmer.

Ohne Frage, war das eine doofe Sache.

Andererseits hatte der nette schottische Polizeibeamte gesagt, dass Diebe sich das nehmen, was sie verkaufen können und den Rest an irgendeiner Straßenecke liegen lassen. Gutmöglich, dass Leni morgen schon ihre Papiere zurückbekommen würde. Bis dahin konnten wir uns Glasgow ansehen und Spaß zusammen haben.

»Ich vermisse dich so«, hörte ich Leni sagen, bevor sie auflegte, stehen blieb und sich zu mir drehte. »Alex hat dem Hostel eine Kopie meines Ausweises per Mail zugeschickt. Zum Glück habe ich alles Zuhause gescannt auf dem PC liegen.«

»Na siehst du! Alles gar nicht so schlimm.«

»Nicht so schlimm? Sag mal Tony, ist alles gut bei dir da oben? Mir wurden meine ganzen Sachen gestohlen.«

»Mir ja auch. In der Kameratasche befanden sich —«

»Wen interessiert deine Kameratasche? Dafür gibt es Versicherungen und du hast Geld. Wie aber ersetzt man Mamas Kletterschuhe? Oder das alte Schweitzer Taschenmesser von Opa?«

»Der Polizist sagte —«

»Ich weiß, was er sagte«, Leni drehte sich erbost um und lief die einsame Straße entlang, ohne auf mich zu warten. »Glasgow ist kein Dorf, glaubst du ernsthaft, die finden mein Rucksack? Sei doch nicht so naiv! Herr Gott, und du bist auch noch die ältere von uns beiden! Ich glaube das einfach nicht!«

Leni stampfte der aufgehenden Sonne entgegen und ließ mich stehen. Ich verzichtete darauf, ihr hinterherzulaufen. Was konnte ich dafür, dass sie einen diebischen Fremden für einen Pagen gehalten hatte?

Gar nichts.

Anstatt ihre Wut an mir auszulassen, sollte sie wenigstens das Abenteuer genießen, in das wir beide unverhofft hineingeworfen worden waren. In wenigen Monaten würde sie Alex heiraten und sich im Speckgürtel

Berlins in einem Haus lebendig begraben lassen. Ich bot ihr die einzige verbliebene Möglichkeit, ein letztes Mal so richtig auf den Putz zu hauen.

Sie sollte mir dankbar sein.

Ja, das sollte sie.

Ich blieb stehen und atmete ergriffen aus, als die langen Sonnenstrahlen des Sommertages mein Gesicht berührten. Sie fühlten sich willkommen warm und angenehm an. Ich schnappte mir mein Handy, platzierte mich neben einem der schnuckeligen Backsteinhäuser, die es in Großbritannien mehr als genug gab, und schoss ein Selfie. Dabei versuchte ich das Morgenlicht so gut es ging auszunutzen. Die Macke meiner Handykamera zauberte einen unerwünschten Filter auf das Bild und gab dem Ganzen einen Vintage-Look. Da ich nicht damit rechnete, dass Leni mir ihr Telefon dafür leihen würde, um bessere Bilder zu machen, nahm ich das hin und postete mein erstes Schottlandfoto auf Instagram.

Sonnenaufgangsspaziergang in Glasgow. Schottland ist traumhaft!

Schrieb ich als Bildbeschreibung, fügte ein paar Hashtags hinzu und lud es hoch. Gefolgt von einer Story mit vielen GIFs. Sollte ruhig jeder mitbekommen, dass ich außer Landes war und endlich etwas von der Welt sah.

Nimm das, Michel!

DER SCHOTTE

»Ursprünglich war das alles im 18. Jahrhundert ein Erholungsgebiet«, sagte ich und blickte von meinem Handy hoch. Vor mir türmte sich ein schickes Mausoleum nach dem nächsten. »Doch 1831 verwandelte man es in einen Friedhof für alle Konfessionen.«

»Ich glaube, es regnet gleich wieder.« Leni kniff die Augen zusammen und blickte misstrauisch hoch. »Warum genau sehen wir uns ausgerechnet an einen Regentag einen Friedhof an?«

»Das ist nicht irgendein Friedhof, dass ist die *Stadt der Toten* aka *Glasgow Necropolis*. So etwas besichtet man nicht, wenn die Sonne scheint.«

Leni warf mir einen gelangweilten Blick zu und bog nach links ein, um einen Miniatur-Tolos mit ionischen Säulen zu umrunden.

Ich zuckte mit den Schultern und hielt mein Handy hoch, um noch mehr Bilder von hübschen Gräbern zu machen. Seit gestern hatte ich drei neue Follower, die sich für meinen Reisecontent interessierten. Selbstverständlich war ich mehr als gewillt, ihnen etwas für ihre Zeit zu bieten.

Der Friedhof war überlaufen – ein Geheimtipp war er nicht – und es dauerte, bis ich ein Bild machen konnte, ohne Touristen drauf. Ein Regentropfen landete auf meinem Display. Besorgt sah ich hoch.

»Siehst du? Ich habe es dir gesagt.«

Lena war wieder da und ließ keinen Moment aus, mich ihren Unmut spüren zu lassen. Es fiel mir schwer mich zusammenzureißen und sie nicht anzumaulen, dass sie das Meckern einfachmal sein lassen sollte. Warum konnte sie nicht das Beste aus unserer Situation machen? Warum musste sie alles doof reden? Sie und Mom waren sich so ähnlich. Das ging mir langsam aber sicher auf die Nerven.

»Weißt du was …«, fing ich an, als ihr Telefon klingelte.

»Alex«, sagte Lena, drehte mir den Rücken zu und ging ran. »Du kannst dir gar nicht vorstellen, wie sehr ich dich vermisse!«

Ich verdrehte die Augen und beschloss, mir die Liebeshuddelei der beiden zu ersparen, in dem ich ohne sie weiterzog. Beim Frühstück hatte ich schon mehr als genug davon abbekommen. Die zwei waren über zehn Jahre zusammen und telefonierten dennoch beinahe stündlich miteinander.

Statt mich über Lena und Alex, das langweiligste Pärchen, das ich in meinem Leben jemals kennenlernen durfte, zu ärgern, folgte ich einen kleinen grünen Pfad. Er führte mich an Obelisken, Skulpturen und antikangehauchten Tempeln vorbei. Ich konnte nicht anders, als bei jedem zweiten Grab stehen zu bleiben und ein Foto zu machen. Alles war entzückend.

Meine Follower, 72 an der Zahl, würden auf ihre Kosten kommen!

Eine Gruppe Touristen hatte sich um eine viereckige Säule platziert. Sie schmückte ein mittelalterlicher Helm und ein Langschwert. Die Gruppe überragte ein Mann im Kilt, mindestens ein Kopf größer als die meisten seiner Zuhörer. Er sah aus, als würde er auf eine schottische Militärparade gehören und nicht auf einen Friedhof. Die blonden, langen Haare klebten, wie sein weißes Hemd unter dem Plaid, nass an ihm, doch das tat seinem Aussehen keinen Abbruch. Der breite Mund, das starke Kinn und die hellen Augen verliehen ihm Übermenschliches.

Ich konnte nicht anders, als mich ihnen zu nähern, um einen besseren Blick auf ihn erhaschen zu können. Hinter seinem Rücken türmten sich graue, schwere Regenwolken auf, nur ein kleiner Spalt blieb offen und ließ einen geraden Sonnenstrahl herunter. In dessen Kegel befand sich der schottische Krieger aus einer anderen Zeit und deutete auf das Grabmal.

»… man hängte ihn so lange, bis er kurz davor war das Bewusstsein zu verlieren und zu ersticken. Doch in jenen Moment, wo der Tod als Erlösung über ihn gekommen wäre, nahm man ihn wieder ab und band ihn fest …«, hörte ich ihn sagen.

Er hatte einen breiten schottischen Akzent, der mir Schwierigkeiten bereitete, alles zu verstehen. Ein Teil seiner Rede, der ausnahmslos jeder Anwesende gebannt lauschte, wurde vom Wind verschluckt. Ich wurde noch näher herangezogen. Unbedingt wollte ich wissen, von wem oder was er da sprach. Jedes Wort von ihm, in rhythmischen Singsang ausgesprochen, musste ich absorbieren.

»... noch unter Folter leugnete er *Longshanks*, den elenden englischen Bastard«, bei der Erwähnung des Namens spuckte er angewidert auf den Boden, »und war nicht bereit ihn als König anzuerkennen.«

Moment. *Longshanks*? Wo hatte ich den Namen schon einmal gehört? Das kam mir alles bekannt vor. Konnte es sein, dass das das Grab von William Wallace war?

Nein. Unmöglich. William Wallace wurde geviertelt und in ganz England verteilt. Als Hochverräter verweigerte man ihm eine Begräbnisstätte. Und falls das sein Grab wäre, dann sicher nicht so mickrig. Die Schotten waren so vernarrt in diesen Bauernkrieger, die hätten ihn sicher ein ganzes Gebäude errichtet.

»Bevor er starb, gehängt, kastriert und bei lebendigem Leib ausgeweitet, rief Wallace der gaffenden, elenden englischen Meute folgende Worte zu: *Ihr englischen Hunde ihr, verweichlichte Huren seid ihr, küsst meinen schottischen Hintern und seid stolz darauf, dies tun zu können, etwas Besseres kann einem jämmerlichen Engländer nicht passieren!«*

Ein ehrfürchtiges Raunen ging durch die Menge. Der Schotte in ihrer Mitte spuckte die letzten Worte regelrecht aus, sein rollendes R lud sie mit Bedeutungsschwere auf. Man konnte nicht anders, als ergriffen und wütend zugleich zu sein. Welch großes Unrecht war diesem tapferen, schottischen Freiheitskämpfer nur zugefügt worden? Wie sehr musste die Nation, für die er sein Leben gegeben hatte, an der Unterdrückung durch die Engländer gelitten haben? Ich konnte sie regelrecht spüren: Die Empörung, die Frustration.

Aber auch die menschliche Größe in Angesicht schlimmer Folter!

Der Schotte deutete auf ein anderes Mahnmal und ließ die Leute vorangehen. Ich konnte nicht anders, als ihn weiterhin anzustarren, überwältigt von seiner Darbietung und Aufmachung.

Gott, der Kilt stand ihm aber auch gut.

»*Halo neo-aithnichte*«, sprach er mich unerwarteterweise an. »Du gehörst nicht zu der Reisegruppe, oder?«

»Was? Nein, nein tue ich nicht. Ich bin zufällig vorbeigekommen und habe ein paar Sätze aufgeschnappt … ich wollte nicht lauschen.«

»*Gun duilgheadas tha a h-uile dad gu math*«, sagte er auf Gälisch und formte mit seinem breiten Mund ein unwiderstehliches Lächeln. Ich wusste nicht, was er sagte, aber die Worte erzeugten bei mir Wärme und Ruhe. Es schien mir, als gebe es keine Probleme mehr auf der Welt. »Meine Führungen sind umsonst. Ich mache das ehrenamtlich. Du kannst dich uns anschließen. Wir sind erst bei der Hälfte.«

»Wirklich? Gerne!«, antwortete ich wie aus der Pistole geschossen. Ich wollte nichts lieber, als mir von diesem Mann die vielen Gräber erklären lassen. Er grinste mich an und ich grinste zurück, bis mir klar wurde, dass ich Leni versprochen hatte, mit ihr zur Deutschen Botschaft zu gehen, um ihren Pass neu zu beantragen. Ich blickte auf meine Uhr und stöhnte auf.

»Oh nein. Ich kann nicht. Keine Zeit mehr.«

»Schade, *srainnsearan caran*, du verpasst etwas.«

»Das glaube ich. Machst du das regelmäßig?« Ich wollte nicht, dass wir uns wieder trennen mussten. Auf keinen Fall wollte ich das. Was ich wollte, war ihn zu überfallen und in mein Hostel zu schleppen. Warum nur hatte ich Lena mit nach Schottland nehmen müssen? Sie und ihre geklauten Sachen ruinierten mir noch die größte Chance auf die Liebe meines Lebens. Und dass dieser aufregende, charmante, riesige Schotte die Liebe meines Lebens war, stand für mich nach der ersten Sekunde fest.

»Leider nein. Höchstens einmal im Monat. Bleibst du länger in Glasgow?«

Oh mein Gott. Dieser Mann interessierte sich für mich. Ich spürte das. Ihm erging es wie mir mit ihm. Das bildete ich mir unmöglich ein!

»Nein, Leni, also meine Schwester – sie ist verlobt – und ich wollen den *West Highland Way* entlangwandern. Wir müssten seit gestern schon längst unterwegs sein, aber sie hat sich ihre Sachen klauen lassen und …«

Bei der Erwähnung unserer Route verzog er das Gesicht.

»Um die Zeit ist der *West Highland Way* überlaufen. Außerdem bekommt man da nichts zu sehen, was es auf einer anderen Route nicht auch gäbe.« Er kramte in dem ledrigen Umhängetäschchen vor seinem Kilt herum und holte eine Visitenkarte heraus. »Ich bin Touristenguide und meist nicht in der Stadt. Das heute ist eine Ausnahme. Keiner kennt die Highlands besser als ich – außer mein Großvater vielleicht –, wenn du und deine Schwester das wahre Schottland kennenlernen wollt, also das Schottland, das nur sehr wenige zu Gesicht bekommen, weil sie die Wege nicht verlassen, dann ruf mich bis heute Abend an.«

Er reichte mir seine Karte und blickte über die Schulter, um abzuschätzen, wie unruhig die Touristengruppe war, die bei einem Mausoleum auf ihn wartete. Unruhig genug, um mich mit einem Zwinkern und dem Hinweis *»dass ich mit ihm den Urlaub meines Lebens haben werde«*, stehen zu lassen.

Wie vom Blitz getroffen – etwas, was einem bei einer Quote von 1:18 Millionen durchaus passieren konnte – stand ich da und sah dem Schotten und der Meute hinterher, die sich freudig um ihn scharten. Seine Karte in meinen Händen fühlte sich angenehm an. Ich glaubte sogar, die Restwärme seiner Finger erspüren zu können.

Malcolm Macintosh stand schnörkellos auf der Vorderseite. Nichts weiter. Nur sein Name. Auf der Rückseite eine Handynummer.

»Malcolm Macintosh«, flüsterte ich leise.

»Was machst du da?«, fragte mich Lena, die plötzlich neben mir stand und mich aufschreckte.

Ich packte die Karte hastig in die Tasche meiner Jeansjacke – ich war noch nicht bereit Malcolm mit ihr zu teilen – und deutete auf die viereckige Säule vor mir.

»Ich betrachte das Mahnmal von William Wallace.«

»Von wem?«

¥

»Auf gar keinen Fall, Tony, auf gar keinen Fall. Sobald ich meinen Ersatzpass in den Händen halte, fahre ich mit dem ersten Flieger zurück nach Deutschland«, verkündete Lena und öffnete die Eingangstür zum Hostel. »Das letzte, wonach mir der Sinn steht, ist mit einer dummen Touri-Gruppe über *alternative* Wanderwege zu trampeln. Ich habe nicht einmal richtige Schuhe und einen Rucksack dafür!«

»Ach komm, ich kauf dir das alles. Fahr doch nicht gleich zurück, nur weil dir ein Missgeschick passiert ist.« Ich hielt die Tür für ein älteres Pärchen auf und suchte verzweifelt nach guten Argumenten, während sie langsam an mir vorbeikrochen.

»Ein Missgeschick? Das war doch kein Missgeschick. Ich wurde beklaut. Warum relativierst du immer alles, was mir zustößt? Als ich mir mit fünfzehn das Bein brach, sagtest du zu Oma, ich hätte mich am Beckenrand leicht gestoßen. Leicht gestoßen! Mein ganzes Bein war in Gibs gehüllt!«

»Ich relativiere gar nichts«, verteidigte ich mich und ging zur Rezeption, um unseren Zimmerschlüssel abzuholen. »Ich meine nur, dass alles nicht so schlimm ist, wie du immer behauptest. Wenn man dir zuhört, möchte man meinen, man hätte dich gleich, nachdem du aus dem Auto gestiegen bist, entführt, gefoltert und zur Prostitution gezwungen.«

»Und wenn man dir zuhört, möchte man meinen —«

»Ist das dein Rucksack?«, unterbrach ich sie und zeigte auf den roten Backpacking-Rucksack, der hinter der Theke an eine Wand gelehnt lag.

»Das ist mein Rucksack!«

Der phlegmatische Hipster-Rezeptionist bog um die Ecke, sah uns den Rucksack betrachten und hievte ihn hoch, damit wir ihn entgegennehmen konnten.

»Die Polizei brachte ihn vor einer Stunde vorbei«, sagte er, kramte nach unseren Schlüsseln, legte sie auf den

Tresen und nahm sein Handy in die Hand. Für ihn war das Gespräch damit auch schon vorbei.

»Und meine Kameratasche?«

»Nur das.«

¥

»Er fühlt sich schwer an«, stellte Lena fest und mühte sich mit ihm die Treppe hoch. Die Frage, ob sie Steine mit eingepackt hatte, blieb noch immer offen.

»Vielleicht ist noch alles drin«, sagte ich hoffnungsvoll und öffnete die Tür. In meinem Kopf machte ich Purzelbäume. Wenn nichts gestohlen wurde, musste Lena durchhalten. Sie hatte keine Ausreden mehr, um zurück nach Berlin fahren zu müssen. Hoffentlich war noch alles da.

Lena warf ihren Rucksack mit lautem Stöhnen aufs Bett und kramte zuerst in der kleinen Seitentasche herum.

»Ladegerät, Pass, Flugtickets, Hausschlüssel, Alex sein Glücksbringer. Alles da, außer …«

»Außer?« Ich setzte mich gebannt aufs Bett und sah sie erwartungsvoll an.

»Außer mein Portemonnaie und die 500 Euro darin. War klar, dass sie mir mein Portemonnaie klauen. Zum Glück hatte ich meine Bankkarte in meiner Jacke.« Sie durchsuchte den Inhalt der großen Tasche und stellte erleichtert fest, dass sich ihre Schuhe, Klamotten und sogar Opas Messer noch immer darin befanden.

»Die Wichser. Die haben sich nur das Geld genommen«, sagte sie und ließ sich neben ihre Tasche aufs Bett fallen.

»Das ist doch mal eine gute Nachricht!«

41

Lena warf mir einen genervten Blick zu.

»Eine super Nachricht ist das«, erwiderte sie sarkastisch. »Ich muss Alex anrufen und es ihm erzählen.«

»Du hast doch auf den Weg her mit ihm geredet. Lass uns lieber eine Entscheidung bezüglich der Route treffen. Ich finde, wir sollten uns auf das Angebot einlassen und das "Andere Schottland" kennenlernen.«

»Ja, habe ich, aber da wusste ich noch nicht, dass ich meine Sachen wieder habe. Ich muss ihm das sagen, damit er nicht noch einen Wohnungsschlüssel nachbestellt.«

Lena hielt ihr Handy ans Ohr und ging damit ins Bad, um ungestört zu sein. Wahrscheinlich lästerte und beschwerte sie sich bei ihm über mich, statt sich über ihr Glück zu freuen.

Frustriert ließ ich mich ins Bett fallen und kramte die Visitenkarte von Malcom Macintosh aus meiner Jackentasche. Ich fuhr vorsichtig mit den Fingern über seinen Namen und schloss die Augen, um mir sein Lächeln wieder in Erinnerung zu rufen. Die kurze Begegnung mit ihm, war mir durch Mark und Bein gegangen. Noch immer verspürte ich ein Hochgefühl, das einen nur dann befällt, wenn man jemanden Besonderes begegnet war.

Ich sollte ihn anrufen!

Auch wenn Lena nichts davon hielt und am liebsten zurück in die langweiligen Arme von Alex laufen wollte, statt die Welt zusehen. Ich würde halt ohne Lena an der Tour mitmachen und Kontakte knüpfen müssen. War vielleicht auch besser so.

Ja, das war sogar viel besser so!

Mit einem Ruck setzte ich mich auf, nahm mein Telefon und wählte seine Nummer. Mit Herzklopfen und schwitzigen Händen wartete ich auf das Freizeichen.

Es klingelte. Niemand ging ran. Ich hoffte, ihm auf die Mailbox sprechen zu können, doch er schien keine zu haben. In dem Moment, in dem ich auflegen wollte, meldete er sich doch noch zu Wort.

»Aye?«, erklang es aus dem Handy. Ein tiefes, männliches "Aye". Mein Herz klopfte noch schneller.

»Ja, hi, ich bin es, Tony.« Verdammt, das sagte ihm sicher nichts, da ich mich nicht vorgestellt hatte. »Die von heute Morgen. Vom Friedhof.«

»Ah, Tony, cool, dass du dich meldest. Habt ihr es euch mit dem *West Highland Way* doch noch anders überlegt?«

»Nicht ganz. Ich habe es mir anders überlegt. Meine Schwester kommt wahrscheinlich nicht mit.«

»Das macht ja nichts. Mehr Schottland für dich.«

Ich lachte. Das war zwar nicht witzig, aber ich wollte lachen, weil mich seine Stimme in Euphorie versetzte. Wer hätte gedacht, dass es so leicht war, im Urlaub Kontakte zu knüpfen?

»Ich kann leider nicht lange telefonieren. Treff mich in zwei Tagen auf der *Carron Bridge*. Die liegt nicht weit vom *Carron Valley*. Wenn du sie nicht findest, dann frag einfach jemanden nach dem Weg. Man kennt sie.«

»*Carron Bridge*«, wiederholte ich. »In zwei Tagen.«

»Aye!«, sagte Malcolm und legte auf.

Mein Herz sprang mir vor Aufregung aus der Brust. Es war mir unmöglich sitzen zu bleiben, also hüpfte ich vom Bett und beglückwünschte mich selbst.

Na also, das war ja nicht so schwer gewesen. Vielleicht war allein Reisen doch nicht so schlimm, wie ich es mir die letzten Jahre eingeredet hatte. Warum hatte ich das so lange herausgezögert und es nicht ausprobiert?

»Was machst du für Gesichter?« Lena zog die Badezimmertür hinter sich zu.

»In zwei Tagen erkunde ich das "Andere Schottland".« Triumphierend hielt ich das Handy hoch. »Ich habe ihn angerufen.«

»Wen?«

»Na den Schotten vom Friedhof.«

Lena nahm ihren Rucksack und kippte ihn auf dem Bett aus. Ohne von den Sachen aufzusehen, an denen sie misstrauisch roch, fragte sie mich:

»Und was ich davon halte, das interessiert dich nicht?«

»Ich dachte, du fliegst zurück nach Berlin.«

»Mache ich, aber erst in zehn Tagen. Alex hat Mom erzählt, dass wir gemeinsam unterwegs sind. Ich will nicht, dass sie denkt, dass wir nicht miteinander klarkamen. Sie würde keine Ruhe geben und sich einmischen.«

»Also bleibst du doch?« Ich versuchte begeistert zu klingen.

»Ja. Aber ich weiß nicht, ob ich auf das "Andere Schottland" Lust habe.«

TREIBGUT

Glasgow, die Zweite

»*Carron Bridge*«, googelte Lena auf dem Handy und nippte an ihrem Guinness. »Das ist ja mitten in der Pampa.«

»Hoffentlich. Ich will was von der Natur Schottlands sehen«, antwortete ich und filmte mein Glas. Es war beschlagen und kleine Wassertropfen formten sich am Rand, um langsam den gewölbten Bauch herunterzufließen.

»Wie viele Fotos willst du heute noch machen? Ich musste dich vorhin bloggen, weil du meine komplette Timeline mit deinen Schottlandfotos vollspammst.«

»Noch dieses hier und eine kleine Story, wie wir betrunken sind. Aber später. Ich habe schon 100 Follower und Michel liked jedes Bild.«

Lena stöhnte. Ich musste sie wieder daran erinnert haben, dass sie wegen Michel mit mir in Schottland war.

»Ich will seinen Namen nicht mehr hören. Zu welcher Uhrzeit sollen wir da sein?« Sie öffnete ihren Kalender und sah mich gespannt an.

»Ähm, keine Ahnung, dazu hatte er nichts gesagt.«

»Wie keine Ahnung? So eine Reisegruppe hat doch sicher feste Sammeltermine. Hat er eine Webseite?«

»Nein. Nur eine Nummer.«

»Hast du ihn gegoogelt?«

Was für eine doofe Frage. Natürlich hatte ich das. Gefühlt hundert Mal an diesem Tag.

»Nein, warum auch? Wir tauchen Frühs auf und gut ist.«

»Ich finde das komisch. Findest du das nicht komisch?«

»Was findest du komisch?« Ich schrieb schnell ein paar Worte zu dem Bild und lud es hoch.

»Na das alles. Eine Visitenkarte mit nur einer Nummer, ohne Adresse, Treffpunkt auf einer Brücke, aber ohne Uhrzeit. Das ist doch komisch.«

»Das ist nicht komisch. Das ist hier halt so. Sei nicht so deutsch. Warts ab, bis du ihn zu Gesicht bekommst. Der Mann sieht aus, als wäre er einem historischen Gemälde aus dem Museum entstiegen.« Lena verzog den Mund. »Warum machst du so ein Gesicht?«

»Ich musste daran denken, dass du als Teeny in diesem Fanclub warst, in dem auch Oma war. Wegen diesem Zeitreisebuch. Wie hieß euer Club nochmal? Jamies *Sassibrachs*?«

»Jamies *Sassanachs*«, korrigierte ich sie und bekam rote Wangen. Schnell griff ich nach dem Glas und trank es, damit Lena nicht sah, wie peinlich mir das war.

Etwas Bier ging daneben und ich wischte es mir verärgert vom Shirt. Immerhin war es schwarz. Man sah mir meine Unfähigkeit aus einem Glas zu trinken nicht auf Anhieb an.

»Du hast ständig nur das eine Buch gelesen und Fanart von diesem Jamie gemacht. Die ganze Wand hinterm Bett war voll damit.«

»Na und? Du hast dir Justin Timberlake aufgehängt.«

»Ja, ein Poster. Du hast den Mann jeden Tag gezeichnet. Und es gab ihn nicht mal. Alt war er auch noch. Ist dieser Malcolm etwa so ein rothaariger, kilttragender Mittelalterritter? Hast du dich etwa darauf eingelassen, weil er dich an diesen Jamie erinnert?«

»Was? Nein! Er sieht gar nicht aus wie Jamie. Nicht mal ein bisschen.«

Lena beschloss, nichts mehr zu sagen, sondern mit vieldeutigen Blicken ihr Guinness auszutrinken.

»Ich gehe aufs Klo. Kannst dir ruhig noch ein Glas bestellen. Geht auf mich.« Ich deutete auf ihr Bier und hoffte, dass sie das auch tat. Ich brauchte Lena in guter Stimmung. Wenn sie schon mitkommen wollte, dann wenigstens nicht so maulig. Das schreckte die Leute ab.

Wie ein kopfloses Huhn suchte ich in jeder Ecke des Irish Pubs das Klosett, bis sich eine Kellnerin erbarmte und mir den Hinterhof zeigte. Hinter ein paar leeren Whiskeyfässern und Bierkisten befand sich ein Anbau, in dem es eine abenteuerliche Toilette für Männer und Frauen gab. Da meine Blase mehr drückte als meine Scham vor Unisextoiletten, fand ich mich damit ab und pinkelte in eine dreckige Schüssel.

Vor dem Spiegel kämmte ich mit den Fingern meine kurzen Haare, als in der Kabine hinter mir jemand die

Spülung bediente. Ein Mann in Jeansjacke und Jeanshose kam heraus. Er zog seinen Hosenverschluss hoch, stellte sich neben mich und wusch sich die Hände.

Irgendetwas an ihm kam mir bekannt vor.

Er im Ganzen kam mir bekannt vor.

Ich musste ihn vor kurzen erst gesehen haben.

Aber nur wo?

Er bemerkte mein Starren, nickte mir zu – seine Nase war krumm, sie musste ihm gebrochen und nicht gerichtet worden sein – und verschwand durch die Tür.

Der Dieb!

Das war der Dieb, den Lena fälschlich für einen Pagen gehalten hatte!

»Hey!«, rief ich laut, wischte meine Hände an Papierhandtüchern ab und lief in hinterher. »Bleib stehen!«

Er reagierte nicht. Statt sich umzudrehen, schritt er seelenruhig über den Hof und betrat die Kneipe. Das machte ihn noch verdächtiger. Jetzt war ich mir hundertprozentig sicher, dass er es war, der meine Kameratasche und Lenas Rucksack hatte mitgehen lassen.

Ich blieb an ihm dran, hinderte die Tür noch rechtzeitig daran, mir ins Gesicht zu knallen und wäre beinahe in eine Kellnerin gelaufen, die leere Gläser auf einem Tablett balancierte.

»Sorry«, entschuldigte ich mich und erkannte gerade noch rechtzeitig, wie seine Jeansjacke aus dem Pub auf die Straße trat. Ich lief ihm hinterher, sah Lena aus dem Augenwinkel telefonieren – wahrscheinlich mit Alex – und stolperte auf die Straße.

Die Sonne musste vor wenigen Minuten untergegangen sein. Hohe Laternen beleuchteten die gepflasterten Steine und warfen tiefe Schatten auf die dunklen, alten Fassaden der Stadt. Der Dieb lief auf die andere Seite und achtete nicht auf das gelb-schwarze Taxi, das wegen ihm eine Vollbremsung hinlegen musste.

»Hey!«, rief ich noch einmal und zog die Aufmerksamkeit von vorübergehenden Passanten auf mich. »Bleib stehen!«

Auch ich überquerte die Straße, holte ihn ein und schnitt ihm den Weg ab. Verwundert blieb er stehen, um nicht in mich hineinzulaufen und sah mich fragend an.

»Ich will meine Kamera wieder«, sagte ich.

Statt mir zu antworten, legte er den Kopf schief und blickte mich von oben bis unten an.

»Bist nicht mein Typ«, kommentierte er mit osteuropäischen Dialekt und machte Anstalten mich zu umrunden. Er war Russe. Er klang jedenfalls wie einer.

»Du meiner auch nicht, Scherzkeks. Ich will meine Sachen wieder. Und auch die meiner Schwester. Und glaube nicht, ich bin mir zu schade zum Schreien. Ich schreie.«

»Ich weiß nicht, wovon du sprichst.« Er blickte mich misstrauisch an. Seine Augen waren rabenschwarz, ich konnte bei dem wenigen Licht zwischen Pupille und Iris nicht unterscheiden. Irgendwie war er komisch. Aber nicht komisch genug, um mich zu verschrecken.

»Bist du eine Verrückte?«, fragte er.

Ich lachte hämisch.

»Ich werde gleich zu einer.«

Es zeigte keine Wirkung. Er starrte mich lediglich weiter an und vergrub seine Hände in die Jeansjacke. Ohne Frage nahm er mich weder ernst noch als Bedrohung wahr.

In diesem Augenblick fuhr zu meinem Glück eine Polizeistreife um die Ecke. Ich winkte mit den Händen hektisch und hoffte, die Aufmerksamkeit der zwei Herren im Auto zu erhaschen.

Und siehe da, die Streife wurde langsamer und kam vor uns zum Stehen. Zwei Streifenpolizisten in dunkelblauen Uniformen stiegen aus.

»Gibt es ein Problem?«, fragte der größere der beiden und verkeilte seine Daumen – klischeehaft wie aus einem Film – im Gürtel.

»Ja!«, antwortete ich und deutete auf den Kameradieb. »Dieser Mann hatte mich und meine Schwester vor zwei Tagen in *Milngavie* auf der Straße beklaut.«

Der Polizist drehte sich, von meinen Anschuldigungen unbeeindruckt, zu dem Russen um und fragte: »Stimmt das?«

»Nein«, erwiderte dieser ungerührt.

»Haben Sie den Diebstahl zur Anzeige gebracht, Miss?«, wollte sein Kollege wissen.

»Natürlich. Aber man konnte mir nicht weiterhelfen. Bis jetzt. Ich habe ihn wiedererkannt. Er hat sogar das Gleiche an.«

Die Polizisten sahen sich meinen Dieb genau an. Er blieb gelassen, tat so, als könnte er kein Wässerchen trüben und deutete auf mich.

»Sie ist meine Stalkerin«, sagte er. »Seit gestern verfolgt sie mich. Sie hat einen Narren an mir gefressen. Vor einer Stunde dachte ich, ich wäre sie los. Aber sie ist wieder da. Jetzt fängt sie an, Lügen zu erfinden.«

»Was redest du da? Erzähl doch nicht so einen Nonsens. Wir sind uns bis jetzt nur zwei Mal begegnet, einmal am Hostel um vier Uhr morgens in *Milngavie* und jetzt hier. Pah, ich lauf dir den ganzen Tag hinterher! Das hättest du wohl gern«, rief ich belustigt und zeigte ihm einen Vogel.

Die Polizisten blieben bemerkenswert ruhig.

»Wo waren Sie vor zwei Tagen um die besagte Zeit?«, wollte schließlich der Polizist neben mir wissen, nachdem ich ihn mit Nachdruck angesehen habe, damit er etwas unternahm. Er soll ihn gefälligst festnehmen oder so.

»In *Klimarnock*. Bei meinem Cousin. Er hatte Geburtstag. Wir haben bis Morgen gefeiert. Ich war so besoffen, ich konnte bis Mittag nicht gerade sehen.«

»Ja, genau«, sagte ich und lachte. »Und zwischendurch hast du ahnungslose Touristinnen ausgeraubt.«

»Kann Ihr Cousin das bezeugen?«, hackte der Polizist nach und ignorierte meine Zwischenrufe.

Der Russe kramte ein Handy aus der Tasche, wählte eine Nummer und reichte das Telefon dem Beamten.

»Fragen Sie ihn.«

Ich konnte das Freizeichen hören, bis eine männliche Stimme ranging und auf Russisch grüßte.

»Guten Abend, hier spricht Sergeant Ford. Können Sie mir Auskunft darüber erteilen, wo sich der Besitzer dieses Telefons am … «, der Beamte sah mich fragend an.

»03.September um 4 Uhr morgens«, antwortete ich.

»Am 03. September um 4 Uhr morgens aufgehalten hat?«

Der "Cousin" verstand die Frage nicht auf Anhieb, sodass der Polizist geduldig seine Worte wiederholte und noch geduldiger lauschte, als man ihm in brüchigem Englisch antwortete. Ich konnte nur Satzfetzen verstehen. Darunter war Geburtstag und Wodka.

»Verstehe. Hm, ja, hm. Danke. Das genügt.« Der Beamte legte auf und gab dem Dieb sein Handy zurück.

»Sie können gehen«, sagte er zu ihm und drehte sich zu mir um. »Sie kommen mit.«

»Warum kann er gehen? Was soll das?«, fragte ich.

Ich griff nach dem Arm des Diebes, um ihm am Gehen zu hindern.

»Madam, haben sie getrunken?« Ein Polizist stellte sich zwischen uns.

»Nein. Ja, nur ein Guinness. Was tut das zur Sache?«

»Seit ein paar Monaten haben wir in Schottland bezüglich Stalkings und artverwanden Verbrechen Präventivmaßnahmen verabschiedet, um den Opfern das Leben zu erleichtern und Täter abzuschrecken.« Der Polizist packte mich sanft und zugleich bestimmend am Ellbogen und schob mich zu seinem Dienstauto.

»Wie bitte?«, rief ich wütend. »Was soll das heißen?«

Ich drehte mich um und sah noch, wie der dreiste Dieb meiner geliehenen Kamera um die Ecke bog und verschwand. Ich glaubte sogar, sein unverschämtes Lachen hören zu können.

»Wir möchten, dass Sie mit uns auf die Wache kommen und sich ein Video ansehen.«

»Was? Nein! Wieso? Sie sollten mir helfen und nicht ihm. Ich wurde bestohlen.«

»Miss, stellen Sie sich bitte nicht so an. Sie müssen einen Film ansehen, sich mit unserer Kollegin unterhalten und können dann wieder gehen. Kommen Sie.«

Die Polizisten bugsierten mich nach hinten und schlossen die Tür. Auf meinen Protest reagierten sie nicht. Stattdessen fuhren wir drei Straßenzüge weiter und hielten vor einer riesigen Polizeistation.

Ich schloss die Hotelzimmertür so leise wie möglich auf, um Lena nicht zu wecken. Der Pub hatte zu, als ich endlich aus der Polizeistation entlassen worden war. Wahrscheinlich musste sie da bis zum Ende auf mich gewartet haben und war wieder ins Hostel zurückgekehrt. Hoffentlich hatte sie mein Handy mitgenommen und nicht auf dem Tisch liegen lassen.

Langsam, als würde mein Leben davon abhängen, drückte ich die Klinke herunter und betrat das Zimmer. Die Nachtleuchte ging an und Lena saß kerzengerade mit wirrem Haar im Bett.

»Wo zur Hölle bist du gewesen?«

Ich stöhnte, kam rein und ließ mich Kopfüber auf das Bett nebenan fallen.

»Bist du etwa betrunken?« Sie schlug wütend ihre Decke zurück. »Das darf doch nicht wahr sein. Bist du aus dem Pub gerannt, um dich ohne mich in Glasgow zu vergnügen?«

»Nein«, murmelte ich in die Decke. »Ich habe unseren Dieb gejagt und wurde daraufhin auf die Polizeistation verschleppt.«

»Was?«

»Es war schrecklich!« Ich drehte mein Gesicht zu ihr und sah sie wehleidig an. »Ich musste mir ein einstündiges Video über Stalken und Stalkingopfer ansehen. Und dann kam so eine Trulla rein und belehrte mich darüber, was für rechtliche Folgen es haben konnte, wenn ich jemanden nachstelle. Das hat ewig gedauert.«

»Was?«

»Waaaaas?«, äffte ich Lena nach und stützte mich auf.

»Hör auf damit. Ist das deine Ausrede?«

»Das ist keine Ausrede. Das ist die Wahrheit. Dieses Arschloch hat behauptet, ich würde ihn Stalken. Daraufhin haben mich dumme, grenzdebile Polizisten in ihre Folterzentralle entführt und verwarnt. Jedenfalls darf ich mich dem Kerl nicht mehr nähern, sonst gibt es Ärger und eine Anzeige.«

»Ich check gar nichts. Wen hast du gestalkt?«

Lena fasste sich an den Kopf und tat so, als würde ich ihr Kopfschmerzen bereiten. Dabei bekam ich Kopfschmerzen von ihrer Begriffsstutzigkeit. Es lag doch alles klar auf der Hand, was mir zugestoßen war.

»Ach vergiss es!« Ich ließ mich wieder in die Laken fallen, verzichtete darauf meine Klamotten auszuziehen und drehte meinen Kopf zur anderen Wand. »Erzähl ich dir morgen.«

CARRON BRIDGE

Irgendwo in Schottland

»Bist du sicher, dass das die richtige Brücke ist? Laut Google Maps gibt es weiter im Süden noch eine *Carronbridge*, die wird jedoch zusammengeschrieben.«

Ich ignorierte die Frage und machte weiterhin Fotos von der atemberaubenden Landschaft Schottlands. Mein Gott, war dieses Land schön. Ich glaubte das Meer von da wo ich stand, erkennen zu können. Ich roch es sogar. Den ganzen Tag befand sich der Geruch des Ozeans in meiner Nase. Schottland roch einfach gut. Ich konnte nicht genug davon bekommen. Selbst nach dem hundertsten Hügel wollte man sich in Entzückung verlieren und laut aufseufzen, weil es einen ans Herz ging, wie schön die Welt außerhalb Berlins war.

»Tony? Hörst du mir zu? Ich glaube, das ist die falsche Brücke.«

»Nein, ist es nicht. Das ist die richtige Brücke.«

»Woher willst du das so genau wissen?«

»Malcolm erwähnte den *Carron Valley*. Der befindet sich etwas weiter östlich von uns. Was denkst du, soll ich dieses Bild posten oder lieber dieses hier?«

Ich hielt Lena das Handy hin, damit sie mein Dilemma sehen konnte. Beide Bilder hatten etwas, stellten jedoch das Gleiche da:

Ein grüner Hügel mit weitem Himmel. Ich musste mich für eins entscheiden.

»Wie wäre es, wenn du mal nichts postest und stattdessen deinen Schotten anrufst und fragst, wann das Treffen stattfinden soll?«

»Habe ich schon probiert. Er geht nicht ran. Ich glaube ich nehme diese hier. Die Sonnenstrahlen sind eindrucksvoll. Das macht was her.«

Lena lehnte sich an die Brüstung und starrte auf das Wasser. Es floss gemächlich und klar über Steine und Kliffs und verleitete mich dazu, auch davon noch ein Foto zu machen, bevor ich mich Instagram zuwendete.

»Ich glaube, der kommt nicht. Wahrscheinlich hat er dich verarscht.«

»Er kommt. Und jetzt sei mal still. Ich muss noch einen Text zum Bild schreiben. Ich kann mich nicht konzentrieren, wenn du mir die ganze Zeit dazwischen quatschst.«

»Alex meinte, das könnte etwas Zwielichtiges sein. Ihm ist das nicht geheuer. Man findet diesen Malcolm nicht im Internet. Also man findet schon ein paar Malcolms Macintoshs, aber nicht so jemanden, wie du ihn uns beschrieben hast.«

»Ich habe ihn nur dir beschrieben. Alex war gar nicht dabei. Er soll aufhören den Mann zu stalken. *Alte #Steinbrücke aus dem 18. Jahrhundert …*«

Lena sagte daraufhin nichts mehr, sie zog es vor genervt ebenfalls auf ihr Handy zu starren und so zu tun, als wäre frische Luft und eine schöne Landschaft eine Zumutung.

»So. Fertig. Gepostet. Ich habe heute zwei Follower dazu bekommen. Die schreiben mir auch fleißig. Langsam fühle ich mich mehr und mehr wie eine Reisebloggerin.«

»Super. Dafür veranstalten wir das ja auch«, kommentierte sie sarkastisch.

Okay. Jetzt aber genug. Mag sein, dass Lena keinen Bock und keine Zeit für eine Reise hatte, doch sie hatte sich von mir dazu überreden lassen, also konnte sie sich wenigstens etwas Mühe geben und so tun, als hätte sie Spaß.

»Leni, weißt du was, ich —«

»Ist er das?«

»Ist wer was?« Ich kniff die Augen zusammen und sah sie wütend an. Sie hatte sich den Einlauf, den ich bereit war zu geben, verdient. Ich ließ mich nicht ablenken. Es war an der Zeit ihr den Marsch zu blasen.

»Na dein Reiseführer. Ist das der große Kerl da?«

Ich blickte in die Richtung, in die sie zeigte.

Bei Malcolms Anblick wurde mir ganz anders zu Mute. So völlig, völlig anders.

Er stand auf dem höchsten Punkt eines nahegelegenen Hügels und blickte auf uns herunter. Die Sonne bestrahlte ihn und brachte seine blonde Löwenmähne zum Glänzen. Das breite Gesicht und die symmetrischen Züge hatten etwas pathetisches. Zusammen mit dem wehenden Kilt und dem übergeworfenen Plaid wirkte er überirdisch. Als wäre er nicht aus unserer Zeit. Als wäre er gemalt.

»Ja … hust«, hauchte ich und verschluckte mich an meinen eigenen Worten. »Ja, das ist er.«

»Er ist aber groß«, stellte Lena widerwillig fest.

»Ja, das ist er.«

Ich konnte meine Augen nicht von ihm wenden, sog jeden Schritt ein, den er auf uns machte, bewunderte seine stolze Haltung und den aufrechten Gang. Wer so aussah, gehörte auf das Buchcover eines heißen Abenteuerliebesromans.

»*Feasgar math, cleasaiche*«, grüßte er, sobald er in Hörweite war. »Das Schicksal muss uns zusammengeführt haben.«

Ich kicherte und reichte ihm die Hand. Das Schicksal war es sicherlich nicht. Lena und ich standen hier seit sieben Uhr morgens herum.

»Hi«, grüßte Lena und reichte Malcolm zögerlich die Hand. Sie wirkte überrumpelt. Wahrscheinlich hatte sie mit irgendeinem Heini gerechnet. Schüchtern lächelte sie ihn an, nicht wissend, wie sie mit den neuen Informationen umgehen sollte.

Malcolm lächelte zurück.

»Das ist meine Schwester Lena. Lena, dass ist Malcolm Macintosh«, stellte ich sie einander vor und bemerkte mit Unmut, dass er ihre Hand ein Ticken zu lang festhielt, und sie das für jemanden, der Verlobt war und schrecklich Heimweh hatte, ebenfalls ein Ticken zu lang zuließ. »Sind wir zu früh dran? Wie viele Leute kommen noch?«

»Ihr seid genau richtig. Und es kommt niemand mehr. Ich bin allein.«

»Allein?«, wiederholte ich verwundert.

»Allein. Ich biete meine Dienste keinen großen Gruppen an. Das ist mir zu unpersönlich.«

»Große Wandergruppen sind schrecklich«, bestätigte Lena und löste ihre langen Haare aus dem Zopf. »Und sie machen viel Dreck.«

»Aye, *bòidhchead*, sehe ich genauso.«

»Wir sind zu dritt«, stellte ich fest und ärgerte mich darüber, dass ich Lena mitgeschleppt hatte. Der Mann wäre mit mir allein durch die Highlands gewandert. ALLEIN.

Er und ich.

Tagelang zusammen in der Wildnis.

»Bevor wir loslaufen, müssen wir Geschäftliches klären. Versicherung und Bezahlung. Das ist mir lästig, doch leider muss es sein«, unterbrach Malcolm meine wildesten Fantasien von ihm und mir in der Wildnis, ließ seinen Rucksack auf den Boden gleiten, öffnete ihn und kramte darin herum.

Schnell wurde er fündig.

Zufrieden zog er zerknittertes Papier heraus, strich es glatt und überreichte es uns zusammen mit einem Stift. Das waren mit kleiner Schrift zehn vollgeschriebene Blätter. Ich nahm sie überrumpelt in die Hand und blickte fragend zu ihm hoch. Die Sonne stand in seinem Rücken und verursachte atemberaubende Effekte. Ich bedeckte meine Augen, um ihn besser sehen zu können.

»Was ist das?«

»Nichts Besonderes«, erwiderte Malcolm und warf sich gekonnt seinen Rucksack wieder über die Schulter. »Ein Vertrag mit rechtlichen Absicherungen, dass ich für mögliche Unfälle auf unseren Ausflügen nicht verantwortlich gemacht werden kann. Wir nehmen nicht die üblichen Routen. Das hier soll ein Abenteuer werden und kein Kaffeeklatsch.« Er zwinkerte mir zu und ich konnte nicht anders, als zu grinsen.

Ein Abenteuer.

Genau das, was ich brauchte.

Michel sollte ruhig sehen, wie aufregend mein Leben war und sich bewusstwerden, dass Haus, Kinder und Frau nicht das höchste der Gefühle im Leben eines Menschen sein konnten.

»Natürlich mache ich das nicht umsonst«, erklärte Malcolm weiter. »Auf Seite fünf wird mein Honorar aufgeschlüsselt. Ihr könnt alles auf einmal zahlen, oder jeden Tag anteilig. Lest euch das in Ruhe durch, aye? Ich gehe meine Wasserflasche auffüllen.«

Er drehte sich um, ging zum Brückenende und kletterte die Böschung herunter, um ans Wasser zu gelangen. Ich sah ihm nach und konnte mein Glück kaum fassen. Schottlandurlaub abseits der üblichen Wege mit dem hübschesten Guide weit und breit. Mein Instagram-Account würde explodieren!

»Ist das nicht aufregend?«, fragte ich Lena und blätterte den Vertrag durch. »Das wird mit Abstand der beste Urlaub unseres Lebens.«

Lena schwieg dazu und las über meine Schulter die angeführten Punkte mit.

»… der Reiseanbieter haftet für keinerlei Vermögens- oder andere Schäden, die den Beteiligten im Zusammenhang mit der Reise entstehen …«, las sie vor. »… die Teilnehmerinnen und Teilnehmer gehen die Risiken, die mit der Reise eingehen, bewusst und auf eigene Verantwortung ein.«

Ich blätterte weiter und pfiff leise.

»85 Pfund pro Tag«, sagte ich. »Und das nur für den Guide. Unterkunft und Verpflegung müssen wir extra tragen.«

»Also ich zahl das nicht.« Lena wollte mir den Vertrag entreißen. »Blätter nochmal zurück. Was stand da mit Schäden? Welche Schäden?«

»Ich sagte doch, ich lad dich ein. Lass los. Ich bin nicht fertig mit Lesen. Damit ist sicher ein gebrochenes Bein oder so gemeint. Falls du vom Berg fällst. Keine Sorge, die Wahrscheinlichkeit dafür liegt bei 1,23%.« Ich blätterte bis zum Ende und wandte ein: »Na gut, bei dir unsportlicher Nudel vielleicht höher. Sagen wir mal 2,1%. Alles noch im Rahmen.«

Lena schnaufte, lies den Vertrag los und blickte über die Brüstung. Malcolm beugte sich über den Fluss und spritzte sich Wasser ins Gesicht. Er reinigte auch seinen Nacken und Hals und sah dabei so unverschämt männlich und sexy aus, dass ich mich einfach nicht auf die letzten Klauseln konzentrieren konnte.

»Er wirkt auf mich, als wäre er nicht echt«, flüsterte Lena mir zu und konnte ihren Blick ebenfalls nicht von ihm wenden.

»Du bist verlobt«, erinnerte ich sie und unterschrieb den Vertrag. Auch da schwieg sie, nahm geistesabwesend den Stift in die Hand und tat es mir gleich.

Sobald Malcolm bei uns auf der Brücke angekommen war – sein Gesicht glänzte frisch und munter, das Lächeln, was er uns schenkte war breit und charmant – überreichte ich ihm die Blätter und beobachtete ihn dabei, wie er sie zufrieden in seine Tasche packte. Geschäftlich klatschte er in die Hände und deutete auf die großen Steine, aus denen die Brüstung bestand:

»Das hätten wir schon mal, aye! Wir sollten keine Zeit verlieren und mit der Tour beginnen. Diese Brücke – *Carron Bridge* genannt – sah nicht immer so aus, wie man sie heute vorfindet. Man hatte bereits 1695 eine Brücke errichtet, doch Rotröcke, *Bastards truagh, gum bi an anaman a 'losgadh ann an ifrinn*, brannten sie nieder. So war man gezwungen zwanzig Jahre später eine neue zu errichten.« Malcolm trat näher an die Brüstung und deutete auf eine Stelle im Fluss, die tiefer war als der Rest. »Dort hatte man meinen Großgroßgroßgroßcousin Anno 1743, einen Burschen von 15 Sommern, ertränkt, weil er angeblich einen englischen Händler bestohlen haben sollte. Man ermordete ihn ohne einen Richter.«

Ich sog vor Empörung die Luft ein.

»Das ist ja schrecklich!«, rief Lena. »Wie konnte man das einem unschuldigen Kind antun?«

»Unschuldig war er nicht. Er hatte die flinksten Finger jenseits Edinburghs. Nur den Diebstahl, für den man ihn ermordete, den hatte er nicht begehen können.«

»Nein?«

»An dem Tag hat er und seine Brüder Feuer in einer nahegelegenen Garnison gelegt. Zehn Rotröcke, *coin truagh*, kamen dabei um.« Malcom lachte. »Ein perfektes Alibi, das man leider nicht benutzen konnte.«

»Er hat was …?« Ich runzelte die Stirn. Warum legte ein 15-jähriger Feuer in einer Garnison?

»So, genug Familiengeschichten ausgeplaudert. Laufen wir los. Gleich um den nächsten Hügel befindet sich eine Stelle, an der die McKenzies dreißig Dragonern eine kluge Falle stellten. Sie ließen nur einen am Leben. Den schnitten sie zuvor die Zunge heraus, bevor sie ihn haben laufen lassen.«

Malcolm deutete auf die besagte Stelle und schritt los. Lena und ich sahen uns verwundert an. War das ein Witz? Sollten wir darüber lachen?

¥

Die Landschaft war flach und grün. Ich war überrascht, wie weitläufig und riesig alles erschien. In meiner, sicher der kindlichen Fantasie entsprungenen Vorstellung, war Schottland ein kleines Land, bei dem man, stellte man sich mittig auf einen Hügel, die Ost- und Westküste gleichzeitig erblicken konnte.

Aber dem war nicht so. Im Gegenteil. Nach Stunden Wald um Wald, Wiese um Wiese und Hügel um Hügel war es mir als wollte Schottland kein Ende nehmen.

Malcolm marschierte voran, verschwand oft im Gebüsch und tauchte genau in dem Moment auf, in dem Lena und ich dachten, er wäre getürmt. Der Mann kannte jeden Hügel bei Namen und wusste passend dazu eine Anekdote zu berichten. Oft ging es darum, dass jene Person zu Unrecht (oder zu Recht) gehängt oder jene Gruppe an Menschen (oft Engländer) überfallen wurden.

Nach hunderten solcher Anekdoten beschlich mich das Gefühl, dass jeder große Baum, jeder Stein und jede Mauer irgendetwas signifikantes mit der schottischen Geschichte zu tun hatte. Dieses Land war wahrhaftig geschichtsträchtig.

Kurz nachdem wir das *Carron Valley* Reservat hinter uns ließen, machten wir unsere erste Pause. Leni und ich hatten uns mit so allerlei Snacks und Sandwiches eingedeckt, nicht wissend, ob wir nachts campen oder in einem Bed & Breakfast übernachten würden. Auf die

Frage, was unser Tagesziel war und ob es da auch eine Dusche gab, machte Malcolm ein geheimnisvolles Gesicht und verschwand mal wieder in den Büschen.

»Meinst du, er ist ein Serienkiller?«, flüsterte Lena mir zu und verspeiste zaghaft ihr Gurkensandwich.

»Was? Nein! Warum denkst du das?«

»Ich weiß nicht.« Sie zuckte mit den Schultern und reichte mir Cherrytomaten aus einer Plastikbox. »Er sieht so krass aus. Ich meine, warum sollte so jemand gutaussehendes mit zwei deutschen Hühnern wie uns durch die Pampa turnen?«

»Er macht das ja nicht umsonst.«

»Kann sein. Trotzdem … ich meine, ich kann mir das nicht vorstellen. Er wäre auch allein mit dir los.«

»Was soll das denn heißen?« Ich sah sie böse an.

»Gar nichts. Ich wundere mich nur. Wo ist er hin?«

»Wunderer dich bitte in Zukunft still. Keine Ahnung, wo er hin ist. Wahrscheinlich musste er mal.«

Ich drehte Lena den Rücken zu und betrachtete die Landschaft zu meinen Füßen. Wir befanden uns auf einer Anhöhe. Man konnte das klare Wasser des Sees überblicken und Fische darin erkennen. Ihre Schuppen reflektierten die Sonne und erweckten den Eindruck, man hätte Edelsteine auf dem Grund versenkt. Ziemlich viele Fische waren das. Ich konnte meinen Blick nur mit Mühe von ihren wellenden Körpern wenden.

Lena gähnte hinter mir. Sie drehte ihren Rucksack um und legte sich auf ihn. Ihr war mal wieder nach einem Mittagsschläfchen. Mir sollte es recht sein. Ich wollte Ruhe und ließ meinen Blick weiterwandern.

Unten, neben dem Ufer und den vielen Fischen, entdeckte ich Malcolm, der sich am Strand seiner Stiefel und Socken entledigte.

Ob er Schwimmen gehen wollte?

Nackt?!

»Ich gehe mal zum Wasser runter«, sagte ich und begutachtete den kleinen Abhang kritisch. Sollte ich einen Umweg machen?

Lena gähnte erneut.

»Aber nicht zu weit, okay? Ich weiß nicht, wie lange wir Pause machen. Er ist ohne Ansage verschwunden.«

»Ich bleibe in Hörweite«, versprach ich, hielt mich am Gras fest und ließ mich gleiten. Kleine Steinchen rollten unter meinen Wanderstiefeln und ließen mich den Abhang runterschlittern. Elegant sah das sicher nicht aus. Zum Glück war Malcolm mit sich selbst beschäftigt und scherrte sich nicht um mich.

Er band sein Kilt hoch, entblößte den Teil seiner Oberschenkel, der nicht so oft in den Genuss der Sonne kam und watete in das kühle Blau. Dabei ließ er sich Zeit, blieb ab und zu stehen, um bloß keine unnötigen Wellen zu erzeugen und verharrte an der Stelle, wo sich zuvor ein großer Schwarm Fische befunden hatte. Mit einem Lächeln legte er seinen Kopf in den Nacken und sonnte sich.

Eine Weile lang passierte nichts. Wie zu einer Statue erstarrt, stand er da. Gebannt beobachtete ich ihn, setzte mich so leise wie möglich in Schneidersitz auf die großen Kiesel und holte mein Handy heraus. Mein Bauchgefühl sagte mir, gleich würde etwas unglaublich Aufregendes passieren.

Ich hielt die Kamera auf ihn und atmete flach.

Malcolm stand noch immer ruhig im Wasser, als plötzlich seine Hände ausscherten, er zwischen seine Beine griff und mit einem Triumphschrei einen großen, glänzenden Fisch zum Vorschein brachte. Der Fisch zappelte wild. Nur mit Mühe bekam er ihn richtig zu greifen. Schwungvoll warf er ihn zum Ufer, mir vor die Füße.

Ich wich erschrocken zurück und starrte den zappelnden Fisch an, der mit seinem großen Maul panisch nach Luft schnappte.

Schnappten Fische nach Luft?

Ein zweiter Fisch, kleiner als der Erste, landete wenige Meter daneben, gefolgt von einem Dritten. Ich war versucht zu ihnen zu laufen und sie wieder ins Wasser zu befördern – ihren Todeskampf mit anzusehen, war unerträglich – doch Malcolm kam mir zu vor.

Kraftvoll, als gebe es keine Schwerkraft für ihn, kam er aus dem Wasser gelaufen, schnappte sich das Messer, das an seinem Gürtel hing, drehte es um und erschlug seine Beute mit dem dicken Knauf, das aus einem Hirschgeweih geschnitzt war.

Das Zappeln der armen Tiere nahm ab.

Von dem unerwartet brutalen Schauspiel überrumpelt sah ich ihn mit offenem Mund an. So etwas hatte ich noch nie in meinem Leben gesehen. Malcolm grinste mich frech an und verkündete mit seinem rollenden R und dem unwiderstehlichen Akzent:

»Ich habe uns etwas zu Mittagessen besorgt, *fearsiubhail*.«

»Danke«, sagte ich und schluckte meine Verwunderung herunter. Ich versuchte nicht auf die zerschlagenen Köpfe der Fische zu sehen. Beim Anblick von Blut wurde mir immer übel. Müsste ich lange hinsehen, müsste ich kotzen.

Geübt hängte er die Fische auf einen Draht auf, welches er mit sich führte, legte sie beiseite, um seine Socken und Schuhe wieder anzuziehen und deutete dabei er auf mein Handy.

»Hast du ein Video davon gemacht.«

»Ja, ein Kleines.« Ich gab es ihm, damit er sich das ansehen konnte. Malcolm legte seinen Schuh beiseite und spulte den kleinen Film ab. Er wirkte zufrieden mit dem, was er sah.

»Ich hoffe, du hast nichts dagegen, wenn ich es auf … hey, was machst du da?«

Er hatte das Video gelöscht.

»Meine Rechte waren«, antwortete er, gab mir mein Handy zurück und griff nach dem Schuh. »Stand im Vertrag. Keine Bilder von mir machen. Ich möchte nicht in sozialen Medien auftauchen. Auch nicht in Bild und Ton. Ich traue großen, imperialistischen Konzernen nicht.«

Verdutzt blickte ich auf mein Handy.

Wie oft hatte ich das von Michel gehört? Sehr oft. Und jedes Mal hatte es albern in meinen Ohren geklungen. Albern und paranoid. Doch aus Malcolms Mund ergab es Sinn. Natürlich war es im Interesse von jedem mündigen Bürger, Kontrolle über die eigenen Bilder und Informationen zu wahren. Weiß Gott, was Unternehmen wie Google und Facebook mit all den Daten anfingen? Ich sollte nicht davon ausgehen, dass mein Gegenüber so lasch mit seiner Privatsphäre umging, wie ich es tat. Wie empathielos von mir!

»Tut mir leid. Ich weiß auch nicht, was ich mir dabei gedacht habe. Es sah so verrückt aus, da konnte ich nicht anders, als ein Video davon zu machen«, rechtfertigte ich mich und hoffte, dass er auf mich nicht wütend war. Natürlich sollte man Menschen vorher fragen, bevor man sie filmte. Ich war ein Depp!

»Schon in Ordnung, *Gearmailtich neònach.*«

Malcolm hob den Fisch auf und deutete mir den Weg. Dabei strahlte er mich mit seinem Lächeln und seinen Augen an. Zu meiner Überraschung wirkte er nicht, als wäre er wütend auf mich. Im Gegenteil. Der Mann war die Souveränität in Person.

»Ich kann es dir ja schwer verübeln. Ich würde von dir auch jederzeit Bilder machen. Mit Erlaubnis natürlich.« Er zwinkerte mir keck zu und lief die Büsche hoch, den Fisch lässig über die Schulter geworfen.

Mein Herz.

Es schlug auf einmal unnatürlich schnell.

¥

»Mmmmhhh«, sagte ich mit vollem Mund. »Das schmeckt so gut. Unglaublich.«

Lena nickte und knapperte vorsichtig am Rückgrat, darauf achtend, die Gräten nicht mitzuessen.

»Richtig gut«, bestätigte sie und leckte sich die Finger ab.

Innerhalb einer Stunde hatte Malcolm ein Feuer gemacht, den Fisch ausgenommen, aufgespießt, gewürzt und von allen Seiten gut angebraten. Hilfe hatte er nicht benötigt.

Der Junge konnte kochen!

Und wie er kochen konnte.

Ohne Herd, Geschirr und Kochbuch.

Ich konnte das nicht. Lena schon gar nicht. Sie und Alex lebten in täglicher Symbiose mit dem Lieferservice.

»Wo hast du das gelernt?«, fragte meine Schwester und wischte sich ihre Finger an Feuchttüchern ab.

»Was denn?«, fragte Malcolm unschuldig, wissend, dass sie auf seine Fähigkeiten anspielte.

»Na, das alles. Angeln ohne Angel, Ausnehmen und auch noch so gut zubereiten. Das ist Wahnsinn. Du könntest tagelang allein in der Wildnis überleben.«

Er grinste sie an.

»Ich könnte jahrelang in der Wildnis überleben«, korrigierte er sie und verzichtete darauf Bescheiden zu tun. Was seinem Charme absolut keinen Abbruch tat. Ich fand das sogar gut. Mit jeder verstrichenen Minute kam er mir hinreißender vor. Gab es noch solche Männer auf der Welt? So richtige, echte Männer, die vor der Natur und einem Sonnenbrand keine Angst verspürten? Männer, die sich in der Wildnis versorgen konnten und dabei nach Calvin Klein rochen? Ich musste träumen!

»Bei uns in den Highlands können das die meisten«, sagte Malcolm schließlich und wischte sich herb über das Gesicht. »Wir eigneten uns das über die Jahrhunderte hinweg an. Was blieb uns auch anderes übrig? Sobald die englischen Bastarde, die sich unsere "Beschützer" schimpften, die Ernte vernichteten oder einkassierten, war ein Mann gezwungen eine ganze Familie mit seinen Händen und dem, was er im Wald oder Fluss fand, ernähren. Der Hunger zwang uns dazu.«

Ich wusste nicht, was ich dazu sagen sollte. Ob solche Skills noch immer von Nöten waren, das wollte ich bei aller Sympathie bezweifeln. Engländer gingen heutzutage in den Supermarkt und kauften ein, statt eine schottische Familie auszunehmen. Nichtsdestotrotz waren das beachtliche Skills, die ihre Wirkung bei mir und Lena nicht verfehlten.

»Das ist sehr tragisch«, sagte sie und half Malcolm, unseren Rastplatz aufzuräumen. Auf den Weg hatte er appelliert, so wenig Spuren wie möglich zu hinterlassen. Wegen der Umwelt, die es zu achten galt, und auch, um nicht leicht ausfindig gemacht zu werden.

»Das ist es. Aber es hat auch was Gutes«, sagte er.

»Wirklich? Was denn?«, fragte ich und hievte meinen Rucksack auf den Rücken, bereit mich mit ihm ins nächste Abenteuer zu stürzen.

»Es hat uns gestählt und wichtige Lektionen im Leben gelehrt. Und darauf kommt es am Ende an.«

Malcolm nahm den Müll, den wir erzeugt hatten, an sich und marschierte los. Wie immer, schien ihm die Sonne durch die Wolken hindurch den Weg. Lena und ich versuchten mit ihm Schritt zu halten, die Ohren weit offen, um bloß nichts von dem, was er uns zu berichten hatte, zu verpassen.

ALTE BEKANNTE

Craigton

Es wurde dunkler und hügeliger. Die letzten Stunden fühlten sich mühsam an. Lena benötigte mehr Pausen und ich konnte Malcolm nicht mehr richtig zuhören, auch wenn ich seine Ausführung bezüglich der kleinen Burg zu unserer rechten gerne lauschte.

Hübsche Burg – ohne Zweifel – doch ich würde lieber eine Sitzbank und ein kaltes Bier aus der Nähe betrachten.

Wie bei dem zuvor passierten Turm, hatten sich eints tapfere Schotten verscharrt, um einer Übermacht an Engländern und ihren irischen – treulosen und wechselhaften – Söldnern zu trotzen. Und wie zuvor, waren sie irgendwann jener Übermacht erlegen und wurden überrannt. Jedoch nicht, ohne einige Dutzend englische Soldaten mit in den Tod zu reisen.

Sehr tapfer. Unnötig. Aber tapfer.

Kurz vor Sonnenuntergang kam endlich eine Stadt in Sicht – *Craigton* – und mit ihr ein Bad & Breakfast, das Lena in schiere Begeisterung versetzte.

»Oh! Schau dir nur dieses Bett an!«, rief meine Schwester und warf sich auf den Überzug. »Genauso stelle ich mir ein kleines Hotel in einer noch kleineren Stadt vor. Ist das alles nicht allerliebst und antiquiert?«

»Bedeutet antiquiert nicht etwas Schlechtes?« Ich legte meinen Rucksack ab und band meine Schuhe auf. An meinen Füßen mussten sich mindestens drei, vier Blasen befinden. Nein, meine Füße waren eine einzige riesige Blase. So fühlten sie sich jedenfalls an.

»Die Tapete ist blumig. Die Gardinen sind blumig. Sogar der Badvorleger ist blumig! Ich glaube, ich habe mich verliebt.«

Lenas plötzliche gute Laune machte mich misstrauisch und hinderte mich daran, selbst laut in Entzückung zu verfallen. Dabei war ich ebenfalls entzückt. Ja, die Umgebung war kitschig und sah antiquiert aus, aber irgendwie war das auch wieder cool. Immerhin war das ein Cottage, wie man es sich vorstellt. Direkt aus einem Bilderbuch.

»Ich muss Alex anrufen!«, fiel ihr plötzlich wieder ein. Sie hüpfte vom Bett und kramte nach ihrem Telefon. »Er hat mich fünfzehn Mal versucht zu erreichen. Der Arme denkt sicher, uns ist etwas zugestoßen.«

Ich rollte mit den Augen, zog meine Flipflops aus dem Rucksack und wusch mir Hände und Gesicht. Solange Lena mit Alex redete, würde ich nicht zu Ruhe kommen können. Zwischen ihren Liebesbekundungen und der ständigen Versicherung, dass sie ihn schrecklich vermisste und er sie auch, bequatschten sie ihren Hauskauf und zukünftige Investitionen, die sie unbedingt noch tätigen mussten.

Nee, das Telefonat wollte ich mir nicht antun.

Ich brauchte ein kühles Bier.

Erfrischt ging ich die Holztreppe mit dem verzierten Geländer herunter, blieb bei den Fotographien und Gemälden stehen, machte Fotos davon und kam irgendwann – abgelenkt von all den Schätzen um mich herum – unten an.

Malcolm scherzte mit der gemütlichen Rezeptionistin auf Gälisch und lächelte sofort sein breites, unwiderstehliches Lächeln – oh dieses Lächeln! –, sobald er mich sah.

»Wie ist das Zimmer?«, erkundigte er sich und nickte der Frau zum Abschied zu, die sich nach hinten, in ein kleines Büro verzog.

»Traumhaft«, gestand ich. »Lena liebt es und bekommt sich gar nicht mehr ein.«

»Das ist das beste Bed & Breakfast innerhalb von 25 Meilen. Ihr müsst unbedingt das *Scotch Beef Olives* probieren. Keine, außer Mrs. McKenzie, bereitet es so saftig und mundend vor.«

»Machen wir«, versprach ich. Bei dem Gedanken an Essen, lief mir das Wasser im Mund zusammen. Bier und schottisches Essen! Mein nächstes Ziel im Leben. Malcolm nickte zufrieden, bückte sich nach seinem Rucksack und warf ihn sich über. Er sah aus, als würde er wieder abreisen wollen.

»Nimmst du dir kein Zimmer?«

»Nein«, erwiderter er und hielt mir die Eingangstür auf, »ich schlafe draußen.«

»Draußen? Wie? Da draußen?«

Ich deutete auf die Wälder hinter den niedrigen, zuckersüßen Dächern dieser malerischen Stadt.

Malcolm lachte.

»Nicht ganz. Eine Scheune genügt mir. Im Sommer im Haus zu schlafen, ist meiner Meinung nach vergeudet. In der Natur bettet man sich am besten zur Ruh.«

»Hast du keine Angst für einen Obdachlosen gehalten zu werden?«

»Nein. Die Leute kennen mich.«

»Verstehe.«

Ich verstand nicht, aber ich tat einfach mal so, als täte ich es. Ich hätte viel zu viel Angst davor in einer Stadt unter freiem Himmel oder offenen Raum zu übernachten. Draußen, in einem Zelt, das war was anderes. Das war Campen. Aber in einer Scheune? Nee.

»Falls deine Schwester und du euch den Abend versüßen wollt, so gibt es in der Nähe einen hübschen Pub. Er ist nicht weit, gleich um die Ecke. Das Bier ist selbstgebraut, und der Schnaps, der nicht auf der Karte steht, auch.« Malcom zwinkerte mir zu. »Fragt einfach nach *rud duilich ri òl*.«

»Rud duullii ri l?«, wiederholte ich.

Malcolm gab sich Mühe nicht über meine Aussprache zu lachen. Was ihm schwerfiel.

»*Rud duilich ri òl*«, wiederholte er. Diesmal langsamer. »Sprecht das am besten richtig aus, sonst gibt es ein Missverständnis, das euch am Ende bestenfalls peinlich, schlimmstenfalls ...«

Er ließ den Satz unvollendet.

»Mal sehen, ob Lena sich dazu überreden lässt. Sie telefoniert gerade mit ihrem Verlobten. Das kann

Stunden dauern. Die wollen sich demnächst ein Haus kaufen und wissen nicht wohin mit dem vielen Geld, was sie dafür ausgeben wollen.«

Ich spekulierte darauf, dass er mir anbot anstatt meiner Schwester Gesellschaft zu leisten.

»Was macht sie beruflich?«

Malcolm ging die niedliche, bepflasterte Straße herunter und da ich kein Plan hatte, lief ich einfach mit.

»Sie arbeitet bei Google. AI-Development heißt das, glaube ich. Sie hatte es mir erklärt, es hat mit dem Algorithmus zu tun, aber so genau habe ich das nicht verstanden. Es muss allerdings sehr wichtig sein, denn sie zahlen ihr einen Haufen Kohle dafür.«

Malcolm nickte, tat aus Höflichkeit so, als würde ihn das interessieren, stellte sogar ein paar Fragen zu Lena und ihren Zukunftsplänen, bis er abrupt stehen blieb und auf eine schiefe, blaue Tür deutete, hinter der keltische Volksmusik erklang.

»Da sind wir: *Dha na Susunnaich marbh*, so lautet der Name des Pubs. Denk dran, nach *Rud duilich ri òl* zu fragen.«

»Ruddu lich riol«, wiederholte ich.

»Schon besser«, sagte er und hustete, um sein Lachen zu kaschieren. »Bis morgen früh. Trinkt nicht so viel, aye? Um sieben Uhr geht es los. Hab mit Mrs. McKenzie abgeklärt, dass ihr das Frühstück eingepackt bekommt.«

Malcolm legte zum Abschied seine große, schwere Hand auf meine Schulter und blickte mir tief in die Augen. Ich wollte wegen der gotteslästerhaften Uhrzeit protestieren, doch die vertrauliche Berührung und der Blick brachten mich durcheinander. Ich spürte eine

Verbindung zu dem Mann, wie ich sie noch nie zuvor in meinem Leben mit einer Person verspürt hatte.

Meine Kniee wurden weich.

»Aye«, sagte ich mit belegter Stimme. »Bis morgen.«

Mit einem Lächeln machte er sich davon. Ich starrte ihm so lange nach, bis er um die Ecke verschwunden war.

Hinter der Tür erklang Gelächter. Es herrschte ausgelassene Stimmung, die mich packte und meine meist hinderliche Schüchternheit, überwinden ließ. Allein wäre ich nicht in einen Pub. Doch ich war in Schottland, sehnte mich nach Bier und Lena war zu nichts zu gebrauchen.

Tapfer holte ich Luft und betrat die niedrige Stube.

¥

Der Pub ähnelte meiner Vorstellung von einem schottischen Pub in einer schottischen Stadt. Es gab einen alte Holztresen – sehr klassisch -, der den halben Raum ausfüllte. Es gab einen Fernseher an der Wand, auf dem Fußball lief und zu dem die Hälfte der Anwesenden – meist Männer – gebannt hochblickten und das Geschehen lauthals kommentierten. Es gab Wappen und Bilder, deren Motive mir nichts sagten, und es roch nach Bier, Poliermittel und würzigem Fleisch.

Ich tat das, was jeder anständige Tourist tun würde – ich ging schnurstracks an die Bar und bestellte mir ein Guinness bei einem älteren Barkeeper, der mich kaum beachtete, weil Fußball einfach wichtiger war.

Ich bekam mein Guinness.

Ich trank mein Guinness.

Ich war stolz.

Die größten Hürden dieses Abends hatte ich damit gemeistert.

Endlich fand ich die Ruhe, die vielen Bilder, die ich heute auf unserem Wanderweg gemacht hatte, als Story hochzuladen und zu kommentieren. Da ich jeden Tag postete, wuchs mein Account überraschend schnell. Stolze 165 Follower hatte ich zu verzeichnen. Fast hundert mehr als vor einer Woche. Aus mir konnte noch eine waschechte Reisebloggerin werden. Somit hatte ich technisch gesehen Michel nicht angelogen, sondern lediglich der Zukunft vorgegriffen.

Michel likte noch immer fleißig meine Bilder und hinterließ hin und wieder ein "Wow" als Kommentar. Er selbst postete unnütze Dinge und Alltagssituationen – auch seine kleine Tochter – was mich ärgerte, da er früher so viel auf Datenschutz wert gelegt hatte und nun auf alles zu pfeifen schien. Sogar auf das Bildrecht seiner Tochter.

Malcolm war da anders.

Ich konnte mir nicht vorstellen, dass so jemand wie Malcolm so schnell seine Prinzipien über Bord werfen würde, wie Michel es nach meiner Abfuhr getan haben musste. Auch ärgerte es mich, dass er mir früher nie entgegenkommen wollte, aber für seine Gudrun – oder wie auch immer die hieß – sich um 180 Grad gedreht hatte.

Es mangelte ihm an Rückgrat. Eindeutig. Michel mangelte es an Rückgrat.

Ich legte verärgert über ihn mein Handy weg. Statt mir Gedanken über Michel zu machen, sollte ich mich an Malcolm halten. Da war doch etwas. Also zwischen ihm und mir. Ich hatte das vom ersten Moment an gespürt.

Eine besondere Vertrautheit. Eine gewisse Schwingung. Sicherlich spürte er das auch, sonst hätte er mir zum Abschied nicht so tief in die Augen gesehen.

Ein enttäuschtes »Ahhhh« ging durch die Kneipe. Eine Fußballmannschaft musste gegen eine andere Fußballmannschaft verloren haben.

Katastrophe!

Der Wirt warf sich frustriert ein Handtuch über die Schulter und wandte sich mir zu. Mein Guinness war leer. Ich musste es gedankenverloren ausgetrunken haben. Den fragenden Blick des Barkeepers erwiderte ich mit einem Nicken. Er nahm das Glas, wollte mir den Rücken zu drehen, als ich den Mund aufmachte:

»Äh …«, fing ich an und versuchte mich krampfhaft an die gälischen Worte zu erinnern, »… dazu hätte ich gern *rud duilich?*«

Der Mann sah mich verdutzt an, zwinkerte ein paar Mal, bevor er laut anfing zu lachen.

»*Rud duilich!*«, wiederholte er und schrie in die Runde: »*Tha an nighean ag iarraidh rudeigin duilich.*«

In der Kneipe wurde es zunächst still, bis alle anfingen gleichzeitig zu lachen. Ein Kerl, ganz hinten in der Ecke, rief zu uns vor:

»*Bheir mi dhomh i!*«

Noch mehr dreckiges Lachen folgte darauf.

Der Wirt winkte belustigt ab, beugte sich nach unten und verschwand aus meiner Sicht. Als er wieder hochkam, zauberte er einen riesigen pinken Dildo mit Saugnapf hervor und platzierte ihn vor mir. Das Ding schwang vor meiner Nase unanständig hin und her.

»*Rud duilich!*«, verkündete er und zeigte darauf.

Meine Kinnlade klappte nach unten. War das das, was ich bestellt hatte? Einen Dildo? Hatte Malcolm mich verarscht und damit zum Gespött gemacht?

Ich hörte, wie ein Hocker zur Seite gezogen wurde und sah aus dem Augenwinkel, wie sich ein Mann zu mir setzte. Hoffentlich sah das niemand als eine Einladung an, mich anzüglich zu belästigen.

»Die Miss meinte *Rud duilich ri òl*«, stellte jemand mit vertrautem osteuropäischem Akzent fest. »Zwei.«

Peinlich berührt drehte ich mich zu dem Neuankömmling um. Das durfte doch nicht wahr sein. Ausgerechnet der Kerl! Auf der Stelle war der riesige pinke Dildo und der sich vor Lachen kugelnde Wirt vergessen.

»Du!«, rief ich wütend aus. »Du hast vielleicht Nerven sich neben mich zu setzen.«

»Wohin soll ich sonst? Alle Hocker sind besetzt.« Er deutete die Bar entlang, an der mindestens vier Barhocker leer waren. So ein frecher Lügner! Unglaublich.

»Willst du mich verarschen?«

»Ich glaube, ich komme da zu spät«, antwortete er und blickte vieldeutig auf den Dildo.

Bevor ich ihm sagen konnte, dass er sich zum Teufel scheren sollte, da ich mich ihm wegen seiner dreisten Lügnerei nicht nähern durfte, stellte der Wirt zwei dunkle Schnäpse vor uns ab und zwei frische Guinness dazu. Mit einem anzüglichen Grinsen räumte der alte Schotte das Sex-Ding wieder fort. Der Russe schob mir einen Schnaps zu und nahm seinen in die Hand.

»*На здоровье!*«, sagte er und trank. Angewidert verzog er das Gesicht. »Ekliges Zeug. Aber besser als der Wodka, den sie hier haben. Dieses Land versteht nichts vom Wässerchen.«

»Ich will meine Kamera wieder.«

»Welche Kamera?«

»Stell dich nicht dümmer, als du aussiehst. Du weißt ganz genau welche Kamera.«

Er seufzte und schob den Schnaps noch weiter zu mir.

»Hier trink. Ich gebe dir das aus. Dann sind wir quitt.«

Ich starrte ihn an.

»Sag mal, bist du als Kind in Gülle gefallen? Die Kamera und das dazugehörige Equipment waren über 4000 Euro wert. Wie glaubst du, sind wir mit einem Schnaps quitt?«

Er pfiff bei der Summe anerkennend und schnappte sich sein Guinness-Glas.

»Du solltest auf teure Dinge besser aufpassen.«

Ich nahm mein Guinness in die Hand, bereit es ihm vor Wut ins Gesicht zu werfen. Der Wirt musste es mir angesehen haben. Er legte seinen Arm auf meinen und deutete auf ein Schild oberhalb der Theke.

"Calm down, don't waste alcohol", stand da drauf und verhöhnte mich. Ich atmete tief aus und ließ das Glas wieder los. Der Russe beobachtete mich belustigt, trank sein Bier und kniff die Augen zusammen.

»Was machst du hier? Verfolgst du mich?«

»Natürlich«, antwortete ich, den skeptischen Blick des Wirtes auf mir spürend. »Ich bin deine verrückte Stalkerin. Ich will dich in einen Busch schubsen und über dich herfallen.«

»Wirklich?«, er schnaufte belustigt und blickte auf mich herunter. »Mit einem Rock und hohen Schuhen hättest du mehr Erfolg.«

Ich folgte seinen Blick. Was hatte der Mann gegen meine praktischen beigen Shorts und Flipflops? Ich machte Wanderurlaub und nicht bei Germanys Next Topmodel mit.

Momentmal!

Was dachte ich da?

War doch egal, was er von meinem Outfit hielt. Der Typ hatte meine Kamera und Lenas Rucksack gestohlen. Statt mich über Mode zu belehren, sollte ich ihm eine knallen, fesseln und der Polizei übergeben.

»Ich verstehe westliche Frauen nicht«, offenbarte er mir und drehte sich in Richtung der Schnäpse auf dem Regal, während er an seinem Guinness nippte. »Ihr seht immer aus, als wolltet ihr einen Stall ausmissten.«

»Was ist das denn für eine dumme Aussage?« Ich nahm mein Handy in die Hand, und schrieb Lena, sie soll mich anrufen. »Wer mistet einen Stall mit Flipflops aus?«

Der Russe zuckte mit der Schulter und seufzte.

»Da, wo ich herkomme, da machen sich die Mädchen hübsch. Besonders, wenn sie reisen oder ausgehen. Auch im Winter. Sie laufen nicht herum, als hätten sie Kleider verloren und müssen die Hosen ihrer Brüder anziehen.«

»Tatsächlich? Und wo kommst du her? Nowosibirsk?«

»Fast. Etwas weiter nördlich.«

Interessierte mich das? Nein!

»Was, wenn ich fragen darf, hat dieser sexistischer Scheiß mit meiner Kamera zu tun? Hättest du uns nicht ausgeraubt, wenn wir Röcke getragen hätten, oder was —«

Mein Handy klingelte.

Lena!

Ich ging ran und sprach auf Deutsch auf sie ein, dabei tat ich so, als würde ich Lächeln und den Spaß meines Lebens haben.

»Leni, hör zu: Der Dieb! Der Dieb ist mit mir in der Kneipe. Keine Ahnung wie und warum. Du musst sofort herkommen, am besten mit der Polizei. Diesmal entwischt er uns nicht. Hast du mich verstanden?«

»Hä? Welcher Dieb? Welche Kneipe? Ich verstehe nur Bahnhof.«

Ich lachte künstlich, damit er dachte, ich tausche mit ihr Witze am Telefon aus.

»Zwei Straßen weiter vom Hostel ist eine Kneipe. Blaue Tür, niedriges Haus. Siehst du sofort. Der Typ, der unsere Sachen gestohlen hat, sitzt neben mir und labbert mich über osteuropäischen Frauen zu. Schnapp dir die Polizei und komm jetzt her!«

»Tony, bist du betrunken?«

Ich lachte wieder, diesmal genervter. Warum war Lena immer so begriffsstutzig?

»Lena, alter Falter, stell dich nicht so an. Mach was ich sage. Tschüüüüüsssss.« Ich legte mit einem Lächeln auf und trank den Schnaps, ohne vorher an ihm zu riechen. Meine Nerven waren blank. Ich brauchte das.

Ui, das war hartes Zeug. Aus was war der gebrannt? Aus alten Schuhsohlen?

Der Russe sah mich nachdenklich an. Hat er mich verstanden? Nee, der konnte doch kein Deutsch. Der Mann sah wie ein Straßenschläger aus und nicht wie ein Sprachgenie.

»Meine Mutter«, sagte ich und deutete den Wirt uns noch mehr Schnaps einzuschenken. Ich musste ihn so lange beschäftigen bis Lena kam, und wenn das bedeutete, ihn abzufüllen.

Kein Ding.

»Und du hättest es also lieber, wenn Frauen hier mehr Röcke tragen würden?«, fragte ich scheinheilig und nahm die neuen Schnäpse in Empfang, schob ihn einen zu und tat so, als würde mich seine Antwort interessieren.

»Ich? Nein, mir ist das egal. Frauen können tragen, was sie wollen. Ist nur schwerer so einen Mann zu finden.« Er hob das Glas. »*На здоровье!*«

Nach einem dankenden Nicken kippte er sich den Inhalt hinter die Binde.

»Prost!«, erwiderte ich und tat es ihm gleich.

»Ich sehe so viele Frauen. Touristinnen«, vertraute er mir an. »Ihre Augen sind hungrig nach Männern. Aber sie gehen immer mit leerem Bauch und Herz ins Bett. Das liegt an der Kleidung. Wer will ein Pferd, wenn Pferd aussieht wie eine Kuh?«

Ich lachte. Was sollte ich sonst tun? Meinen Hocker schnappen und ihm damit eine über die Rübe ziehen?

Eine Option.

Zugegeben.

Aber nicht mit dem misstrauischen Wirt im Rücken.

»Hast du eine Freundin?« Und sieht die aus wie ein Pferd, dachte ich und verkniff es mir noch rechtzeitig, ihn das zu fragen. Als Antwort trank er sein Guinness und rülpste auf.

»Ich muss aufs Klo.«

Schwungvoll stand er auf und wollte sich entfernen. Ich stellte mich ihm in den Weg.

»Nein, das musst du nicht«, sagte ich.

»Doch. Ich muss.« Er versuchte an mir vorbeizukommen. Ich ließ ihn nicht durch.

»Lass uns vorher noch einen Trinken.« Ich deutete dem Wirt die Schnapsgläser aufzufüllen. »Langsam komme ich in den Geschmack von dem Zeug.«

»Das ist 75% Rum«, sagte der Russe. »Willst du mich besoffen machen?«

»Jepp. Und abschleppen. Hatten wir alles schon. Ich bin dein Stalker.« Ungeduldig wartete ich darauf, dass die Gläser wieder voll waren und schielte gleichzeitig auf die schräge, blaue Tür. Hoffentlich hatte es Lena gecheckt und kam bald mit einem Bataillon an Polizisten hereingestürmt, um den Kerl umzuhauen.

Die Tür ging auf.

Ein alter Kerl mit krummen Beinen kam herein.

Die Tür ging wieder zu.

Schade, aber immerhin waren die Gläser wieder voll. Ich drückte dem Dieb ohne Namen seins in die Hand.

»Wie heißt du eigentlich?«, wollte ich wissen.

»Dimi«, sagte er.

»Dimi und weiter?«

»Dimi Dmitrijewitsch.« Mit einem Ruck war der Inhalt in seinem Rachen verschwunden.

Ich hielt mir die Nase zu und tat es ihm gleich. Mir war nach der dritten Runde, dem Guinness und den Mangel an Abendbrot komisch zu Mute. Gut möglich, dass ich jetzt schon besoffen war.

Dimi umrundete mich und visierte einen dunklen Gang an. Waren dort die Toiletten oder wollte er fliehen? Ich folgte ihm, was ihn dazu brachte, mir einen misstrauischen Blick über die Schulter zuzuwerfen.

»Ich muss auch«, sagte ich und blieb abrupt vor dem Damenklo stehen.

Dimi schwieg, beließ es bei dem misstrauischen Gesichtsausdruck und ging durch die andere Tür. Ich blieb im Gang. Obwohl ich tatsächlich auch musste, traute ich mich nicht, die Herrentoilette aus den Augen zu lassen. Auf keinen Fall wollte ich ihn verpassen und entkommen lassen. Es stand mittlerweile mehr auf dem Spiel als meine Kamera.

Die Sache war persönlich.

¥

Die Zeit verging quälend langsam.

Ungeduldig blickte ich aus dem Klogang in die Kneipe, in der Hoffnung, Lena und die Polizei eintreten zu sehen, doch ich hoffte vergebens.

Dimi, der dreiste Dieb, befand sich noch immer auf der Toilette, was mich unruhig machte. Entweder fabrizierte der Mann den Haufen seines Lebens, oder es gab ein Fenster, durch das man fliehen konnte.

Ich wollte rein und nachsehen – egal, ob sich das gehörte oder nicht –, als ich die Tür aufgehen hörte und glaubte die Stimme meiner Schwester vernehmen zu können.

Tatsächlich, das war Lena!

Und sie war nicht allein. Die Bed & Breakfast Frau und eine Polizistin begleiteten sie. Ich winkte sie zu mir und stellte mich vor die Tür.

»Er ist da drin. Seit mindestens einer halben Stunde. Der feige Hund«, fügte ich hinzu.

Unschlüssig standen Lena, ich, die Polizistin und die Wirtin vor der Toilette und blickten auf die Tür. Es fühlte sich falsch an, das Herrenklo zu stürmen. Die Polizistin drehte sich schließlich um und ging auf die Theke zu, die Hostelfrau begleitete sie.

Gute Idee! Sie wollten sicher den Wirt fragen, ob er Dimi rausbitten konnte. Ich hörte, wie sie ihm die Lage erklärte. Statt hinter der Bar hervorzukommen, polierte er jedoch seelenruhig weiter und zeigte auf die leeren Schnapsgläser.

»Was reden sie da nur so lange … hicks … Dimi ist sicher längst aus dem Fenster geklettert.«

»Tony? Hast du schon wieder ohne mich getrunken? Du riechst nach einer Destillerie«, sagte Lena und drehte sich angewidert weg.

Ich hauchte in meine Hände.

Wow. Selbst ich roch den Alkohol. Das musste wirklich echt hartes Zeug sein, was die hier verkauften.

»Rum. Ich musste Dimi bei Laune halten.«

»Wer ist Dimi?«

»Der Russe.«

»Welcher Russe?«

»Na, der Dieb. Der ist Russe, kommt aus Novosibirsk und heißt Dimi.«

Lena machte ein verwirrtes Gesicht.

Ich stöhnte.

»Weißt du was, ich finde es manchmal echt schwer zu glauben, dass du ein AI-Developer bist.« Ich sah sie genervt an. »Muss man nicht dafür etwas draufhaben? So kognitiv?«

»Muss man. Deswegen frage ich mich, ob wir miteinander überhaupt verwandt sein können —«

»Er ist weg«, unterbrach uns die Polizistin. Sie hatte ein Guinness in der Hand und nippte daran. Scheinbar hatte sie beschlossen, Feierabend zu machen.

»Wie, er ist weg? Woher weiß man das? Er hat die Toilette nicht verlassen. Ich bin die ganze Zeit davorgestanden.«

»Er hat vor zehn Minuten die Schnäpse und das Bier bezahlt und ist aus dem Pub raus.« Sie wirkte gelangweilt. »Musste sich bedroht gefühlt haben.«

»Von wem? Von mir?« Ich blickte zum Wirt, der mit der Hosteldame über mich zu tuscheln schien. Sie sahen mich an und sahen schnell wieder weg, sobald sie meinen Blick bemerkten.

»Das kann doch nicht wahr sein! Wir müssen —«

Die Polizistin drehte mir den Rücken zu, ging aus dem Gang und setzte sich zu einem Tisch, der sie mit freudigen Begrüßungsrufen in Empfang nahm. Entrüstet über den mangelnden Diensteifer, blickte ich zu Lena.

»Kannst du dir das vorstellen? Dieses Arschloch ist mir schon wieder entkommen. Er musste sich aus dem Klo —«

Lena drehte mir den Rücken zu und ging aus der Kneipe.

BLUTFEHDE

Burgruine

Das Dach fehlte, sodass die Bäume die Innenwände überragten.

Ich legte meinen Kopf tief in den Nacken, um die Pracht der Ruine in mich aufzunehmen. Anders als die Burgen davor, war diese ein malerisches Märchenschloss, das von der Natur sanft umarmt wurde. Ich bekam nicht genug davon.

»Sie gehörte einst dem Duke of Montrose«, flüsterte Malcolm mir von der Seite zu. »Und wurde niedergebrannt.«

»Von den Engländern?«, flüsterte ich zurück, darauf bedacht die sakrale Stille der Ruine nicht zu stören. Ich atmete flach, davon überrumpelt, wie nah Malcolm mir plötzlich stand. Ich konnte seine Körperwärme spüren und ihn leise atmen hören. Mein Herz fing an sehr, sehr schnell zu schlagen. Zu schnell.

»Nein. Obwohl, zuzutrauen wäre es ihnen.« Er sah mich ernst an, auch wenn seine Worte nicht ernst waren. »*Buchanan Auld House*, der Vorgängerbau, wurde ebenfalls von einem Feuer vernichtet. Ein fürstliches Landhaus, wie es so in der Gegend nicht gegeben hatte.«

Malcolm kam mir noch näher und zeigte in Richtung Süden. Unsere Schultern berührten sich und mein rasendes Herz blieb stehen. Ich spürte es nicht mehr. Ich spürte nur noch die Berührung seiner Schulter.

»Davor befand sich ein großer Rosenbusch, mit den rötlichsten Rosen, die man sich vorstellen konnte. Noch nie habe ich eine solch intensive Farbe gesehen. Selbst Blut kommt nicht heran, *mo bhrèagha*, so rot waren die Blüten.«

Ich schluckte. Malcolms Atem streifte meinen Hals.

»Ist der Busch noch da? Ich würde ihn gern fotografieren.«

»Nein. Er verbrannte mit dem Haus vor 200 Jahren.«

Malcolm stand vollständig hinter mir. Sein Kopf befand sich über meiner Schulter. Ich musste mich nur umdrehen und wir würden uns küssen.

»Woher weißt du dann –?«

Der Rest meiner Frage ging unter. Malcolm legte seine große, breite Hand auf meinen Hinterkopf und zog mich zu ihm. Sein Kuss war fest und fordernd. Ich konnte nicht anders, als ihn zu erwidern.

Nein, ich wollte nichts anderes, als ihn zu erwidern.

Nichts fühlte sich in diesem Moment besser und richtiger an, als in Ruinen, zwischen hohen Bäumen und geschwätzigen Vögeln diesen Mann zu küssen. Meine Hände umfassten sein Gesicht, krallten sich in seine Wangen.

Ich wollte mehr! Ich durstete nach mehr!

»Tony?«, hörte ich aus der Ferne Lena rufen. Sie musste uns also doch noch eingeholt haben.

»Mist«, flüsterte ich in seinen Mund.

»Nicht aufhören«, flüsterte Malcolm zurück und zog mich näher. »Nicht jetzt.«

Ich konnte auch nicht. Beim besten Willen nicht. Dieser Mann machte süchtig. Alles an ihm machte süchtig.

»Hey, sei vorsichtig! Die Steine kommen gleich mit runter!«, vernahm man von der anderen Seite eine fremde Stimme. Das Englisch klang anders. Warum klang es anders? Ich war zu benebelt von Malcolm, um eine Antwort zu finden.

»Yankees«, sagte er und stöhnte resigniert. Mit sichtlichem Bedauern löste er sich von mir und starrte in die Richtung, aus der uns eine kleine Gruppe Touristen entgegenkam. Es handelte sich um drei Männer und zwei Frauen. Einer von ihnen versuchte sich an einer Abkürzung über die abgebrannten Gemäuer. Die anderen kommentierten das fleißig von unten.

»Hey!«, rief Malcolm dem Kletterer zu. »Das Schloss steht unter Denkmalschutz. Runter da.«

Der junge Amerikaner blieb oben stehen und sah ihn trotzig an.

»Hast du mich nicht gehört?«

»Warum sollte ich? Ist das dein Schloss?«, fragte er Malcolm und blieb da, wo er war.

»Hey, Campbell, lass den Scheiß. Mach was er sagt. Ist zu gefährlich«, mischte sich einer seiner Begleiter ein.

»*Mac salach galla*«, knurrte Malcolm neben mir.

»Wie bitte?« Ich sah ihn besorgt an. »Alles gut bei dir?«

Sein Hals war rot angelaufen und er sah angespannt aus. Brannte er vor Wut, weil dieser Idiot eine Ruine mit einem Spielplatz verwechselte, oder hatte ich etwas verpasst? Malcolm löste sich von mir, legte seinen Rucksack ab und ging mit großen Schritten auf die Reisegruppe zu.

»Hey, wo willst du –?«

»Da seid ihr ja!«, rief meine Schwester und kam um die Ecke gebogen. »Ich suche euch schon seit einer halben Stunde. Habt ihr mich nicht gehört? Wo will Malcolm denn hin?«

»Keine Ahnung. Ich glaube, es ärgert ihn, dass der Amerikaner die Mauer hochgeklettert ist.

Malcolm blieb vor der besagten Mauer stehen und blickte zu dem jungen Kerl hoch, der übermütig versuchte noch eine weitere Etage der Burg zu erreichen.

»Runter da!«, befahl er ihm in einem Tonfall, der keinen Widerspruch duldete. Wäre ich an der Stelle des Amerikaners, ich wäre schon längst auf dem Boden. Doch der dachte nicht daran.

»Hey, Campbell, mach was er sagt«, eine der Frauen stellte sich zu Malcolm und winkte ihren Freund zu sich. Endlich reagierte er und wechselte die Richtung.

»Campbell?«, wiederholte Malcolm den Namen. Er bedeckte seine Augen vor der Sonne, um ihn besser sehen zu können. »Aye? Campbell? Woher kommt deine Familie?«

»Ohio.«

»Nein, woher kommt sie ursprünglich?«

»Aus der Gegend um *Loch Awe*. Sie sind Anno 1700 nach Bosten übergesiedelt.«

»Aye!«, erwiderte Malcolm ruhig und spuckte kurz bevor der Amerikaner auf den Boden aufkam vor seine Füße. »Dachte ich es mir doch, *neach-brathaidh meallta*, wie immer ist euch das Gastrecht nicht heilig. Dein elender Clan hat sich selbst nach Jahrhunderten nicht verändert. Dreckige Hunde seid ihr!«

Bevor der Amerikaner die Gelegenheit hatte, auf die Beleidigungen zu reagieren, eilte Malcolm auf ihn zu und verpasste ihm einen tiefen Schlag gegen die Magengrube.

Dem Kerl entwich jegliche Luft und er ging in die Knie.

Ich schrie überrumpelt erschrocken auf, während Lena »Ach du Scheiße« auf Deutsch rief, ihren Rucksack fallen ließ und auf Malcolm zu rannte, um ihn davon abzuhalten, den jungen Amerikaner erneut zu schlagen.

Aufgeschreckt, tat ich es ihr gleich und stellte mich zwischen die zwei Männer. Die anderen Amerikaner sprangen auf Malcom und hielten ihn an Armen und Beinen fest. Er war stärker und größer als sie, und machte es ihnen fast unmöglich ihn unter Kontrolle zu bekommen.

»Lasst mich los! Dieser elende *mac gobhar tinn* soll bekommen, was er verdiente. Nach *Glencoe* sollte kein Campbell jemals schottischen Boden betreten dürfen.«

»Von was … puh … redest du da … Mann?«, presste der geschlagene Amerikaner hervor. Ich versuchte ihm beim Aufstehen zu helfen, doch er schlug meinen Arm aus und kam selbst hoch. »Bist du irre?«

Malcolm antwortete nicht, sondern verstrickte sich in einen Kampf mit den zwei anderen Amerikanern. Ich kreischte, Lena kreischte, die Amerikanerinnen kreischten, während die Kerle rumbrüllten und sich ineinander verknäulten.

¥

»Ich verstehe das noch immer nicht«, sagte ich und reichte Malcolm ein Taschentuch, damit er es gegen die Platzwunde oberhalb seines linken Auges drücken konnte. »Du hast ihn geschlagen, weil so ein Captain —«

»Robert Campbell of Glenlyon«, ergänzte er.

»… weil so ein Robert of Glensoundso, vor vierhundert Jahren einen Mann in seinem Bett erschlug?«

»Alastair MacDonald«, half mir Lena auf die Sprünge, die sich die Namen zu meiner Verwunderung besser merken konnte als ich. Dabei hatte ich früher schottische Geschichte geatmet.

Sie schraubte ihre Wasserflasche auf und gab sie ihm zu trinken. Malcolm nahm sie dankend an und klärte mich erneut in Ruhe über den Sachverhalt auf, der zu all dem Chaos geführt haben musste.

»Am 13. Februar 1692 erschlug ein Regiment, das unter der Führung von Robert Campbell of Glenlyon stand, den Clan der McDonalds im Schlaf. Man hatte den Befehl alle unter 70 zu ermorden. Viele Männer starben in der Burg, 40 Frauen und Kinder starben auf der Flucht, als sie versuchten, sich im eisigen Winter vor den feigen Campbells in Sicherheit zu bringen. Seitdem ist jeder Campbell verflucht. Wir alle wissen, dass man ihnen nicht trauen kann. Man verweigert ihnen in den Highlands das Gastrecht, aus Angst, erneut im eigenen Bett ermordet zu werden.«

»Ich glaube, ich habe davon gelesen. Aber musste er das nicht machen? War das nicht ein direkter Befehl des Königs? Wilhelm von Oranien?«

»Pah!«, Malcolm spuckte das Blut, was sich zwischen seinen Zähnen gesammelt hatte, angewidert aus. »Wessen König? Er war kein König der Schotten. Kein Stuart. Campbell hätte den Clans die Treue halten sollen, statt diesem stinkenden, protestantischen Bastard aus Holland in den Arsch zu kriechen.«

»Das ist doch schon so lange her!« Ich verstand es noch immer nicht. Was hatte der arme Amerikaner damit zu tun, außer dass er von diesem Clan abstammte? »Und irgendwie ist das auch albern!«

Lena sah mich beschwörend an.

»Das ist ihre Kultur«, verteidigte sie Malcolm und herrschte mich auf Deutsch an: »Du kannst doch nicht so ein kollektives Trauma, das noch immer andauert, als albern bezeichnen.«

»Natürlich kann ich das. Er hat einen Touristen angegriffen, weil der zufällig so heißt, wie die Schotten, die Hundert andere Schotten ermordet haben. Und das vor 400 Jahren! Stellt dir vor, jeder würde so reagieren, sobald er auf jemanden trifft, dessen Vorfahren Mist gebaut haben?«

»Du bist sehr unsensibel, weißt du das? Ich hätte ausgerechnet von dir, die du immer schon so schottengeil warst, etwas mehr Verständnis erwartet.«

Lena warf mir einen bösen Blick zu und half Malcolm auf die Beine. Wir befanden uns in der Ruine, damit die Amerikaner etwas Zeit und Raum zwischen sich und Malcolm bringen konnten. Es war schwer gewesen, ihn zu beruhigen und wir konnte nicht garantieren, dass er sich in deren Nähe in Griff hatte.

Während Lena ihm dabei half ein frisches Hemd aus seinem Rucksack zu fischen – sein altes war Blut überströmt, aber nicht von seinem – umrundete ich eine zur Hälfte eingefallene Treppe und fasste mich müde an den Kopf.

Was war das denn gewesen?

Erst küsste er mich, wie mich noch kein anderer zuvor geküsst hatte, um dann einen Amerikaner anzugreifen, weil der Campbell hieß. Das konnte sich doch niemand ausdenken! Was, wenn mehr zu Schaden gekommen wäre als eine Platzwunde und eine geschwollene Nase?

Ich schüttelte den Kopf und holte mein Handy heraus.

Bei dem ganzen Stress hatte ich vergessen Fotos von der Ruine zu machen. Dabei hatte ich sie in meiner Story angekündigt.

Ich hörte, wie Lena und Malcolm miteinander flüsterten, ärgerte mich darüber, dass meine Schwester bei der Sache seine Partei ergriff und machte noch zwei Schritte nach vorne, um das eingefallene Fenster zu fotografieren. Dabei rutschte ich auf einem losen Stein aus und schlitterte ein riesiges Loch herunter.

Vor Schreck kreischte ich laut auf.

¥

Worauf auch immer ich fiel, es fühlte sich hart, schleimig und glitschig an. Angeekelt verzog ich den Mund und versuchte wieder hochzukommen. Mein rechter Fuß knickte um.

Ich musste in so etwas, wie ein Loch gefallen sein. In ein Erdloch vielleicht? Warum gab es keine Schilder, die einen davor warnten?

Achtung, gehen sie nicht weiter. Hier ist ein Loch.

»Aua«, stöhnte ich, sobald ich den Fuß belastete, um mich zu drehen. »Verflixte Scheieß. Das hat mir noch gefehlt.«

»Tony?«, hörte ich Lena rufen. »Tony? Alles okay bei dir?«

»Nein!«, rief ich die Steine hoch, die sich über meinen Kopf chaotisch und ungesichert türmten. »Nichts ist in okay. Ich bin in einer Art Höhle oder Loch.«

»Du bist was?«

»Ich bin in ein Loch gefallen.«

»*Gach math?*«, kam es wohlklingend von oben. Malcolm hatte mich gefunden. Ich drehte mich so gut es mit meinem Fuß ging um, und sah zu ihm hoch. Sein linkes Auge war geschwollen und er blutete noch immer leicht aus der Nase. Malcolm verlor keine Zeit. Während er versuchte zu mir nach unten zu klettern, deutete er auf meinen angewinkelten Fuß.

»Ist dein Bein verletzt?«

»Ja. Ich glaube, ich habe ihn mir verstaucht. Tut nicht weh, aber ich kann ihn auch nicht belasten. Ich fürchte, wir müssen die Feuerwehr rufen oder so. Ohne Leiter komme ich nicht mehr hoch.«

»Ach Unsinn. Das machen wir schon.« Malcolm sprang vor meine Füße und drehte mir den Rücken zu. »Spring auf.«

Er ging nach unten, um mich Huckepack zu nehmen. Mit offenem Mund verharrte ich da, wo ich war, und schüttelte den Kopf.

»Lieber nicht. Ich bin viel, viel, viiiieeeel zu schwer.«

»Ich pack das schon. Rauf mit dir. *Siuthad!*«

Ich legte zögerlich meine Hand auf seine breiten Schultern. Seine Zuversicht ließ mir keine Wahl. Er schien es ernst zu meinen.

»Ah, das seid ihr ja.« Lena hatte mich in meinem schleimigen Loch doch noch gefunden und kniff die Augen zusammen, um besser sehen zu können, was wir da trieben. »Wie bist du denn da runtergekommen?«

»Wie wohl? Ich bin reingefallen und habe mir den Knöchel verstaut.«

So gut es mit einem Bein ging, sprang ich auf Malcolms Schulter. Auf der Stelle bekam er meine Unterschenkel zu packen, hievte mich mühelos höher, damit ich seinen Hals umfassen konnte und begann die Steinschräge hochzuklettern. Ich klammerte mich wie ein Äffchen an ihn, die Beine um seinen Bauch geschwungen.

Geschickt, als wäre ich nichts weiter als ein Reiserucksack, erklomm er den Geröllhaufen. Seine langen, durchtrainierten Rückenmuskeln bewegten sich unter meiner Brust. Jede einzelne Faser konnte ich spüren. Jede Faser. Unglaublich, wie viel Kraft in seinem Körper steckte. Ich kannte keinen Mann, der so durchtrainiert war wie er. Und traute auch keinem anderen zu, mich aus so einer misslichen Situation dermaßen galant und problemlos herauszuholen.

Während er die letzten großen Steine überwand, schämte ich mich, ihn vor fünf Minuten so angegangen zu haben. Welches Recht hatte ich, ihn zu belehren, wie er mit dem Trauma seiner Kultur umzugehen hatte? Nur weil wir Deutschen Verarbeitungsweltmeister in Sachen Unrecht waren, konnte ich das nicht auch von anderen erwarten. Vielleicht hatte Lena recht:

Ich musste kulturunsensibel sein.

»So, das hätten wir«, verkündete Malcolm, richtete sich auf, ging ein paar Schritte und ließ mich vorsichtig zu Boden gleiten.

Fassungslos sah ich mich um. Der Mann hatte mich einfach aus dem Loch getragen. Ich musste träumen.

Autsch. Nein, ich träumte nicht. Mein Fuß blieb noch immer verstaucht. Ihn zu belasten, war mir nicht möglich. Ich konnte nicht anders, als auf dem linken herumzuhüpfen und nach Halt zu suchen. Zum Glück reichte Malcolm mir seine Hand, sodass ich nicht zurück ins Loch fiel. Was beinahe passiert wäre.

Was war heute mit mir los?

»Du hattest Glück«, kommentierte Lena und leuchtete mit ihrem Handy ins Loch. »Du hättest dir da unten den Hals brechen können.«

»Sag das nicht. Ich will über so etwas gar nicht erst nachdenken. Die Wahrscheinlichkeit bei Wanderunfällen ums Leben zu kommen, liegt bei 0,003 %. Das hört sich wenig an, aber das waren letztes Jahr 36 Tote allein in den Alpen.«

Lena umrundete vorsichtig das Loch und stützte mich von der anderen Seite.

»Aua«

Okay, mit dem Fuß kam ich nicht weit. Ich spürte, wie er immer mehr anschwoll und gegen meinen Schuh drückte. Ich ließ mich von den anderen zu meinem Rucksack bringen, setzte mich auf meinen Hinterteil und zog die Wanderstiefel unter Schmerzen und unmenschlicher Überwindung aus.

»Sieht übel aus«, kommentierte Lena.

»Nicht so schlimm«, sagte Malcolm und tastete die Schwellung ab. Er ging dabei sehr behutsam vor. Es überraschte mich, wie einfühlsam und sorgfältig er dabei war. Das traute man ihm bei so großen Händen gar nicht zu.

»Ich fürchte, ich kann keinen Meter mit dem Fuß gehen. Wir müssen eine Ambulanz rufen.«

Malcolm schüttelte den Kopf.

»Die kommen hier schwer hoch. Das würde Stunden dauern. Ich trage dich. Das nächste Bad & Breakfast ist keine drei Meilen von hier entfernt. Kommt, packt zusammen, wir machen uns auf den Weg.«

Er erhob sich. Mittlerweile war auch seine Nase geschwollen und er sah mit dem Auge und dem getrockneten Blut im Gesicht wie ein verwegener Pirat aus.

»So ein Quatsch! Das machst du nicht. Du kannst mich doch nicht drei Meilen auf dem Rücken tragen. Und die Rucksäcke, die müssen wir auch mitnehmen. Nee, wir rufen den Krankenwagen.«

»Das ist nicht nötig. Ich mach das schon. So geht es schneller.«

»Also, ich weiß nicht —«, sagte Lena.

»Vergiss es, Malcolm, ich klettere nicht auf dich drauf. Leni, gib mir dein Handy!«

HEISSE NÄCHTE

Ulala

Am Ende setzte sich Malcolm durch.

Er trug mich drei Meilen und 450 Meter nach Green Hall, einem gemütlichen Bed & Breakfast in den Wäldern. Die ganze Strecke über wollte er keine Pause einlegen oder mich mal humpeln lassen.

Nein – betonte er immer wieder –, er war für mich verantwortlich gewesen, und dass mir das zugestoßen war, lag an seiner Nachlässigkeit und seinem Temperament. Er hätte sich von Campbell nicht provozieren lassen sollen, und stattdessen auf mich aufpassen müssen.

Ich behielt meine Ansichten darüber, wer hier wen provoziert hatte, für mich und ließ Lena reden, die Malcolm in Schutz nahm und seine Führungsfähigkeiten in den Himmel lobte. Ich behielt es deswegen für mich, weil ich von dem, was er da ablieferte, beeindruckt war.

Er trug ja nicht nur mich, sondern seinen Rucksack vorne und mich und meinen Rucksack hinten drauf. Er musste Herkules sein, anders konnte ich mir das auch nicht erklären. Natürlich war es vom Vorteil, dass er zwei Meter und von großer Statur war. Jeder andere wäre wahrscheinlich allein an den Rücksäcken gescheitert.

Aber nicht Malcolm.

Nein, er fand unterwegs sogar noch die Zeit und den Atem, Witze über unsere Lage zu machen.

Als wir in Green Hall ankamen, war es dann endgültig um mich geschehen. Dem Mann gehörte mein Herz. Ohne Zweifel erging es ihm wie mir. Er hatte mich bis zu dem gemütlichen Sofa in der Lobby getragen, als wäre der Boden voller Lava, das ich auf keinen Fall berühren durfte.

»Das hätten wir. Ich kümmere mich um den Arzt.« Malcolm bedeutete Lena, die in Laufe der Zeit schweigsamer wurde, sich neben mich zu setzen und auf die Rucksäcke aufzupassen.

Und weg war er.

Ich schwieg, genoss noch immer die Wärme, die von Malcolms verschwitzten Rücken ausgegangen war, an meinem Körper. Noch nie hatte ich so viel geballte Männlichkeit zwischen meinen Armen verspürt. Jede seiner Bewegungen trotzte von Kraft und Maskulinität. Auch wenn ich versuchte, nicht daran zu denken, ich konnte schwer leugnen, dass mich meine Rettung durch ihn erregt hatte. Am liebsten würde ich mir auf der Stelle meine Kleider vom Leib reißen und ihn anfallen.

Nein, ich würde zuerst duschen, danach etwas Hübsches anziehen und mir dann das Angezogene vom Leib reißen und ihn –

»Tony? Erde an Tony.« Lena fuchtelte mit ihrer Hand vor meinem Gesicht herum. »Bist du noch da?«

»Was? Ja. Sorry, ich muss mit den Gedanken abwesend gewesen sein.«

»Das habe ich bemerkt. Was machen wir, wenn es mehr als nur eine Verstauchung ist? Ich meine, so kannst du nicht weiterwandern.«

Oh mein Gott. Daran hatte ich bis jetzt nicht gedacht. Was, wenn ich einen Verband bekam und die nächsten Wochen auf Krücken laufen musste? Der Urlaub wäre gelaufen. Weggelaufen. Von mir weggelaufen.

Und Malcolm auch.

Da ich nur an einem Ort bleiben konnte, würden wir seine Dienste nicht mehr benötigen. Eine schreckliche Vorstellung. Wir kamen uns gerade so nahe, wie nie zuvor. Na gut, wir kannten uns ja auch erst ein paar Tage. Aber in diesen Tagen wurde immer mehr Distanz überwunden. Das durfte nicht umsonst gewesen sein.

»Es ist eine Verstauchung. Du wirst sehen. Morgen ist die Schwellung wieder weg und mein Bein ist wie neu.«

Lena sah mich skeptisch an, wanderte mit ihrem Blick zu meinem grün und blau geschwollenen Knöchel und machte: »Mmpf.«

»Was soll dieses "Mmpf" bedeuten?«

»Nichts, außer, dass dein Fuß nicht danach aussieht, als würde er morgen belastbar genug für eine Tageswanderung sein.«

»Mit etwas Salbe, Kühlmittel und positiven Energien – auch von deiner Seite aus – wird das schon. Du wirst sehen.«

Hoffentlich stimmte das! Hoffentlich war das nichts Ernstes! Hier stand mehr auf dem Spiel als eine

Schottlandreise und Michels Neid auf mein freies Single-Leben.

Malcolms und meine Zukunft standen auf dem Spiel.

Als hätte man ihn gerufen, kam er mit einem breiten Lächeln – oh dieses Lächeln – um die Ecke gebogen, einen Kühlbeutel in der einen Hand, zwei frisches Guinness in der anderen.

Der Mann war zu gut, um wahr zu sein.

»Der Doktor ist auf den Weg«, rief er fröhlich und reichte Lena und mir jeweils ein Glas.

¥

Der Doktor war da und wieder weg. Es gab eine gute und eine schlechte Nachricht.

Die schlechte Nachricht zuerst:

Mein rechter Knöchel war leicht verstaut und ich bekam Krücken, die mir Malcolm in Laufe des späten Nachmittags besorgte.

Die gute Nachricht:

Wenn ich mein Bein ordentlich schonte, konnten wir in zwei Tagen wieder losmarschieren, als wäre nichts gewesen. Vorausgesetzt, die Schwellung wäre weg und ich würde keine Schmerzen mehr beim Auftreten verspüren.

Es hätte schlimmer enden können.

Wahrlich, es hätte schlimmer enden können.

Ich lag mit dem hochgelegten Fuß auf dem Bett und begutachtete das runde Ding vor mir auf dem Teller.

»Als ich auf deine Frage antwortete, was ich essen wollte, war Haggis als Scherzantwort gemeint«, sagte ich und schob den Teller auf dem silbernen Tablett von rechts nach links und wieder zurück. »Ich weiß nicht wie

103

sehr mir nach Schafsmageninnereien mit Zeugs drin zu Mute ist.«

»Malcolm sagte, man weiß, ob Haggis etwas für einen ist oder nicht, wenn man es kostet. Vorher ist man ein Blinder, der eine Farbe erfühlen will.«

»Das hat Malcolm zu Haggis gesagt?«

»So in etwa«, erwiderte Lena und packte ihre Sachen aus. »Er hat es blumiger ausgedrückt und noch einen schottischen Nebensatz angehängt, wie er es öfters mal tut. Ich weiß nicht, ob er das macht, um uns zu imponieren oder ob sein English nicht ausreicht.«

»Ich weiß, was du meinst«, gab ich ihr recht und nahm den Teller vom Tablett, um an dem runden Klotz zu riechen. »Er macht das sicher absichtlich, um superschottisch zu sein.«

Lena lachte.

»Superschottisch passt. Es gibt Clark Kent alias Superman und es gibt Malcolm Macintosh alias Superschotte.«

Jetzt musste auch ich lachen. Das, was der Kerl heute abgeliefert hatte, stellte ihn auf die gleiche Stufe wie Superman. Spätestens ab heute würde ich mit ihm sogar den Mount Everest besteigen, obwohl die Wahrscheinlichkeit, das nicht zu überleben, über 2,28% lag. Für untrainierte Kletterlaien wie mich wesentlich höher.

»Weißt du was?! Ich probiere es!« Ich stellte den Teller ab, richtete mich tapfer auf und griff nach meinem Besteck. »Ich meine, es ist ein Nationalgericht. So schlimm kann ein Nationalgericht doch nicht schmecken. Wäre es grausam und unverdaulich, würde man das nicht immer wiederkochen und Ausländern vor die Nase setzen, oder? Oder?«

¥

»Uff. Mir ist schlecht.«

»Wundert mich nicht. Du hast das ganze Ding aufgegessen.«

»Es hat unerwartet gut geschmeckt. Außerdem hatte ich so einen Hunger, ich hätte das Schaf auch roh verspeist. Dem Tod von der Klippe zuspringen, sorgt für Appetit.«

Lena zog ihre Augenbraue hoch und sagte nichts. Ihr Handy klingelte, was sie in Aufregung versetzte, denn sie hatte von Alex sage und schreibe 16 Stunden nichts mehr gehört, weil er sich in einem ganztägigen Meeting befunden hatte, und sie dazu noch ihr Mittagsgespräch verschieben mussten.

Wegen mir!

Ich stellte den leeren Teller und das Tablett auf das Nachtschränkchen, schnappte mir die Krücken und deutete nach Draußen. Sollte sie ruhig ihre Alex-Zeit für sich haben, ich wollte Malcolm finden und mich bei ihm bedanken.

Bedanken und entschuldigen.

Mittlerweile schämte ich mich noch mehr in Grund und Boden, dass ich nicht auf seiner Seite gewesen war und mich so dermaßen zickig aufgeführt hatte. Der Mann war zu mir ins Loch gesprungen, hatte mich heldenhaft meilenweit auf dem Rücken zu einem Arzt geschleppt und mir auch noch gleich ein Guinness besorgt. Wenn ich mich weiterhin so zickig aufführte, wie heute in der Ruine, dann konnte ich mir die Märchenhochzeit auf einer schottischen Burg und die Flitterwochen auf Island sonst wohin schmieren.

Mit den Krücken die Treppe herunterzukommen, war ein machbares Kunststück. Malcolm zu finden, bedurfte mehr Sorgfalt und Überlegung. Der Ort war übersichtlich, dennoch mit Touristen überlaufen und weitläufig.

Wenn ich ein sexy Highlander wäre, der vorzugsweise unter freien Himmel schlief und dabei noch immer so roch, als würde er stündlich duschen, wo wäre ich dann?

Ich fand Malcolm in einer Scheune vor, die von außen verriegelt und einsturzgefährdet aussah. War sie aber nicht. Sie war bis zum Dach voll mit Heu und roch, als würde man hier Natur in Dosen einpacken und draußen wieder ausschütteln.

Malcolm hatte es sich auf einem Heuballen bequem gemacht. In seinem Mund steckte ein Strohhalm, an dem er kaute, in der anderen Hand hielt er ein ledergebundenes Buch, in das er dermaßen vertieft war, dass er mich nicht herbei humpeln hörte.

»Walter Scott. Prosa«, las ich vor und pfiff anerkennend. »Anspruchsvoll, aber sexy.«

Malcolm ließ das Buch sinken und grinste mich frech an.

»Solltest du dich nicht ausruhen und so wenig wie möglich bewegen?«

»Sollte ich«, ich zuckte mit den Schultern, lehnte die Krücken an den Heuballen und zog mich hoch, sodass wir nebeneinandersaßen. »Es ruht sich schwer neben Lena und Alex. Meine Schwester telefoniert schon wieder.«

»Sie liebt ihren Mann.«

»Ihren Verlobten. Sie sind seit fünf Jahren verlobt und führen sich unmöglich auf. Ich verstehe das nicht.«

Malcolm legte seinen Strohhalm zwischen die Seiten, klappte das Buch zu und lehnte sich, zufrieden mit sich und der Welt, noch weiter zurück.

»Warum sie so lange verlobt sind?«, fragte er und verschränkte seine Hände hinter dem Kopf.

»Nee, das verstehe ich schon. Ich würde Alex auch nicht auf der Stelle heiraten. Er ist ein Langweiler, der sein ganzes Wochenende damit verbringt, den perfekten Grill zu suchen. Für einen Garten, den er noch nicht einmal hat. Ich meine, ich verstehe nicht, wie man mit 19 zusammenkommen und mit 29 immer noch so tun kann, als gäbe es nur die eine Person im Leben. Wie wahrscheinlich ist das schon, dass man mit 19 den Partner fürs Leben findet? Sehr unwahrscheinlich. Ich weiß das.«

Malcolm zuckte als Antwort mit den Schultern, richtete sich auf und griff nach seinem Rucksack. Mit einem Zwinkern zog er eine braune Flasche hervor und fragte mich, ob ich etwas gegen meine Schmerzen bekommen habe.

»Nein. Der Doktor meinte, die Schmerzen würden bald weg sein.«

»Und? Sind sie das, *mo bhrèagha*?«

»Nicht ganz. Jetzt da du fragst, hätte ich schon gern etwas gegen das Wehwehchen. Es ist kaum auszuhalten.« Ich verzog zur Demonstration das Gesicht.

Er lachte, zog zwei Gläser heraus, reichte mir einen und füllte es halbvoll mit einer braunen Flüssigkeit, die verdächtig nach Hochprozentigem roch. Ich trank es auf Ex und schüttelte mich.

»Genau das, was ich gebraucht habe!«, keuchte ich und ließ ihn erneut einschenken. Malcolm trank bedachter, amüsierte sich jedoch köstlich. »Ich bin hier, um mich bei dir zu entschuldigen. Du weißt schon, wegen meinem Verhalten in der Ruine —«

Er hob die Hand, um mich zu unterbrechen.

»Es gibt nichts zu entschuldigen, *mo bhrèagha*, ich habe falsch reagiert und uns alle in Gefahr gebracht.«

»Nein. *Ich* habe falsch reagiert. Möglicherweise hast du tatsächlich gute Gründe, diesem Campbell nicht über den Weg zu trauen und —«

»Es gibt immer Gründe einem Campbell nicht zu trauen, dennoch war mein Verhalten falsch und *ich* entschuldige mich bei dir.«

»Was? Nein! Ich will nicht, dass du dich bei mir entschuldigst. *Ich* will mich bei dir entschuldigen.«

»Nicht nötig, *mo bhrèagha*, nicht nötig.« Seine Stimme wurde sanfter und nachsichtiger, dabei sah er mir tief in die Augen, als ob er in mein Innerstes blicken wollte.

Er blickte in mein Innerstes.

Ich spürte, wie alles, was in mir vorging, vor ihm ausgebreitet wurde. Zwischen uns gab es keine Grenzen. Keine, die nicht überwunden werden konnten.

Ich trank das zweite Glas leer und wusste nicht, ob es der Schnaps war, der mich zum Glühen brachte, oder der Blick dieses Mannes.

»Doch! Es ist nötig, sehr nötig sogar!«, versuchte ich es schwach ein letztes Mal, um meine Verlegenheit zu überspielen.

»Schhhhh«, machte er, legte einen Finger auf meine Lippen und nahm mir mit der anderen Hand den Becher ab. »Es reicht.«

Er kam mir so nahe, bis ich es nicht mehr aushielt und ihn küsste. Vergessen war der schmerzende Fuß, vergessen der Vorfall in der Ruine, vergessen die Tatsache, dass es sich bei ihm um meinen Touristenguide handelte und in seinem Vertrag sicher irgendwo stand, dass man ihn nicht sexuell belästigen durfte.

Das Einzige, was mir durch den Kopf ging, war der Wunsch, von diesen Händen berührt zu werden. Überall. Wirklich überall.

So fest es ging, drückte ich ihn an mich, um zu signalisieren, wie sehr ich ihn wollte. Er verstand meine fordernde Geste und erwiderte sie mit voller Kraft. Lustvoll stöhnte ich auf – ich konnte nicht anders – und zog an seinem Hemd, um das zu tun, was ich mir den ganzen Weg von der Ruine bis hierher im kleinsten Detail ausgemalt hatte:

Mit den Händen über seinen Rücken zu fahren und alles an Muskeln, Fasern und Haut abzutasten, was es abzutasten gab. Die ach so kleinste Stelle blieb mir nicht verborgen.

Und es gab viel. Du meine Güte gab es viel zu spüren!

Malcolm fühlte sich besser an als in meiner Fantasie. Viel besser. Sein Körper war hart, elastisch und an den richtigen Stellen weich und warm. Ich glaubte, einen Orgasmus allein von dem Gefummel zwischen uns zu bekommen.

Irgendwann, zwischen dem Zeitpunkt, an dem meine Zunge gierig über seine Brustwarze fuhr und an ihr saugte, und seine Finger den Ort erreichten, der am meisten bei mir brannte – dabei schien es mir, als würde ich überall in Flammen aufgehen – fanden wir uns beide nackt auf dem Heuhaufen wieder.

Wie das passiert war, wollte sich mir nicht offenbaren. Ich war dermaßen damit beschäftigt gewesen, Malcolm mit jedem meiner Sinne aufzunehmen, dass ich den Auszieheil verpasst haben musste.

Umso besser!

Auch seine Hände schienen nicht geruht zu haben.

Ich konnte sie überall an mir spüren. Sie waren willkommen. Fühlten sich vertraut an. Selbst die Rauheit seiner Finger auf meinen Brüsten betörte mich. Diese Hände waren zu so viel fähig, ich konnte es mir kaum ausmalen. Sie fühlten sich da, wo sie schon überall bei mir gewesen waren, genau richtig an. Es gab keine Scheu und Befangenheit.

Zwischen mir und ihm stand – aufrecht wie ein monströser Wolkenkratzer – sein Riesenschwanz, der von pochenden Adern durchzogen war. Ich stöhnte erneut auf, diesmal vor aufrechter Bewunderung. Wie hatte ich es all die Jahre nur ohne ihn ausgehalten? Was für ein Leben musste ich geführt haben?

»Ich will dich, *mo bhrèagha*, ich will dich jetzt«, flüsterte Malcolm außer Atem in mein Ohr.

Er will mich! Mich!

»Ja!«, stöhnte ich als Erwiderung und machte nur zu willig die Beine breit. Ich wollte ihn so sehr, wie er mich. Es gab keinen Zweifel daran. An allem konnte man zweifeln, selbst an der Schwerkraft und der Mondlandung, aber nicht daran, was zwischen uns war.

Seine ersten Stöße waren behutsam, suchend und orientierend. Doch, sobald Malcolm mit meiner Vagina vertraut wurde und sie auf ihre feuchte Weise eindeutig mit ihm, drückte er mich tiefer und tiefer in das Stroh und sich tiefer und tiefer in mich, um Rhythmus aufzunehmen.

Ich konnte jeden Stoß bis in die Zehenspitzen spüren. Mein Hinterkopf begann zu kribbeln, so sehr waren die kleinsten Nervenfasern meines Körpers beansprucht. Ich krallte mich in die harte Muskulatur seiner mächtigen Oberschenkel, suchte Halt und gleichzeitig ein Ventil, um meine Energie abzulassen. Wie ein glühender Stein fühlte er sich an und erregte mich noch mehr. Männer, wie Malcolm, wurde mir zwischen jeden harten Stoß bewusst, mussten für puren Sex geschaffen worden sein.

So gut es ging, versuchte ich, mein übertrieben lautes Stöhnen zu unterdrücken, um bloß niemanden anzulocken, doch beim letzten Drittel konnte ich nicht mehr. Gestaute Lust kam aus mir heraus.

Malcolm grunzte auf, sobald ich meine Nägel in sein Fleisch bohrte und verlangte noch mehr. Zwischen Lust und Schmerz durchzog sich eine kaum sichtbare Linie. Man konnte sie schnell im Eifer des Gefechts aus den Augen verlieren.

Mit einer harten, dominanten Bewegung – die mehr als Willkommen war – drehte mich Malcolm mit einem Ruck um und drang von hinten in mich ein. Darüber erstaunt und begeistert, quiekte ich auf und ließ es breitwillig zu. Aus dieser Position heraus fühlte sich sein Schwanz noch größer an. Er drang tiefer in mich ein, füllte mich vollkommen aus.

So wollte ich das.

So und nicht anders.

»Ja«, stöhnte ich zu jedem Stoß. »Ja, ja, ja!«

Sein Höhepunkt folgte sogleich auf den meinen. Ich drehte meinen Kopf nach hinten, um ihn dabei anzusehen. Der Triumph in seinen Augen bescherte mir ein Nachbeben. Das war Sex, wie ich ihn noch nie hatte.

Malcolm ließ sich erschöpft neben mir ins Stroh fallen. Ich konnte hören, wie er nach Luft schnappte, konnte seine Glieder beben spüren. Seine heiße Haut verbrannte an den Stellen, an denen wir uns noch immer berührten, die meine.

Erst jetzt, nach einer gefühlten Ewigkeit, konnte ich das stachelige Stroh unter mir wahrnehmen. Die Spitzen bohrten sich in mein Fleisch, es juckte mich und der Schweiß auf meiner Brust erkaltete und ließ mich frösteln.

Es fühlte sich gut an.

Das alles fühlte sich gut an.

Ich war am Leben.

Genüsslich drehte ich mich zu Malcolm um und strich ihm eine dicke, blonde Strähne aus dem Gesicht, um ihn besser sehen zu können.

»Danke«, flüsterte ich. »Das habe ich gebraucht.«

Er ließ seine Augen geschlossen, nur der breite Mund verzog sich zu einem Grinsen.

»Ich auch, *mo bhrèagha*, ich auch«, erwiderte er heißer.

¥

In dieser Nacht schliefen wir noch zwei Mal miteinander. Es bedurfte dafür keiner Worte. Wir waren so scharf drauf, dass wir, sobald es wieder ging, übereinander herfielen, als müsste er morgen in einen Krieg mit ungewissem Ausgang ziehen.

Ich wollte nicht reden.

Es war mir, als bräuchten wir das nicht. Malcolm und ich verstanden uns durch Blicke und Gesten. Sobald wir

112

uns berührten, brannte meine Haut. Sobald er mir in die Augen blickte, fing es zwischen meinen Beinen an zu pochen.

Ich war so scharf auf ihn, dass es mich in den Wahnsinn trieb. Konnte das sein? Nach so kurzer Zeit? Konnte man so viel für einen Menschen gleichzeitig empfinden? Lust, Freude, Aufregung, Liebe und pure Geilheit? Das musste das Gefühl sein, von denen Liebesgeschichten meiner Jugend berichteten.

Das musste wahre Leidenschaft sein.

Es fiel mir schwer, mich von Malcolm loszureißen, doch nachdem mein Handy zum drölfsten Mal vibrierte, weil Lena keine Ruhe geben wollte, zog ich mich so gut es mit einem verstauchten Knöchel ging, wieder an und humpelte auf Krücken nach draußen in die Nacht.

Zufrieden legte ich meinen Kopf in den Nacken und schloss die Augen. Das Wetter war perfekt. Weder war es zu warm noch war es zu heiß. Die leichte Brise brachte mir die nötige Abkühlung, auch wenn mein Kopf nicht daran dachte, mit dem Karussell und dem Chaos, das da herrschte, aufzuhören.

Gedanken, Eindrücke, Wortfetzen verwarfen sich gegenseitig. Sobald ich mich auf etwas konzentrieren wollte, um zu verstehen, was gerade zwischen mir und Malcolm vorgefallen war, drängte sich etwas anderes dazwischen und ließ mich ratlos zurück.

Ich atmete zufrieden ein und öffnete die Augen.

Sterne über mir. Nichts als Sterne. So nah, ich müsste nur die Arme ausstrecken, um einen zu mir herunterzuholen. Waren das die gleichen Sterne wie in Berlin? Ich wusste es nicht. Der Himmel sah mir nicht vertraut aus. Er wirkte größer, verheißungsvoller. Magisch. Ja, alles in dieser Nacht fühlte sich magisch an.

Hätte ich nicht meinen geschwollenen Knöchel, ich würde springen und einfach zwischen den Sternen eintauchen. In diesem Moment schien mir auch das möglich –

»*Ну давай!*«, hörte ich eine Stimme flüstern. »*Приходите, приходите.*«

Was war das für eine Sprache? War das Russisch? Es klang wie Russisch, aber was wusste ich schon, ich konnte ja kein Russisch. Es konnte also auch Finnisch sein. Obwohl. Finnisch konnte ich genauso wenig.

Ich kniff die Augen zusammen und starrte in die Richtung, aus der die Stimmen kamen. Schelmenhaft konnte ich Menschen ausmachen, wie sie von Schatten zu Schatten huschten.

»*Не этот. Оставь это там*«, flüsterte die Stimme wieder. Ich humpelte ein paar Schritte in ihre Richtung, hielt mich dabei bewusst unter einer Ansammlung von Bäumen verborgen. Koscher kam mir das nicht vor. Wer flüstert, der lügt, bekanntermaßen.

Männer, drei oder vier, liefen geduckt über den Hof, vollgepackt mit Kisten. Sie verhielten sich auffällig. Äußerst auffällig. So auffällig, dass ich mich noch mehr in die Dunkelheit drückte, um von ihnen nicht gesehen zu werden.

Weiter hinten, um die Ecke, parkte ein LKW mit offener Ladefläche. In seine Richtung brachten sie ihre Beute. Der Kerl, der die Kartons in Empfang nahm, war der Einzige, der sprach.

»*У нас еще есть место*«, rief er. »*Где Дими?*«

Ich verstand noch immer kein Wort. Sollte ich auch besser nicht. Ganz langsam drehte ich mich um, und humpelte mit meinen Krücken, die plötzlich unnötig viel Lärm machten, davon. Was auch immer die da trieben, ich wollte sie nicht dabei stören. Wer weiß, was sie mit hilflosen, invaliden Zeugen wie mir machen würden.

Mit angehaltenem Atem und angespannter Brust bog ich um die Ecke einer kleinen Garage und glaubte, aus der Sicht der Banditen zu sein. Erleichtert atmete ich aus und drehte mich in die Richtung, aus der ich kam.

Jemand lief gegen mich und warf mich zu Boden.

Ich hörte Flüche. Auf Russisch – vermutlich – und bekam es mit der Angst zu tun. War einer von ihnen in mich hineingelaufen?

Ich tastete nach meinen Krücken, um mich damit zu verteidigen, als ich zwei Hände unter meinen Achseln spürte, die mich hochhoben und wieder auf die Beine stellten. Verwundert drehte ich mich um.

»Du!«, rief ich laut.

»Schhhttt«, machte Dimi und verlagerte einen Karton, den er vom Boden aufhob auf die rechte Seite. »Nicht so laut.«

»Du!«, zischte ich diesmal und glaubte meinen Augen nicht zu trauen. Dieser rotzfreche Hurensohn von einem Dieb verfolgte mich doch! Ich griff nach meiner Krücke. »Schon wieder. Das kann doch kein Zufall sein.«

»Genau das habe ich mir auch gedacht. Du stalkst mich immer noch. Hast du nicht langsam genug?«

»Ich stalke dich? ICH STALKE DICH?«, rief ich.

Die hektischen Stimmen im Hintergrund verstummten.

»*Дими, все в порядке?*«, flüsterte jemand in der Nähe.

»*Да, да. У меня все под контролем*«, flüsterte Dimi zurück und packte mich am Arm, um mich hinter die Garage zu schleppen. Der Mond kam hervor und spendete uns etwas Licht. Diesmal war Dimi ganz in Schwarz gekleidet – wie ein Ninja – und sah mit seiner leicht krummen Nase und den verwurschtelten kurzen Haaren, verwegen aus.

»Lass mich los, oder ich schreie!«, drohte ich ihm.

Er schnaufte belustigt und tat das, was ich von ihm wollte.

»Was ist mit dir passiert? Vorgestern hattest du noch zwei Beine.«

»Ich habe noch immer zwei Beine. Ich bin in ein Loch gefallen. Tu nicht so, als würde dich das interessieren. Ich will lieber wissen, was du hier machst.«

»Das interessiert dich nicht.«

»Doch, das interessiert mich sehr sogar.« Ich schielte auf den Karton, um zu erkennen, was da wohl drin war. Räumten die ein Lager aus?

Klar taten die das. Dieser russische Halunke war nichts weiter als ein ordinärer Dieb. Keine neue Nachricht für mich. Das wusste ich schon. Die Dreistigkeit verschlug mir lediglich den Atem. Wie bescheuert war dieser Mann?!

»Nein. Tut es nicht«, wiederholte er mit Nachdruck, atmete belustigt ein und wieder aus, um mich danach komisch anzusehen »Hattest du Sex?«

»Was? Was ist das für eine Frage?«

»Du riechst nach Sex.« Dimi schnupperte an mir.

»Iiiihh, hör auf damit. Das geht dich gar nichts an.«

Ich stieß ihn weg und machte einen Schritt nach hinten, darauf bedacht, dass die Krücken zwischen uns blieben. »Du bist total durch, weißt du das?«

Er lachte.

»Für jemanden, der gerade Sex hatte, bist du ganz schön angespannt. Muss wohl nicht so gut gewesen sein. Ist das kaputte Bein davon?«

»Nein. Ich sagte doch, ich bin in ein Loch gefallen, du Idiot. Und der Sex war grandios. Was dich nicht die Bohne etwas angeht. Du … du … du blöder Sack!«

»Muss er ja. Du kannst ja kaum noch laufen.« Dimi lachte und lagerte seinen Karton wieder um. Er schien schwer zu sein.

»Was ist da drin?«

»Wo drin?«

»Stell dich nicht dumm. Da drin. Im Karton.«

»Welcher Karton?«

Alter, ging der Kerl mir auf die Nerven. Ich sollte auf der Stelle die Bullen rufen. Ging mal gar nicht, dass er dieses nette Örtchen ausraubte und dabei so tat, als wäre das das normalste auf der Welt. Wo war mein Handy? Ich tastete es unauffällig in meiner Hose ab.

Jemand pfiff laut und lang. Dimi drehte sich in die Richtung, aus der das kam und deutete eine Verbeugung an.

»Gut für dich. Das mit Sex. Tut dir gut. Macht dich hoffentlich locker.«

Ich versuchte ihn mit einer Krücke zu treten. Er wich aus, lachte dreckig und verschwand im Schatten. Ich konnte noch hören, wie er »Bye, bye Stalkerin«, flüsterte und weg war er.

Wenige Sekunden später hörte ich einen Motor zünden, eine Verladetür schließen, gefolgt von Zischen und Flüstern. Der LKW fuhr davon und ließ mich allein in der Nacht – die nicht mehr so magisch war wie davor – zurück.

¥

Erneut sah ich mich gezwungen, mich in unser Zimmer zu schleichen. Lena hatte es aufgegeben, mich erreichen zu wollen, und mir lediglich geschrieben, dass das der schlimmste Urlaub ihres Lebens war und sie das alles nur für mich machte. In ihren Augen war ich eine undankbare Brache, die froh sein sollte, mit ihr verwandt zu sein, sonst wäre sie schon längst wieder in Berlin.

Es las sich, als wäre sie diesmal ernsthaft sauer. Mein Herz klopfte, als ich das Zimmer betrat.

Ich lauschte.

Nichts zu hören.

So leise wie es ging, lehnte ich die Krücken an die Wand und schlich mich ins Bad, um zu duschen. Wenn Dimi recht hatte, dann roch man mir den Sex an, was nicht gut war, denn ich wollte Lena von mir und Malcolm nichts erzählen.

Noch nicht.

Malcolm war mein Alex. Nur besser. Ich teilte ungern. Besonders mit ihr.

Leise mit einem geschwollenen Knöchel zu duschen, war nichts, was ich besonders gekonnt zu leisten vermochte. Spätestens, als mir der Duschkopf zum zweiten Mal aus den Fingern glitt und auf den Boden fiel, musste ich Lena aufgeweckt haben.

Jepp, dem war so. Kaum stand ich im Zimmer, tastete sie wütend nach dem Lichtschalter und herrschte mich an:

»Wo zur Hölle warst du die ganze Nacht gewesen? Ich habe mir schon wieder Sorgen um dich gemacht!«

Dieser Teil war einfach. Ich hatte mir eine Lüge, die nah bei der Wahrheit und damit praktisch gesehen keine Lüge war, ausgedacht.

»Ich war in einer alten Scheune, habe mich hingelegt und bin da eingeschlafen. Hier, schau, ich musste im Bad Stroh aus den Haaren ziehen.« Ich zeigte ihr den Strohhalm, in der Hoffnung, dass er meine Geschichte glaubwürdiger machen würde.

»Du hast was?« Lena ignorierte meinen Strohhalm und sah mich entgeistert an. »Tony, kann das sein, dass bei dir irgendetwas da oben nicht stimmt? Ich meine das jetzt ernst. Du verschwindest ständig, schleichst dich heimlich rum, siehst überall diesen Dieb, erzählst mir Unsinn und tust dann am nächsten Tag so, als wäre nichts gewesen. Das ist doch kein normales Verhalten.«

Ich ließ mich müde auf das Bett fallen und rollte mit den Augen. Ausgerechnet sie musste mir eine Predigt über normales Verhalten halten.

»Mach nicht so ein Gesicht. Ich hasse es, wenn du so ein Gesicht machst. Wenn du mir was zu sagen hast, dann sag es mir, anstatt Grimassen zu ziehen als wärst du fünf.«

Nun kam der schwierige Teil des Gesprächs. Ich sagte nichts, sondern sah sie an, in der Hoffnung, sie gab frustriert auf.

»Das ist mein voller Ernst, Tony! Was ist mit dir los? Ich will es hören!«

Der Plan, einfach auf Stur zu schalten und das Donnerwetter auszusitzen, ging nicht auf. Mist.

»Du möchtest die Wahrheit hören?«

Lena nickte mit Nachdruck, sich sicher, dass sie bei allem im Recht war.

»Okay, du wolltest es ja nicht anders.« Trotzig sah ich sie an. »Weißt du, wenn du nicht ständig am Telefon hängen und mit Alex belanglosen Kitsch austauschen würdest, würde wir auch mehr Zeit miteinander verbringen können. *Ich* habe den Eindruck, *ich* mache zu dritt Urlaub. Seit zehn Jahren klebt ihr aneinander wie zwei Siamesische-Zwillinge, die unbedingt am Kopf und Rumpf zusammenbleiben wollen, egal wie unvernünftig das auch ist. Kein Wochenende ohne das Alex mit muss, keine Familienfeier ohne das Alex mit muss, kein Urlaub, ohne das Alex an der anderen Leitung über alles informiert wird, was wir erleben. Ich weiß gar nicht mehr, wer und wie du bist. Ohne Alex!«

Wütend sah ich sie an. Endlich ausgesprochen, wurde mir klar, wie sehr sich die Beziehung zwischen Lena und mir verändert haben musste, seit sie mit Alex zusammengekommen war. Es hatte eine Zeit gegeben, da waren wir uns nahe gewesen. Doch Alex –

»Das ist nicht wahr!«

»Doch, das ist wahr und du weißt das ganz genau.« Ich nahm das Kissen und boxte wütend hinein. »Allein dich zu einem Urlaub – zu einem URLAUB – zu überreden, hat mich Zeit und Nerven gekostet. Ich zahle dir alles – du hast keine Ausgaben, gar keine –, und du hältst es nicht einmal für nötig, mir wenigstens dafür zu danken. Nein, stattdessen tust du so, als wäre Urlaub zwischen all den schönen Bergen und Flüssen, den Seen und dem guten Alkohol die reinste Zumutung. Dabei hast du die letzten Tage wie ein Stein geschlafen. Sagtest du nicht, dass das etwas ist, was du in Berlin nicht mehr kannst, wegen dem Stress bei Google und dem Hauskauf?«

»Ja, schon, aber –«

»Kein aber! Ich würde nur zu gern Zeit mit dir verbringen, aber doch nicht so! Ich will nicht ständig hören, wie doof du alles findest und was Alex zu der und der Sache denkt. Ich will für ein paar Tage die alte Leni wieder.«

Tränen der Wut kamen in mir hoch. Heute war so viel passiert, dass ich meine Emotionen nicht mehr im Griff bekommen konnte. Würde man mir ein Katzenbaby zeigen, ich würde auf der Stelle einen Nervenzusammenbruch bekommen.

»Du weißt aber schon, dass wir diesen sogenannten "Urlaub" nur wegen Michel machen? Wenn ich mir meinen Urlaub aussuchen dürfte, dann würde ich bei 30° am Strand liegen, Möwen verscheuchen, am Abend einen Cocktail nach den anderen trinken und besoffen ins Bett fallen. Das ist für mich Urlaub!« Lena nahm ihr Kissen und boxte ebenfalls wütend hinein. »Weißt du, was kein Urlaub ist? Bestohlen zu werden. Oder Angst davor zu haben, dass die große Schwester etwas Dummes anstellt und ich Mom und Dad Rede und Antwort stehen muss. Und was Alex anbetrifft ...«

Lena holte tief Luft.

» ... er und ich sparen für das Haus, damit wir kein Kredit nehmen müssen. Spar du mal eine halbe Million an, statt dein Geld aus dem Fenster zu werfen. Das hier«, sie zeigte auf das Zimmer um uns herum, »ist das einzige Stück Urlaub, dass er und ich dieses Jahr haben werden.

Und ich lasse ihn daran teilhaben, weil er sich all die Jahre sogar den Ausflug mit den Jungs verwehrte, um wenigstens etwas fürs Haus beizutragen. Er verdient halt nicht so viel wie ich. Und verdammte Scheiße, Tony, Alex wird dein Schwager und der Vater deiner Nichten und Neffen. Natürlich ist er bei allem dabei, was ich so mache. So ist das nun mal, wenn man in einer Beziehung ist. Da verhält man sich nicht einfach so wie früher.«

»Nein, da verhält man sich einfach scheiße seiner Schwester gegenüber und ist von allem genervt.«

»Ich bin nicht scheiße zu dir.«

»Doch«, sagte ich mit Nachdruck, »doch bist du. Seit Jahren schon. Immer hast du etwas an mir auszusetzen. Ich kann es dir nicht recht machen. Kann es sein, dass du mit deinem Leben nicht so glücklich bist, wie du immer tust?«

»Ich bin glücklich!«, erwiderte Lena trotzig und warf das Kissen beiseite.

»Aha! Dann verhalte dich auch dementsprechend und genieß diesen scheiß Urlaub. Wer weiß, vielleicht wird das das Abenteuer deines Lebens, bevor du am Speckgürtel Berlins zu einer Soccer-Mom mutierst und nie wieder Zeit für dich und andere hast. Ha?«

Ich warf mein Kissen in ihre Richtung, um ihr zu signalisieren, dass ich nicht bereit war, kleinbeizugeben. Aus mir sprach die Vernunft und ich wusste das.

Basta!

Lena sagte nichts. Das machte mich nervös. Entweder hatte ich sie mit meinen Worten endgültig sauer auf mich gemacht, oder – womit ich weniger gut umgehen konnte – sie dachte darüber nach.

»Du hast recht.«

Ich blinzelte.

»Du hast recht«, wiederholte sie und kam zu mir aufs Bett. Leni umarmte mich und schnupperte an meinem Haar, das nach Kokos-Maracuja-Shampoo roch. »Ich gelobe Besserung. Ab sofort genieße ich unseren *Urlaub*.«

»Wirklich?« Ich sah sie misstrauisch an. So ganz konnte ich ihr die plötzliche Einsicht nicht abkaufen. Besonders, weil sie Urlaub so komisch sagte. Als ob das kein Urlaub wäre.

»Wirklich!«

Lena drückte mich ein zweites Mal, gab mir einen Kuss auf die Wange, suchte nach ihrem Kissen und legte sich zurück ins Bett. Bevor sie das Licht ausmachte, wünschte sie mir eine gute Nacht.

»Im Übrigen freue ich mich auf morgen«, gestand sie mir müde. »In der Nähe befindet sich ein alter Bach, den will mir Malcolm unbedingt zeigen. Gut möglich, dass ich das erste Mal aus einem Urlaub nach Hause komme und weniger wiege als davor. Sehr praktisch. So passe ich viel schneller in das Hochzeitskleid.«

»Ja, das ist die richtige Einstellung«, erwiderte ich. Warum war sie plötzlich so versöhnlich und positiv?

ALLEIN, ALLEIN

Tja.

Ich wurde mittags wach.

Lena hatte mir eine kleine Notiz dagelassen, der ich entnahm, dass sie und Malcolm eine Tagestour ohne mich und meinen geschwollenen Knöcheln unternahmen. Ich, so ihr Rat, sollte Wellness betreiben und mich erholen.

Sie hatte mir sogar ein Smilie gemalt.

Konnte es sein? Hatten wir gestern einen schwesterlichen Durchbruch und ab jetzt bekam ich die coole Lena ab? Ich wagte es kaum zu hoffen, schob den Gedanken sofort beiseite, um mir lieber über die gestrige Nacht klar zu werden.

Malcolm und ich hatten Sex.

Ich hatte Sex.

Mit Malcolm.

In einem Stall.

Heißen Sex mit einem heißen Schotten an einer lauen Sommernacht in einem Stall. Das konnte sich keiner ausdenken. Ich am allerwenigsten. Es schien mir, als würden alle meine romantischen Fantasien auf einmal wahr werden.

Statt aufzustehen und mich um Wellness zu bemühen, blieb ich liegen und bediente die Stelle meines Körpers, die nach ihm und seinem Schwanz pochte.

Malcolm, Malcolm, Malcolm.

Ich benötigte keinen Vibrator, um zu kommen. Der Mann brachte mich im Gedanken schon zum Vibrieren. Mit nichts anderem als Schwärmerei für einen echten Schotten verbrachte ich die ersten zwei Stunden meines Tages, bis mich Hunger dazu zwang, doch noch das Zimmer zu verlassen.

Die Schwellung war fort – Gott sein Dank – der Fuß schmerzte dennoch. Ich schleppte mich auf Krücken zu dem süßen, kleinen Esszimmer des Bed & Breakfast und bestellte eine Suppe, die ich nicht aussprechen konnte und ein belegtes Baguette.

Beides war köstlich.

Oder auch nicht.

Ich wusste es nicht zu sagen.

Ich war verliebt.

Langsam löffelte ich die dunkle Brühe, in der man ganz sicher einen Liter Whiskey hineingekippt haben musste, und sinnierte über meinen Schotten.

Ich wusste nichts über ihn. Weder kannte ich sein Alter noch seine Adresse. Hatte er Geschwister oder war er Einzelkind? Ganz sicher hatte er Geschwister, so wie er sich um andere sorgte. Vielleicht eine große Schwester wie Jamie aus *Outlander*.

Ob er mit einem Clanoberhaupt verwandt war? Vielleicht war er sogar ein Clanoberhaupt eines Clans, dessen Land nicht mehr ihnen gehörte. Das würde seine ungesunde Besessenheit mit England und Engländern erklären. Man hatte ihn um sein Geburtsrecht betrogen. Ein tragischer Clanoberhaupt ohne Land. Malcolm musste ein besonderer Schotte sein.

Was er wohl von Island als Flitterwochenziel hielt? War das Ziel überhaupt wichtig? Wahrscheinlich würden wir es nicht mal aus dem Bett herausschaffen, so scharf waren –

»Dear, hallo?«

Die ältere Besitzerin des Bed & Breakfast schreckte mich aus meinen Tagträumen hoch. Ich wurde auf der Stelle rot, weil ich in diesem Moment etwas sehr Perverses mit Malcolm ausgemalt hatte und glaubte, dass man mir das ansehen musste.

»Ja?« Ich vermied es, ihr in die Augen zu sehen.

»Hat die Suppe geschmeckt?«, fragte sie mich und deutete auf den Löffel in meiner Hand. »Möchten Sie noch eine? Sie löffeln sie seit einer Weile, dabei ist da nichts mehr drin.«

»Oh. Ohhh.« Ich ließ den Löffel in den Teller fallen und fuhr mir mit der Serviette über den Mund. Wie peinlich. »Nein, danke. Ich bin satt.«

Sie nickte verhalten und räumte den leeren Teller weg.

»Eine großartige Suppe«, rief ich ihr hinterher. Ich hatte schon längst vergessen, wie sie schmeckte. Falls sie schmeckte. Mir war Essen egal. Ich schwebte auf Wolke sieben.

Raus konnte ich nicht. Es regnete von einem Augenblick auf den anderen wie aus umgekippten Badewannen. Mir blieb keine andere Wahl, als die Treppe wieder hochzuhüpfen, mich aufs Bett zu werfen und den Fernseher anzumachen.

Es gab Netflix.

Es gab Friends.

Es gab Chips in der Minibar.

Ich war versorgt und etwas um Malcolm und Lena besorgt, denn es regnete noch immer. Auf die Sitcom konnte ich mich nicht länger als eine Minute konzentrieren. Mit jedem generierten Lacher drifteten meine Gedanken zurück zu dem großen Schotten, der so plötzlich in mein Leben getreten war, dass ich mein Leben nicht mehr wiedererkannte.

So musste es Claire mit Jamie ergangen sein.

Welch ein Glück, dass ich Michel Unsinn über mich und Schottland aufgetischt hatte. Ohne ihn …

Moment. Ich ärgerte mich noch immer über ihn. Zum Teufel mit Michel und seiner Wankelmütigkeit. Er war noch wankelmütiger als ich gewesen, und ich ging mir schon damals damit auf die Nerven. Warum dachte ich an ihn? Ich wollte an Malcolm denken.

An Malcolm und seinen Schwanz.

An seinen perfekten, makellosen Schwanz. Das nächste Mal würde ich ihn in den Mund –

Es donnerte so laut, dass ich vom Bett hochschreckte.

Draußen hatten sich die Wolken noch dichter zusammengezogen. Man konnte den späten Nachmittag nicht vom Abend unterscheiden. In der Ferne beobachtete ich einen Blitz, wie er zwischen Berggipfeln einschlug und sich in alle Richtungen gabelte. Es sah spektakulär aus.

Ich nahm mein Handy und versuchte Lena zu erreichen. Sie und Malcolm mussten von dem Wetter überrascht worden sein. Hoffentlich stellten die sich nicht unter einen freistehenden Baum und ließen sich grillen.

Es donnerte erneut. Diesmal so heftig, dass ich dachte, der Boden bebte unter meinen Füßen. Derweil stritten Ross und Rachel im Fernsehen darüber, ob sie in einer Beziehungspause waren, als Ross seinen One-Night-Stand hatte oder nicht.

Waren sie nicht.

Team Rachel.

Ich hielt mir das Handy ans Ohr. Kein Freizeichen erklang. Auch Malcolms Telefon blieb stumm.

»Mist aber auch.« Das Wasser lief die Fensterscheiben flächendeckend herunter. Sollte ich Alarm schlagen? Sollte ich jetzt schon die Küstenwache verständigen, weil Schottland in zwei Stunden völlig unter Wasser stehen würde? Oder sollte ich Malcolms Fähigkeiten, allen Widrigkeiten des Lebens zu trotzen und dabei sexy zu sein, vertrauen?

Der Mann hatte mich gestern Huckepack zum Arzt getragen. Er würde zweifelsohne meine Schwester auf den Rücken durch die Highlands in Sicherheit schwimmen. Ich legte das Telefon zur Sicherheit neben mich, machte den Fernseher lauter und stärkte Rachel den Rücken.

Was wollte sie eigentlich mit Ross? Ross war so ein neurotischer Idiot. Sie hatte etwas Besseres verdient. Ihr italienischer Nachbar aus der ersten Staffel war doch süß. Wie hieß er nochmal? Irgendetwas mit P.

Paulo, Pablo, Paolo …

¥

Sobald die Tür aufging, schreckte ich auf. Ich musste eingeschlafen sein. Der Fernseher hatte sich vor unbestimmter Zeit auf Standby geschaltet und draußen war es stockdunkel.

»Leni?«, rief ich hoffnungsvoll.

»Hey, ich wollte dich nicht wecken«, flüsterte Lena und kam aus dem Bad, ein Handtuch in der Hand, mit dem sie ihr langes Haar abtrocknete. Sie war von oben bis unten durchnässt. Das Shirt klebte ihr an den Körper wie ein Taucheranzug und ihre Schuhe hinterließen Dreck und Pfützen auf dem Parkettboden.

»Schon okay. Ich wollte nicht schlafen. Ich hab mir Sorgen gemacht. Keiner von euch ging ans Telefon.«

»Gut. Dann weißt du ja jetzt, wie es mir mit dir ergeht«, erwiderte sie, zwinkerte mir zu und verschwand wieder im Bad.

»Wie schlimm war es?«, rief ich vom Bett aus.

»Gar nicht schlimm. In Gegenteil. Bis uns das Gewitter überraschte, gab es unglaublich viel zu sehen.« Ich hörte, wie sie die Badewanne einließ und dabei anfing ein Liedchen zu summen.

»Ach ja? Was denn?«

»So alles Mögliche. Eine eingefallene Kirche, ein Denkmal mitten in der Pampa, dieser Bach, von dem ich dir erzählt habe. Der war so tief, dass das Wasser in der Mitte rabenschwarz zu sein schien.«

»Also hattest du Spaß?«

»Und wie! Ich habe Alex kein einziges Mal angerufen oder geschrieben.«

»Was hast du denn stattdessen gemacht?«

Lena steckte den Kopf zwischen die Badezimmertür.

»Na was wohl? Ich habe mir Schottland angesehen.«

Sie streckte mir die Zunge entgegen und schloss die Tür, um in Ruhe ein heißes Bad zu nehmen. Nach wenigen Sekunden vernahm ich *Scottland, the Brave* aus ihrem Handy und grinste. Sieht so aus, als wäre sie endlich von dem keltischen Fieber erfasst worden.

Wurde aber auch Zeit!

¥

Am nächsten Tag konnte ich lang genug auftreten, um wenigstens einen kleinen Ausflug auf eine nahegelegene Burg zu machen, die einst von den Engländern belagert und nach einem Massaker geschliffen wurden war. Kein Einwohner überlebte.

Da ich mittlerweile ein Dutzend solcher Orte besucht hatte, merkte ich mir den Namen nicht und verbuchte es unter *"Noch ein englisches Massaker in den Highlands"* oder *Lowlands*. Ich wusste manchmal nicht, wo genau wir uns befanden.

Was mich mehr beschäftigte als Engländer, die dieses Land über Jahrhunderte hinweg geplündert haben mussten, um es dennoch ganz schnuckelig und lebenswert zurückzulassen, war Malcolm.

Den ganzen Morgen schon versuchte ich, seinen Blick zu erhaschen, doch er glitt mir durch die Finger wie ein schlüpfriger Aal. Ich fragte mich mehr und mehr, ob er sich über unsere gemeinsame Nacht genauso freute, oder ob er sie bereute. Er wich mir aus, was mich von Minute zu Minute und von Stunde zu Stunde in den Wahnsinn trieb.

Lena befand sich leider immer in unserer Nähe, und machte es mir unmöglich, ihn anzusprechen, dabei wollte ich ihn am liebsten schnappen, zum Stehenbleiben zwingen und anbrüllen.

Ich brauchte eine Reaktion.

Wenigstens ein Zwinkern.

»Ich muss mal«, flüsterte Lena und riss mich aus meinen Gedanken. »Wir sollten eine Pause machen.«

Wir befanden uns seelenallein im *Loch-Lomond-and-the-Trossachs*-Nationalpark, von Bäumen und Sträuchern umgeben. Warum lief sie nicht einfach hinter einen Busch?

»Da«, ich deutete auf ein dichtes Gestrüpp. »Das ist doch perfekt.«

»Nein«, erwiderte Lena und machte ein komisches Gesicht.

Ich machte ebenfalls ein komisches Gesicht, weil ich nicht wusste, was sie von mir wollte, woraufhin sie seufzte, an mich näher herantrat und flüsterte:

»Es wird was … Längeres.«

»Leni, sag doch gleich, dass du kacken musst.«

»Pssst. Nicht so laut.« Sie blickte auf Malcolm, der mit geradem Rücken, in seinem Kilt sexy und unwiderstehlich vor uns herlief und dabei eine keltische Melodie summte.

»Ach komm, stell dich nicht so an. Ich bin sicher, dass Malcom weiß, dass du eine Verdauung hast. Es wird ihn schon nicht aus den selbstgestrickten Socken sprengen, wenn du eine Kackpause einforderst.«

Ich grinste sie an und rief ihm zu.

»Hey! Malcolm! Lena muss mal.«

Lena schlug mich wütend.

»Du bist ein Arsch«, zischte sie, blieb stehen und schnallte ihren Rucksack ab.

Ich zeigte ihr die Zunge und hoffte inständig, dass sie weit genug von uns weg einen Haufen machte, damit ich in Ruhe mit ihm über uns reden konnte. Das war meine Gelegenheit und Lenas Verdauung kam mir da gerade recht.

Ungeduldig wartete ich, bis sie sich ihr Klopapier schnappte, das sie peinlich berührt hinter ihrem Rücken verbarg und zwischen den Bäumen verschwand. Malcolm ließ sich auf einem Baumstamm nieder und goss sich Wasser über das Gesicht. Mit seiner breiten Hand wischte er sich den Dreck und den Staub der Straße ab. Das sah so männlich aus, wie er das machte, ich würde ihn am liebsten auf der Stelle anspringen.

Tat ich nicht.

Stattdessen stellte ich mich vor ihm, sobald ich mir sicher war, dass Lena uns nicht mehr hören konnte, und fragte ihn geradeaus:

»Das mit uns. War das einmalig?«

Er schraubte seine Feldflasche zu, blickte zu mir auf und lächelte sein unverschämt breites Lächeln. Oh, dieses Lächeln! Ich bin so schwach!

»Nur, wenn man die anderen zwei Male nicht dazu zählt.«

Überrascht von seiner frechen Antwort, lachte ich und schlug ihn auf die Schulter.

»Du weißt genau, was ich meine —«

Bevor ich den Satz zu Ende sprechen konnte, zog er mich am Arm zu sich auf seinen Schoß und küsste mich mit Nachdruck. Mein Herz ging auf. Genau danach hatte ich mich die letzten zwei Tage gesehnt. Ich erwiderte seinen Kuss und suchte mit meiner Hand unter seinem Kilt nach einem Beweis, dass er mich genauso wollte, wie ich ihn.

»*Chan eil mo ghaol*, nicht hier und nicht jetzt.«

»Doch«, beharrte ich und bekam das zu fassen, worauf ich hoffte. Einen aufrechten, pochenden Schwanz. »Lena braucht bei so etwas immer mehr Zeit. Wir sehen sie die nächsten 20 Minuten nicht wieder. Versprochen.«

Malcolm löste sich von mir, widerwillig zwar, aber dennoch bestimmt.

»Wir können das nicht tun. Nicht, solange ich euer Guide bin. Das ist nicht richtig. Ich bekomme jeden Tag Geld von euch und … es fühlt sich nicht gut an. Lass uns warten, bis die Reise vorbei ist, *ceart gu leor?*«

Nein! Auf keinen Fall. Das wären fünf Tage ohne Sex. Ohne Sex mit Malcolm. Das konnte ich nicht. Das wollte ich nicht.

Meine Panik musste auf meinem Gesicht geschrieben stehen, denn er lachte und zog mich eng zu sich.

»Sobald wir in *Dùn Èideann* angekommen sind und deine Schwester ins Flugzeug steigt, holen wir alles nach.«

Er wollte mich also doch. Nur sein Stolz und Ehrgefühl stand ihm im Weg.

Hach, was war er nur für ein Mann. Wie aus dem Bilderbuch. Ich könnte ihn mir nicht besser ausmalen.

»Fünf Tage …«, flüsterte ich erschrocken. Fünf Tage waren eine Ewigkeit. Das konnte ich nicht. Ich war verrückt nach ihm.

»… gehen schnell vorbei. Du wirst sehen. Ich bin dann dein, wie du mein sein wirst, *mo bhrèagha*. Bis dahin müssen wir professionell bleiben. Ich bin euer Guide und mehr nicht.«

Um den Widerspruch zwischen seinen Worten und dem, was zwischen uns war, zu vergrößern, küsste er mich auf den Mund und legte seine Hände auf meinen Hintern.

¥

Sobald Lena aus ihren Büschen gestolpert kam, saßen Malcolm und ich sittsam nebeneinander und diskutierten den schottischen Jakobiteraufstand.

Gerechtfertigtes Unabhängigkeitsbestreben oder nationalistische Dickköpfigkeit, die einen großen Haufen Leute unglücklich machte?

Malcolm war selbstverständlich als schottischer Patriot der Meinung, dass James II. als einziger das Anrecht auf den englischen Thron hatte, und dass der *Act of Settlement* nichts weiter war, als der Versuch englischer Bastarde, die Stuarts von der Krone abzuhalten.

Ich sah das etwas differenzierter, weil die Jakobiter – nach allem, was man hörte und ab und zu als Bühnenbild hinter historischen Liebesromanen zu lesen bekam – keine Engel waren und anders als ihre Gegner keine moderne Staatsauffassung vertraten, wie die Trennung von Staat und Kirche zum Beispiel. Schottlandromantik hin oder her, Clans, alte archaische Rituale und Vermählung zwischen Cousins und Cousinen gehörten nicht ins 18. Jahrhundert und war auch nichts, was man unbedingt mit Blut und Schwert erhalten müsste.

»Du kennst dich in unserer Geschichte gut aus, *mo bhrèagha*«, stellte Malcolm überrascht fest und erhob sich, sobald Lena ihr Klopapier wieder verstaut hatte.

Ich zuckte bescheiden mit den Schultern und lächelte geheimnisvoll. Er sollte ruhig denken, dass ich gebildet war, auch wenn diese "Bildung" aus versexten Historienbüchern stammte.

»Das liegt daran, dass sie ihre Jugend damit verbrachte, schottische Schnulzenromane zu atmen«, antwortete Lena und hievte ihren Rucksack auf den Rücken.

Diese Petze!

»Jamieeee. Jammmmmiiieeeee«, äffte sie mich nach.

Wütend sah ich sie an. Sie sollte das lassen. Malcolm durfte nicht glauben, dass ich und Schottland eine imaginäre, herbeifantasierte Vergangenheit miteinander teilten. Er sollte glauben, dass ich cool war.

Was ich auch war.

»Immerhin weiß ich, wie ein Buch von innen aussieht«, erwiderte ich. Falls Malcolm von ihren Sticheleien gegen mich etwas mitbekam, dann ließ er es sich nicht anmerken. Wie eine Gallionsfigur schritt er voran, immer etwas weiter vorne als wir, und deutete auf Hügel, Flüsse und Bäume, hinter denen womöglich "das alte Volk" lauerte.

FOLGE NICHT DEM HÄSCHEN

Aberfeldy

Ich versuchte mich von Malcom fernhalten, was mir äußerst schwerfiel. Mein Blick suchte automatisch den seinen – ich konnte nicht anders, ich besaß keine Kontrolle über mich – meine Schultern streiften zufällig seine starken Oberarme, meine Füße zeigten immer zu ihm.

Es war mir unmöglich, nicht in seiner Nähe zu sein, dabei hatte ich es ihm hoch und heilig versprochen. Bis Edinburgh wollten wir durchhalten, auch wenn die Leidenschaft uns bei lebendigem Leib zerfraß.

Um nicht wahnsinnig vor Verlangen zu werden, zwang ich mich dazu, mich auf mein Instagram-Account zu konzentrieren und Malcolm aus meinen Gedanken zu verdrängen. Ich postete wie eine Besessene stündlich Bilder von dem was ich sah und hörte.

Meine Followerzahl stieg jeden Tag um die 30 Leute. Mit 350 Followern – ich hatte mit 68 die Reise begonnen – und mehreren Repost von offiziellen Schottlandaccounts, fühlte ich mich wie eine waschechte Reisebloggerin. Ich traute mich sogar an Live-Stories heran und plapperte das nach, was Malcolm Lena und mir über Schottland erzählte. Natürlich gab ich die zensierte, weniger anti-imperialistische Version seiner Worte wieder.

Michel sah sich alles an.

Alles!

Was mir Genugtuung verschaffte.

Während er in seinem bayerischen Dorf mit seiner kleinen, sabbernden Tochter und durchschnittlichen Frau versauerte, hatte ich eine Affäre – von der er noch nichts wusste, die Betonung lag bei *noch nicht* – mit einem heißen Schotten und den Spaß meines Lebens.

»Wo willst du hin?«, fragte ich Lena, die frisch geduscht sich ihre Schuhe anzog und die Haare kämmte. »Schaust du dir *Aberfeldy* an?«

Ich versah routiniert die Kommentare unter meinen Bildern mit einem Herz und sah verwundert hoch.

»Ja, hier gibt es einen coolen, kleinen Gemüsemarkt, auf dem man seltenes Saatgut kaufen kann. Ich will etwas für unseren zukünftigen Garten. Außerdem wollte ich Alex Schottland zeigen.« Sie hob ihr Handy. »Willst du mit?«

»Ähhh … nee … lass mal. Ich hab hiermit mehr als genug zu tun.«

»Okay«, Lena zuckte mit den Schultern, »bis später!«

Und weg war sie.

Erstaunt blickte ich auf die Hotelzimmertür, die sie schwungvoll zuzog. Es enttäuschte mich, dass sie nicht mal einen Versuch gestartet hatte, mich zum Mitkommen zu überreden. Hätte sie etwas nachgebohrt, ich hätte vielleicht ja gesagt. Seit dem Streit war sie umgänglicher. Nicht die Fröhlichkeit in Person, das nicht, das war sie noch nie gewesen, aber umgänglicher. Gestern Abend hatten wir sogar Spaß an der Bar. Auch mit Alex telefonierte sie nicht mehr so viel.

Mist. Ich wollte mir den Markt ansehen, selbst, wenn ich mit Gemüse und Obst nichts anfangen konnte. Unschlüssig blickte ich auf mein Handy und wog ab, ob ich meine neue Kariere als Instagram-Bloggerin weiterverfolgen, oder doch lieber *Aberfeldy* ansehen sollte.

¥

Ich würde lügen, wenn ich behaupten müsste, *Aberfeldy* wäre ein hübsches kleines Städtchen. War es nämlich nicht. *Aberfeldy* war klein, grau, von Rucksacktouristen überlaufen und nicht sonderlich fotogen.

Es gab einen Whiskey, der wie die Stadt hieß und den man für viel Geld an jeder Ecke erwerben konnte. Mehr gab es nicht. Jedenfalls auf den ersten Blick.

Einen Markt suchte ich seit einer Stunde vergebens.

Lena ging nicht ans Telefon – es war aber auch nicht besetzt – und ich verlief mich, indem ich beim Bed & Breakfast herauskam, obwohl ich zum anderen Ende der Straße wollte.

Hübsche Bilder waren bei dem Ausflug auch nicht herumgekommen.

Genervt ließ ich das Handy sinken, verzog den Mund und beschloss, wieder reinzugehen, als eine mir vertraute Person auf der anderen Straßenseite an einem Schaufenster stehenblieb, sich die Beschaffenheit des Fensters – und nicht den Inhalt – ansah und dann weiterlief.

Dimi!

Der Halunke.

Ich steckte mein Handy ein, folgte ihm unauffällig, und kam mir dabei wie in einem Hitchcock-Film vor. *Aberfeldy* war an sich schwarz-weiß, die Nacht brach an und alle die mir entgegenliefen, sahen grimmig aus. Grimmige Gesichter einer grimmigen Stadt. Malcolm sagte, dass dem schottischen Volk das Leid der Jahrhunderte ins Gesicht geschrieben stehen würde. Ich vermutete, dass die Falten von dem vielen frittierten Essen und dem schwarzgebrannten Whiskey kamen.

Dimi lief im Zickzack, schlüpfte von einer Gasse in die nächste und behielt sein schnelles Tempo bei. Er kannte sich hier gut aus. Ob sich hier seine Räuberhöhle befand? Und in ihr meine Kamera?

Egal, wo ich war, er war da auch. Irgendetwas stimmte nicht und es musste mit mir zu tun haben. Da ich mich ungern überraschen ließ, beschloss ich den Spieß umzudrehen und ihm auf die Schliche zu kommen. Ich musste lediglich herausfinden, was Dimi im Schilde …

»Mist!«, fluchte ich und hüpfte in einen tiefen Hauseingang. Er war stehen geblieben und hatte über seine Schulter in meine Richtung geblickt. Hielt er Ausschau? Hatte er mich bemerkt?

Ich trautem mich nicht, um den Eingang zu spähen, aus Angst, auf mich aufmerksam zu machen. Mein Herz klopfte. So viel Aufregung. Immerhin. Besser als jeder Gemüsemarkt.

Vorsichtig spähte ich um die Mauer und wich erneut zurück. Ein anderer Kerl – vermutlich auch Osteuropäer und ebenfalls hauptberuflicher Halunke – kam von der anderen Seite auf Dimi zu und gab ihm die Hand. Der Dieb meiner Kamera begrüßte ihn gedankenabwesend und sah sich noch immer um.

Ich vergrub mich noch tiefer in den Schatten, fischte nach meinem Handy und hoffte, dass ich sie nicht bei etwas beobachtete, was mich am Ende in Gefahr brachte. Auch wenn es mir mittlerweile sinnlos erschien, in Schottland die Polizei zu rufen – wie in Berlin war auch diese staatliche Institution zu nichts zu gebrauchen und von Vollidioten überlaufen –, die Option, es dennoch zu können, beruhigte mein Herz.

Eine müde Frau mit zwei Kindern und einem Kinderwagen näherte sich dem Hauseingang. Sie erschrak, als sie mich sah und blieb stehen. Mit einer Kopfbewegung signalisierte sie mir, die Tür freizumachen.

Sie wohnte hier.

Ich quetschte mich zur Seite, damit sie durchkonnte, doch es war zu eng. Sie wollte, dass ich aus dem Eingang verschwand, ich wollte das nicht, weil ich damit meine Deckung aufgeben musste. Wir stöhnten, genervt voneinander, um die Wette.

Es war ein Krieg, den ich nicht gewinnen konnte. Auf der Gegenseite befand sich eine Mutti mit Kindern, auf meiner Seite befand sich nur ich. Ich kapitulierte und stolperte an ihr vorbei auf die Straße.

Geradewegs in Dimis Arme.

Der tat nicht einmal so, als wäre er überrascht, sondern sagte etwas auf Russisch zu seinem leicht angeheiterten Begleiter und lachte. Der andere lachte auch.

»Was machst du hier?«, schnauzte ich ihn an, wissend, dass sein Witz auf meine Kosten ging.

»Spazierengehen.«

Dimis Antwort machte mich noch wütender. So eine Scheiße konnte er seiner Großmutter erzählen. Ich glaubte ihm kein Wort.

»Ihr spät wieder ein Lager aus, das ihr heute Nacht ausräumen könnt, nicht wahr? Spar dir das dumme Grinsen. Ich weiß mittlerweile, was für einer du bist.«

Dimis Begleiter kommentierte das, ich verstand natürlich kein Wort. Wütend sah ich ihn an. Er erwiderte meinen Blick gelassen und räusperte sich, mit einem kurzen Nicken auf die Uhr. Statt auf meinen verbalen Angriff zu reagieren, klopfte Dimi mir kumpelhaft auf die Schulter und deutete seinem Kumpel, weiterzugehen. Sie machten sich auf den Weg und ließen mich einfach stehen.

Mit offenem Mund blickte ich ihm nach. Der Kerl nahm mich gar nicht ernst. Also, so gar nicht. Unfassbar. Wie kam er dazu, zu glauben, er würde mit so einem Verhalten davonkommen?

Wütend lief ich ihnen nach.

»Hey!«, rief ich. »Hey. Nicht so eilig, Freundchen. Du schuldest mir noch etwas. Meine Kamera. Ich lass nicht locker!«

»Stalkst du mich schon wieder?«, kam als Antwort. Er drehte sich nicht um, sondern beschleunigte seinen Schritt und bog in eine Gasse ein, die uns außerhalb der

Stadt führte. Ich konnte im Dämmerlicht den Waldrand erkennen.

»Stalken. Wenn ich dieses Wort schon aus deinem Mund höre, bekomme ich Zustände. Wo wollt ihr hin?«

»Geht dich nichts an.«

»Doch. Tut es. Vielleicht raubt ihr ahnungslose Touristinnen wie mich aus. Klar geht mich das was an. Ich folge euch und warne jeden, der uns begegnet, bist du mir meine Sachen wieder gibst! Diesmal lass ich mich nicht abwimmeln.«

Ich blieb ihnen auf den Fersen. Dimi und sein Kumpel, der keine andere Sprache sprechen konnte – oder wollte – unterhielten sich auf Russisch und machten weiterhin Scherze auf meine Kosten.

Das machte mir nichts, ich zeigte mich unbeirrbar. Selbst als wir *Aberfeldy* hinter uns ließen und einen Feldweg betraten, der an Feldern und dunklen Mauern vorbeiführte, klebte ich an ihnen, das Handy in der Hand, jederzeit bereit, ein Verbrechen zu melden.

»Wohin gehen wir?«, fragte ich schließlich, als es so dunkel wurde, dass das Gras sich schwarz färbte und die Wälder plötzlich bedrohlich finster schienen.

»Du bist ja immer noch da«, war Dimis nicht sonderlich hilfreiche Antwort.

»Tu nicht so, als wüsstest du das nicht. Gehen wir dahin?« Ich deutete auf ein fernes, hellerleuchtetes Haus und die Scheune daneben. Fröhliche Stimmen erklangen. Fröhliche, betrunkene Stimmen. Das hörte sich nach einer Party an.

Dimi schwieg und schlug eine Abkürzung ein, indem er feldein lief und sich dem Hof von der Seite näherte. Ich folgte stur, weil ich mich in der Dunkelheit nicht zurück

traute und weil ich noch immer den naiven Wunsch
hegte, die Kameraausrüstung wieder zu bekommen.

Es war in der Tat eine Party!

Es gab Girlanden, eine Theke mit Getränken, Tische
mit Salaten und Grüppchen an Menschen, die
durcheinanderquatschten, sich gegenseitig auf die Schulter
klopften und herzlich begrüßten. Die russischen
Halunken, die mich hergeführt hatten, tauchten auf der
Stelle in der Menge unter.

Auf einmal fand ich mich allein unter Fremden wieder.

¥

Bier und frittiertes Gemüse war das, was es zum Hauf gab
und was meinen Magen füllte. Ich trank mit Genuss und
ignorierte die Perversion hinter dem Gedanken, eine
Karotte zu frittieren, während ich gleichzeitig mir die
Leute genauer ansah, die mich umgaben.

Eine Familienfeier war das nicht, denn niemand ähnelte
sich. Einige sprachen nicht mal Englisch. Es gab auch
einen auffälligen Frauenmangel, was dafür sorgte, dass ich
mehr Blicke kassierte, als ich sie normalerweise gewöhnt
war. Komische, anzügliche Blicke.

Auf der Stelle setzte ich mein
"Labbermichnichtvollsonstschreiichrum"-Gesicht auf.

Die große, rote Scheune war von innen hell erleuchtet
und stand im Zentrum der Aufmerksamkeit. Ich wurde
neugierig, besonders, als zwei herbe alte Schotten, die
aussahen, als wollte man ihnen nachts nicht über den
Weg laufen, eine Tafel anschleppten und sie vor der
Scheune anbrachten.

Auf der Stelle setzte sich die Partymeute in Bewegung und platzierte sich davor. Es musste etwas Aufregendes draufstehen. Ich trat näher, reckte meinen Kopf, um zu erkennen, was das sollte. Warum drehten alle wegen einer beschmierten Tafel durch?

Oh, Zahlen. Namen und Zahlen. Das interessierte mich auch. Ohne weiter Rücksicht auf die Kerle um mich herum zunehmen, drängelte ich mich vor, um mir einen Reim aus den Daten zu machen.

Cherry Eiffel vs. *Drag Queen*, 7/4 oder 2,75.
Harry Muscle vs. *Henry VIII,* 8/4 oder 3,0.
Bloody Moon vs. *Magma Bear*, 9/4 oder 3, 25.
Double Trouble vs. *Blue Bird*, 5/9 oder 1,5.

Und so weiter und so fort. Darunter und daneben befanden sich noch weitere Zahlen, die in einem Zusammenhang zu den Dezimalbrüchen standen.

Was bedeutete das?

Ich blickte zur Seite, als ein Kerl sein Notizbuch rausholte und sich die Tabelle notierte. Neben *Double Trouble* schrieb er etwas unleserliches mit Ausrufezeichen. Ich entzifferte es als "Verletzt" und 9/3. Er sah aus dem Augenwinkel, wie ich seine Notizen las, warf mir einen bösen Blick zu und ging fort.

Verwundert schaute ich zurück zu der Tafel und versuchte mir einen Reim daraus zu machen. Die Namen sagten mir Nichts. Das, mit den Zahlen war jedoch einfach. Der Bruch wird dividiert und mit 1 addiert. Im Grunde war das nichts weiter als die Umrechnung von Quoten …

Quoten!

Das war es also! Die Zahlen und Namen waren eine Infotafel für Wetten. Es ging um Wetten! Die erste Zeile war eine Bruchwettquote und die zweite Nummer ihr europäisches Pendant. Interessant. Wo war ich gelandet? Und wer waren *Cherry Eiffel, Harry Muscle, Bloody Moon* und *Double Trouble*? Was konnten die? Hotdogs in kürzester Zeit verspeisen?

Erneut ging ein Raunen durch die Menge und die Stimmung änderte sich von erwartungsvoll zu angespannt und leicht aggressiv. Die Scheunentür wurde gänzlich geöffnet, und alle, die sich zuvor gemütlich draußen aufhielten, stürmten wie auf ein unsichtbares Kommando hin, durch die große Tür hinein. Ich konnte nicht erkennen, was sich in der Mitte befand, außer viel Platz und wunderte mich.

Alles sehr sonderbar.

Um was ging es? Um was wurde gewettet und warum waren alle so ernst dabei? Ich starrte wieder auf die Tafel, in der Hoffnung, sie gebe mir mehr Preis. Zehn Namen mit Quoten dahinter befanden sich auf ihr. Ein Name war komischer als der andere. Es gab ein paar Underdogs und klare Favoriten und Verlierer, deren Quoten entsprechend hoch und entsprechend niedrig waren. Auf drei Ausgänge durfte man Wetten abschließen. Doch welche Ausgänge waren das?

»Da bist du ja, Stalkerin. Noch immer da und noch keine Polizei gerufen? Geht es dir gut?« Dimi trat neben mich, holte ein kleines Büchlein aus der Tasche und schrieb die Tabelle ab. Sobald er fertig war, griff er in seine Jeansjacke und zog ein Bündel Geldscheine heraus, so groß wie seine Faust.

»Ich heiße Tony. Nicht Stalkerin. Was hast du mit dem Geld vor?«

»Was wohl?«, er sah zu mich an, als wäre ich doof. »Ich werde es einsetzen.«

Sein Blick wanderte zur Tafel. Er deutete auf *Bloody Moon* vs. *Magma Bear*. Höchste Quote. Ich verzog den Mund. Dumme Entscheidung.

»*Double Trouble* vs. *Blue Bird* «, sagte ich. »Die reale Quote ist besser, als womöglich verzeichnet. Setz dein Geld lieber auf dieses Pärchen. Um was wird gewettet? Ist das ein Trink- oder Fresswettbewerb? Oder Boxen? Wird hier illegal geboxt?«

Das wäre mal aufregend. Ich schielte zur Scheune und versuchte einen Blick auf das zu erhaschen um was sich die Leute formierten, doch die Männer drängten sich so dicht aufeinander, dass ich nichts erkennen konnte.

»Das ist die niedrigste Quote. Da gewinne ich nichts. *Double Trouble* ist —«, widersprach mir Dimi und deutete auf die 1,5.

»Du sollst nicht auf *Double Trouble* setzen, sondern auf *Blue Bird*. Der gilt als Verlierer. Kein Schwein verdient bei solch einem System etwas, wenn er auf die Sieger setzt.«

Dimi sah mich verständnislos an.

Ich schüttelte über seine Begriffsstutzigkeit den Kopf.

»Schau«, ich zeigte auf die Quoten. »Diese Zahlen haben eine Informationsfunktion. Wir erfahren durch sie, wie wahrscheinlich einer dieser Typen bei hundert Spielen gewinnt, verliert oder unentschieden spielt. Auf langer Sicht – wenn die Quoten richtig sind – kommt man, wenn man hundert Mal auf einen von denen setzt, auf Null raus. So läuft das. Die Buchhalter verdienen an den Gebühren und an den falsch getippten Spielen. Spielt man also nach den höchsten Quoten, gewinnt man fast nichts.«

Dimi holte sein Büchlein wieder heraus und sah mich neugierig an.

»Es ist nicht leicht, die Buchmacher auszuspielen«, führte ich weiter aus. »Die einzige Möglichkeit, bei so einem System Geld zu verdienen, ist durch Informationen, die ein Buchmacher nicht hatte, als er die Quote setzte. Wenn man die Gewinnwahrscheinlichkeit besser einschätzt als der Markt, dann kann man ihn besiegen. Dafür braucht man Insiderwissen. Wie zum Beispiel die Info, dass *Double Trouble* verletzt ist. Die Quote liegt für dieses Spiel somit weit höher als angesetzt und —«

Der Russe drehte sich um und ging weg.

»Hey!«, rief ich verdutzt. »Wo willst du hin? Sag mal, hast du so etwas wie Manieren?«

Er ließ mich mitten im Satz einfach stehen. Was war das nur für ein arschgesichtiges Arschloch? Und ich hatte auch noch versucht, dieser Matchbirne was über Quoten und Wetten zu erklären. Warum eigentlich?

Tony, sagt ich zu mir, *du bist echt dumm. Und das hast du jetzt davon: Du stehst dumm da und guckst blöd aus der Wäsche.*

In der Scheune wurde es still.

Es musste losgehen.

Gespannt, ob es sich um einen Boxkampf handelte oder doch um ein Haggis-Fress-Wettbewerb, näherte ich mich der Meute und suchte Platz, um weiter nach vorne zu kommen.

Bis zur ersten Reihe kam ich nicht ohne den Einsatz von Ellbogen. Zu viele aufgedrehte Kerle jedes Alters drängten sich zur Mitte hin, hielten Papierscheinchen, Geld oder ihre Notizbücher in den Händen und schrien unverständliches Zeug in mein Ohr. Jemand bohrte sein

Knie in meinen Rücken. Das tat so weh, dass ich aufschrie, mich mit aller Kraft vor drängte und beinahe in einen Kreis gestolpert wäre, der von umgedrehten Kisten begrenzt wurde.

Das war eine Arena!

Ich fing mich gerade noch rechtzeitig auf, um nicht mit dem Gesicht voran drüber zu fallen. Ein paar Meter neben mir spaltete sich die Menge und machte einen Mann mit einem Käfig in der Hand Platz.

Es wurde still. Wie bei einem plötzlichen Hörsturz, bei dem man am Ende nur ein lautes, durchgehendes Piepen vernahm und mehr nicht. Das Piepen entpuppte sich als brummender Aggregator in der hintersten Ecke, der die Lampen über meinen Kopf mit Strom versorgte. Gespannt hielt ich die Luft an, als man den Käfig in den Kreis stellte und die Tür öffnete.

Heraus kam ein Hahn mit breiter, brauner Brust und rosa Kamm.

»Cherry Eiffel«, hörte ich jemanden in ein Mikrophon dröhnen.

»VS.«

Auf der anderen Seite tauchte ein weiterer Mann an, ebenfalls einen Käfig in der Hand.

»Drag Queen!«

Ein bunter Vogel hüpfte hinaus und pustete sich auf das Doppelte seiner Größe auf!

»Oh mein Gott!«, schrie ich. »Oh nein, nein, nein. Bitte nicht!« Ich drehte dem Kreis dem Rücken zu und wollte durch die Männer hindurch, um mir das Massaker eines Hahnenkampfes nicht ansehen zu müssen. »Ich will hier weg! Das ist schrecklich! Lasst mich!«

Vergeblich. Ich bemühte mich vergeblich.

Die Leute befanden sich im Rausch und standen so nah beieinander, dass es für mich kein Durchkommen gab. Ich hörte den Flügelschlag, das laute Krächzen, das Schaben der Krallen auf dem Sand der Arena. Betrunkene Kerle brüllten in mein Ohr und feuerten zwei wütende Hähne an, die deswegen sauer aufeinander waren, weil sie das gleiche Geschlecht miteinanderteilten. Sie würden nicht aufhören, bis einer von ihnen zu Grunde ging. Der Gedanke war unerträglich.

So sehr ich es auch versuchte, ich kam nicht weg. Mir blieb nichts anderes übrig, als die Augen zu schließen, die Ohren zuzuhalten und etwas zu summen, damit ich nichts mitbekam. Die Menge dröhnte in meinem Ohr und die Vögel waren in ihrer Wut und Unvernunft dermaßen aggressiv, dass mir das nicht gelingen wollte. Am Ende des Kampfes flatterte einer auf mich zu und spritzte aus einer Halswunde Blut in alle Richtungen.

Ich kreischte, als mich ein Tropfen auf der Wange erwischte. Blut. Mir wurde auf der Stelle schlecht. Ich konnte kein Blut sehen.

Dimis blöder Freund tauchte neben mir auf, lachte schäbig und schrie dem Vogel etwas entgegen, das kein Schwein verstand. Es hörte sich nicht nach einer Sprache an.

¥

Drei Runden musste ich mit ansehen, bevor ich nervlich so am Ende war, dass ich mich schreiend und schlagend durch die Menge zurückkämpfte und aus der Scheune stolperte.

Frittiertes Essen und Bier kam mir hoch. Ich erbrach mich an der Wand und verfluchte meine Entscheidung, Dimi zu folgen.

Genau das passierte einem, wenn man sich auf unbekannte Variablen einließ. Man landete im Chaos. Oder bei einem Hahnenkampf. Widerlich, so etwas, einfach widerlich. Ich hätte niemals gedacht, dass das in Schottland erlaubt wäre. Aus der deutschen Ferne stand dieses Land für mich als Gipfel menschlicher Zivilisation und Rechtschaffenheit. Von sexy Schotten überquellend, die nichts weiter wollten als Freiheit und ein häusliches Leben mit einer treuen Frau.

Mir wurde von meiner Kotze übel, also stolperte ich weiter, auf der Suche nach Wasser, das man mir kommentarlos reichte. Nervlich am Ende fand ich eine Bank, auf die ich mich legte und die Augen schloss. Laute Rufe, zum Teil aus Triumph, zum Teil aus herber Enttäuschung bestehend, drangen zu mir.

Noch ein Hahn tot.

Keine 15 Minuten später noch einer.

Ich starrte die Sterne über mir an und hoffte, dass es mir bald gut genug ging, um von hier zu verschwinden. Einen aufregenden Urlaub malte ich mir anders aus. Wasserfälle, hohe Berge, steile Klippen, urige Burgen und kilttragende Männer. So sollte Schottland sein. Woran ich nicht dachte, waren sich gegenseitig zerfleischende Vögel.

Mir wurde wieder schlecht.

Rasch drehte ich mich zur Seite und kotzte erneut. Diesmal kam fast nichts raus außer Magensäure.

»Du solltest nicht so viel trinken, Stalkerin. Du verträgst nichts«, hörte ich Dimi sagen und öffnete die Augen. Der Blödmann kam breitgrinsend auf mich zu, in der Hand lose Scheine zählend. Ich schloss die Augen. Ihn wollte ich als Letztes sehen.

»Geh weg!«, krächzte ich und trank den Rest meines Wassers leer. »Du bringst mir Unglück. Geh weg!«

Dimi lachte dreckig, setzte sich neben mich. Ich hörte, wie etwas raschelte.

»Da, nimm. Dein Anteil.«

Widerwillig öffnete ich mein linkes Auge und schielte zu ihm. Dimi hielt mir ein Bündel Pfundscheine hin, die durch viele Hände gelaufen sein mussten, so fettig und faltig sahen die aus. Da er mir Geld reichte, konnte ich nicht anders, als es anzunehmen. Geld war magisch.

»Was ist das?« Ich sortierte die Scheine. »Das sind mehr als dreihundert Pfund!«

»Dein Wettanteil. Habe alles auf *Blue Bird* gesetzt, wie du gesagt hast.«

»Das habe ich nicht gesagt.«

Unschlüssig sah ich das Geld an. Was sollte ich damit machen? Es wiedergeben wäre absurd, schließlich schuldete der Kerl mir eine ganze Fotoausrüstung. Behalten konnte ich es auch nicht, dafür war ein armer Hahn draufgegangen.

»Doch, das hast du. Und recht hattest du auch. *Double Trouble* hielt nicht eine Minute durch. Der Vogel ist kaputt —«

»Hör auf damit! Das will ich nicht hören. Menschenskinder, war soll ich mit dem Geld?«

»Du könntest es neu einsetzen. Die zweite Runde geht gleich los, die Buchmacher ändern gerade die Quote. Komm mit, schau sie dir an —«

»Nein. Ich wette nicht. Und schon gar nicht auf so etwas.«

»Wie, du wettest nicht? Mädchen, du hast in 25 Minuten 320 Pfund verdient.«

Ich verdiente manchmal in gleicher Zeit mehr, wollte ich erwidern, behielt es jedoch für mich. Dimi ging es nichts an, wie viel Geld ich hatte. Am Ende würde mich der Halunke entführen oder erpressen. Zuzutrauen wäre es ihm.

»Ich wette nicht. Ist so. Ich hasse es, mich entscheiden zu müssen.«

Das Geld fühlte sich schmutzig an. Ich fühlte mich ebenfalls schmutzig an, und glaubte, den Blutspritzer an meiner Wange weiterhin zu spüren. Von dem bitteren Geschmack im Mund wollte ich gar nicht erst anfangen.

Wohin mit den 320 Pfund?

»Dann wette nicht. Sag mir, auf was ich setzen soll.« Dimi drehte sich von mir weg und lief ein paar Schritte, in der Annahme, ich würde ihm folgen. Was ich nicht tat. Wer dachte er eigentlich, wer er war?

»Das ist barbarisch. Ich helfe dir nicht, noch mehr Geld mit dem Tod dieser armen Tiere zu machen.« Ich entschied mich, die Scheine in meine Jacke zu stopfen und sie an Obdachlose zu verteilen. Oder Straßenmusiker.

Dimi kam zurück und blickte mich mit schräg gelegtem Kopf an. Dabei verzog er den Mund komisch, als wüsste er nicht, was er da ansah.

»Isst du Vogel?«, fragte er mich.

»Wie bitte?«

»Isst du Vogel? Huhn?«

»Ähm, ja. Falls du wissen willst, ob ich Vegetarierin bin, so lautet die Antwort nein. Aber nur weil ich Fleisch esse,

muss ich mir nicht ansehen, wie Tiere zu Tode gefoltert
werden.«

»Дими«, hörte ich jemanden Rufen. Der andere Russe
war auch noch da. Er stand zusammen mit vielen anderen
vor der neuen Tafel und winkte ihn her.

Dimi schrie zurück und wandte sich mir zu.

»Der Vogel, den du isst, der wird nach zwei Monaten
geschlachtet«, belehrte er mich streng, als wäre ich eine
ungezogene Zehnjährige, »vorher hat er schlimmes Leben
im Käfig. Alle Vögel, die hier Kämpfen, sind älter als zwei
Jahre, leben draußen, können ficken, fressen und laufen.
Und wenn sie sterben, dann als stolze Männer im Kampf
und nicht als ein Stück unglückliches Fleisch.«

Er sah mir nochmal mit Nachdruck in die Augen,
drehte sich selbstherrisch um und verschwand zwischen
den Leuten, die sich um die Tafel versammelten.

Was war das denn jetzt? Was sollte diese Geschichte
bedeuten? Waren Hahnenkämpfe jetzt etwa humaner,
oder was? Wie dieser Kerl mich in den Wahnsinn trieb!

Ich erhob mich, um ihm hinterherzulaufen und gegen
sein Knie zu treten, einfach, weil er es verdiente, als
plötzlich neben mir ein Polizist auftauchte.

Erschrocken sprang ich in die Luft und schrie auf.

Immer mehr Polizisten mit Schlagstöcken in den
Händen kamen aus den Büschen geklettert und liefen auf
die Mitte des Hofes zu, wo Leute damit beschäftigt
waren, die Tafel abzufotografieren oder Zahlen in ihr
Büchlein zu übertragen.

Ein Polizist packte mich am Arm, bevor ich überhaupt
darüber nachdenken konnte, wie ich mit der Situation
umgehen wollte. Keine zwei Sekunden später legte mir

ein anderer Kabelbinder an und drückte mich auf den
Boden.

Toll.

Wirklich toll.

CULLODEN

Schatten der Vergangenheit

Als ich aus der Polizeistation stolperte, ging die Sonne auf. Wäre das ein normaler Morgen meines Schottlandurlaubs, ich hätte ein Foto davon gemacht und es mit meinen 397 Instagramfollowern geteilt.

Es war jedoch kein normaler Morgen.

Es war ein Scheißmorgen.

Abgesehen von dem 320 Pfund, die mir Dimi in die Hand gedrückt hatte, kassierten die schottischen Polizei-Idioten auch noch die 200 Pfund ein, die ich als Taschengeld bei mir trug, weil sie davon ausgingen, dass dieses Geld ebenfalls aus Wetteinsätzen stammte.

Es stellte sich heraus, dass Hahnenkampf in Schottland seit dem 19. Jahrhundert verboten war und ich mich auf einer illegalen Wettveranstaltung befunden hatte. Was mir eine Anzeige einbrachte.

Natürlich hatte ich versucht den Polizisten umständlich zu erklären, dass ich lediglich den Dieb meiner Kamera verfolgte – der sich nicht unter den Verhafteten befand – und nichts Böses im Schilde führte. Sie informierten sich daraufhin über meinen "Fall", und ich kassierte eine weitere Verwarnung bezüglich des Stalkens. Ich war nämlich längst in ihrem System aufgenommen worden.

Und das Video.

Das durfte ich mir ansehen.

Schon wieder.

Nach einer sehr langen Nacht stand ich ohne Geld und ohne Nerven vor dem Bed & Breakfast und wartete darauf, dass es aufmachte, weil ich zu früh – oder zu spät – dran war. Lena ging nicht ans Telefon – es war die ganze Nacht aus – und ich machte mir beinahe in die Hosen.

Ich schielte in die Gasse und spielte mit dem Gedanken, einfach mal auf die Straße zu pinkeln. So fertig, wie ich mich fühlte, scherrte ich mich nicht mehr um Anstand und Würde. Das war etwas für Leute, die ein Dach über den Kopf und ein Bett unter dem Hintern hatten.

Ohne darüber zu grübeln, ob mich dabei jemand beobachten konnte, bog ich in die Gasse ein, ließ meine Jeans herunter und pinkelte an die Hauswand des Bed & Breakfast.

Was musste, das musste.

»Tony?«, hörte ich Lena verwundert fragen und fluchte.

Hastig pinkelte ich zu Ende und zog mir die Hose hoch. Was machte Lena hier draußen? Sollte sie nicht friedlich in ihrem Bettchen schlummern?

»Was machst du da?«

»Das wollte ich dich fragen«, erwiderte ich. »Warum bist du nicht im Bett?«

»Warum bist DU nicht im Bett?«, kam es trotzig zurück. Sie stolperte über ihre Füße und fing sich gerade noch.

»Bist du betrunken?« Ich kam näher, um sie mir besser ansehen zu können. Tatsache. Sie war betrunken!

»Hicks. Ja. Na und? Darf ich doch. Ich bin im Urlaub. Du bist ständig betrunken.« Lena lehnte sich gegen die Wand und kniff die Augen zusammen. »Du siehst schrecklich aus. Was hast du die ganze Nacht gemacht?«

Ich sagte nichts und beobachtete sie dabei, wie sie mit der Wand kämpfte. Es schien mir, als würde die Wand neben ihr wegknicksen. Lena sah mich trotzig an, doch ich schwieg weiterhin. Mir war nicht danach, mit ihr über meinen Abend zu reden. Dafür war ich zu müde und zu genervt. Außerdem ahnte ich schon, was sie davon halten würde. Nämlich nichts.

»Sag ich nicht. Erzähl mir lieber, was bei dir los war. Warum bist du erst jetzt zurück? Hatte der *Markt* so lange gedauert?« Beim Wort "Markt" machte ich Gänsefüßchen.

Jemand fummelte an der Eingangstür des Bed & Breakfests herum. Lena atmete erleichtert aus, antwortete nicht, sondern ließ mich stattdessen stehen, um hineinzukommen. Verdrießlich blickte ich ihr hinterher. Ich musste etwas haften, das Leute dazu bewegte, mitten im Gespräch einfach zu gehen. Erst Dimi, jetzt sie.

»Leni! Sag mal, was ist los? Bekomme ich eine Antwort?«

Ich drängte mich an der verwunderten Rezeptionistin vorbei und holte meine Schwester an der Treppe ein.

»Nöööö«, sagte sie und stolperte hoch.

»Nö? Was soll das heißen "Nö"?«

»Es heißt, was es heißt ... hicks ... nö. Du sagst mir nicht, was du die ganze Nacht gemacht hast, ich sag dir nicht, was ich die ganze Nacht gemacht habe.«

Nach mehrfachem Anlauf bekam Lena die Tür unseres Zimmers auf und lief ins Bad. Ohne ein weiteres Wort barrikadierte sie sich darin und kotzte.

»Schön!«, rief ich durch die Tür, sobald sie nicht mehr würgte und hören konnte. »Dann halt nicht!«

»Dann halt nicht!«, kam es trotzig als Antwort zurück.

Ich ließ mich wütend auf das Bett fallen und nahm mir vor, mit ihr nie wieder einen Urlaub zu machen. Ohne Leni wäre ich viel besser dran!

¥

Der nächste Tag fiel wortwörtlich ins Wasser.

Es regnete, und zwar richtig. Ungelegen kam mir das nicht. Vor eins wurde ich eh nicht wach. Ich schrieb Malcolm schlaftrunken eine Nachricht, dass es Lena und mir nicht gut ging – was nicht gelogen war, denn sie stöhnte in Minutentakt und beschwerte sich über alles, was mit Geräuschen zutun hatte – und schlief ein.

Wach wurde ich erst wieder, als ihr Handy klingelte. Und klingelte. Und klingelte. Es wollte gar nicht mehr aufhören. In einer Tour schrillte es auf ihrem Tisch.

»Kannst du nicht rangehen und Alex sagen, er soll das lassen?«, beschwerte ich mich und zog mir das Kissen über die Ohren.

Das war ja nicht auszuhalten. Wie aufdringlich war der Mann? Fraglos hatten sie gestern den ganzen Abend lang telefoniert und sich besoffen. Das machten sie immer.

Trinken und reden. Auch übers Telefon. Genügte das nicht? Wie viel konnte man sich nach 10 Jahren Beziehung überhaupt noch erzählen?

»Schatz«, hörte ich Lena ins Telefon flüstern. »Ich kann jetzt nicht.«

Alex Antwort bekam ich nicht mit, aber sie war lang. Ich drückte das Kissen noch fester an meine Ohren.

»Lass uns später darüber reden, okay? Ich will Tony nicht wecken.«

Zu spät, Lena, zu spät. Ich war wach.

»Sorry, ich liebe dich.« Sie machte Schmatzgeräusche und legte auf.

»Ich fasse es einfach nicht, dass ihr noch immer jeden scheiß Tag miteinander telefoniert. Hattest du nicht versprochen, das sein zu lassen?«

»Er macht sich halt Sorgen.« Lena gähnte und steckte mich damit an. Ich gähnte auch und drehte ihr den Rücken zu, das Kissen über den Kopf, diesmal als Schutz vor der Sonne.

»Worüber? Worüber macht sich der Kerl Sorgen, bitte schön? Wir sind doch nicht im Sudan oder Syrien! Wir sind in Schottland des 21. Jahrhunderts, Herr Gott im Himmel! Das Schlimmste, was dir passieren könnte, wäre ein Steinkreis, über den du stolperst und gleich darauf in den Armen eines rothaarigen Highlanders landest. Mehr nicht. Alex soll sich nicht so anstellen.«

Lena antwortete nicht. Sie war wieder eingeschlafen. Mir blieb nichts anderes übrig, als allein über meinen grandiosen Witz zu lachen.

»*Balmoral Castle*«, las ich aus Wikipedia vor, »ist ein Schloss, das am Fluss *Dee* unterhalb des Berges *Lochnagar* in der *Civil parish Crathie and Braemar in Aberdeenshire*, Schottland liegt. Der Name „*Royal Deeside*", der die Landschaft am Oberlauf des *Dee* bezeichnet, geht auf die königlichen Eigentümer zurück. Es ist heute die Sommerresidenz von Elisabeth II., der britischen Königin. Sie hält sich dort zwischen August und Oktober für etwa zwölf Wochen auf. Das Schloss ist privates Eigentum der Monarchin und nicht Teil des *Crown Estate*.«

Bei der Erwähnung von Elizabeth II. schnaubte Malcolm verächtlich und winkte uns weiter. Ich grinste in seine Richtung und bekam ein schelmisches Zwinkern als Antwort.

So oft es ging, nutzte ich die Momente, in denen Lena sich zurückfallen ließ, weil sie mit unserem Tempo nicht mithalten konnte und flirtete mit ihm. Mehr war leider noch immer nicht drin. Malcolm hielt an unserer – besser gesagt an seiner –, Vereinbarung fest und verhielt sich äußerst professionell mir gegenüber.

Das machte ihn mir noch attraktiver.

Wir konnten *Balmoral Castle* nur vom Weiten ansehen, was ich sehr schade fand, denn nur zu gern hätte ich einen intimeren Blick in eins der Häuser der Queen geworfen. Ohne unseren schottischen Reiseführer natürlich, der sich weigerte, alles, was die Windsor auf schottischen Boden besaßen, als deren Eigentum anzuerkennen. Ginge es nach ihm, er hätte sie schon längst alle enteignet und einen Stuart eingesetzt.

Am *Crathie Tourist Information Centre* machten wir Rast. Ich nutzte die Gelegenheit, ein paar Fotos von der nahegelegenen kleinen Kirche *Crathie Kirk* zu machen, die wie viele Bauwerke in Schottland, irgendwo im Nirgendwo standen und dennoch von unzähligen Menschen aufgesucht wurden. Dieses kleine Land war überlaufen aus aller Herren Ländern. Warum interessierte man für Schottland? War das schon immer so gewesen?

Stolz konnte ich verkünden, seit heute Morgen 500 Follower zu haben. Ich fühlte mich wie eine echte Reisebloggerin. Während ich die Story mit der Kirche postete, kamen zwei neue Follower aus Deutschland hinzu.

Michel hatte mir sogar eine Nachricht geschrieben, begeistert von den vielen Bildern, die ich unermüdlich hochlud. Natürlich reagierte ich nicht. Dafür war ich zu beschäftigt.

Vielleicht antworte ich ihm noch, vielleicht auch nicht.

Nachdem ich genug von der Kirche bekam, überquerte ich die Straße und suchte Malcolm und Lena, die sich an einem Tisch gemütlich gemacht hatten und unser belegtes Mittagessen verspeisten. Es war Mittag und immer mehr Touristen fanden sich ein, um es uns nachzutun. Dutzende Menschen tummelten sich um das Informationszentrum herum und studierten die Karte, aßen ihre Brote oder zogen sich die Schuhe aus.

Würden wir uns in einem geschlossenen Raum aufhalten, würde uns das womöglich in Lebensgefahr bringen, so sehr stanken Füße nach ein paar Stunden wandern.

»Sind sie nicht süß?«, fragte mich Lena verzückt und deutete auf die Schafe, die auf einer saftigen Wiese neben uns grasten. Selbst nach der hundertsten Schafsherde konnte sie sich weiterhin für diese Tiere begeistern.

»Nicht ganz so süß, wie die, die wir vor drei Stunden gesehen haben, aber süßer als die von heute Morgen«, räumte ich ein und packte meine Brotzeit aus.

»Ich würde auf der Stelle eins adoptieren.«

»Gute Idee! Dann brauchst du auch keine Kinder mehr. Ein Schaf macht genauso viel Dreck und nie Hausaufgaben.«

Malcolm lachte über meinen Witz, was mich mit Stolz erfüllte. Ich wollte ihn noch mehr zum Lachen bringen und setzte zu einer weiteren kleinen Spitze gegen Lena an, als sich Malcolms Gesicht verfinsterte.

Oh, oh.

Wenn das passierte, konnte es nur zwei Ursachen dafür geben. Entweder waren Engländer in der Nähe oder wir befanden uns mitten auf einem ehemaligen Kriegsschauplatz, auf dem viele Schotten ihr Leben lassen mussten, und dementsprechend sollte man sich ernst und würdevoll verhalten, etwas, was Touristen nicht zu leisten vermochten.

» ... zwei Tage bis *Culloden* ...«, hörte ich jemanden sagen. »Nicht so spektakulär ... im Grunde nur ein großes Feld, mit einem Haufen toter Schotten darunter ...«

Jemand lachte darüber.

Ich sah hinter Malcolm und entdeckte eine Gruppe Reisender, die mir verdächtig nach Deutschen aussahen. Begleitet wurden die von zwei feschen Engländern, übertrieben aufgetakelt angezogen, als hätten sie bei einer Fuchsjagd teilgenommen und sich dabei verlaufen. Malcolms breite Kiefermuskeln spannten sich an. Ich konnte seine Zähne regelrecht das Brot in seinem Mund zermahlen hören.

»Mein Urururururgroßvater kämpfte an den Tag mit. Keine 20 Jahre war der alt. Hatte sich bewährt und wurde auf der Stelle zum Captain ernannt ...«, verkündete einer der Deutschen lauter als nötig.

Ich wunderte mich über die dafür notwendige familiäre Konstellation, wollte jedoch nicht weiter darüber nachdenken, zu sehr lenkte mich Malcolm düsteres Mienenspiel ab.

»So schwer war das ja auch nicht. Mit einem Haufen zerlumpter, verhungerte Highlander hätte ich es auch mit 16 aufnehmen können«, antwortete sein englischer Begleiter unbeeindruckt.

Noch mehr Lachen.

Oje. Malcolms Gesichtsfarbe machte mir Sorgen. Die gesunde, bronzene Bräune wurde von einem plötzlich einsetzenden Rot verdrängt.

»Wie lautet der Name des besagten Captains?«, fragte er laut, ohne sich umzudrehen.

Die Gruppe hinter ihm lachte weiter, ganz auf sich und ihre Anekdoten fixiert. Malcolm stand langsam auf, drehte sich zu ihnen um, und wiederholte die Frage. Diesmal lauter: »Wie lautet der Name des besagten Captains?«

Lena und ich tauschten besorgte Blicke. Ich musste unweigerlich an den Campbell denken, auf den Malcolm losgegangen war, weil dessen Familie vor drölf Jahren den Clan der McDonalds überfallen hatte. Wie würde er erst bei einem Nachfahren eines britischen Offiziers reagieren?

»Malcolm, ich glaube …«, fing ich an, wurde aber von dem Deutschen unterbrochen, der die Frage endlich gehört haben musste und stolz antwortete:

»Fitzgerald Edward Banner, der spätere Graf von Lobenstein und Großneffe von Earl of Rosebery.«

Lena griff vorsorglich nach Malcolms Arm, um ihn davon abzuhalten, sich auf den Mann zustürzen, doch sie kam damit zu spät. Malcolm legte sein belegtes Brot zur Seite und lief auf den Deutschen zu, der nichtsahnend seine Wasserflasche aufschraubte, erpicht daraus zu trinken.

Die Flasche flog in die Luft und der Deutsche landete auf den Boden. Malcolm fasste ihn an den Kragen, zog den verdutzten Mann hoch und schrie ihn wütend an:

»Weißt du, warum der elende Bastard Banner befördert wurde? Na, kennst du den Grund? Ha?« Malcolm schüttelte ihn und bekam so keine Antwort aus ihm heraus. Der arme Kerl musste auf Grund von Luftmangel würgen. Lena und ich liefen auf der Stelle zu ihnen und versuchten ihn dazu zu bringen, wieder loszulassen. Doch Malcolm dachte nicht daran.

»Weil er dreißig Gefangene und ergebene Clanmänner hinterrücks erschießen ließ. Ist das ehrenhaft? Na, das frage ich dich? Ist das ehrenhaft? Nur dreckige Engländer befördern so einen hinterfotzigen Ziegenficker!«

Malcolm ließ ihn los und stieß ihn von sich.

»Verschwindet«, sagte er wütend und deutete mit dem Kopf auf ihre Rucksäcke. »Verschwindet von hier, oder ich breche euch die Beine.«

Die Reisenden starrten ihn erschrocken an, nicht sicher, wie ernst er das meinen konnte. Da ich wusste, wie tief

Malcolms Hass auf die Engländer saß, sagte ich auf Deutsch:

»Macht lieber, was er sagt.«

Hastig eilten sie zu ihren Sachen und sammelten sie ein. Dabei ließ Malcolm den Nachkommen von dem Lord nicht aus den Augen. Man wollte meinen, er würde ihn am liebsten bei lebendigem Leib verspeisen.

Ich schluckte und suchte Lenas Blick, die Malcolm nachdenklich betrachtete. Wahrscheinlich dachte sie das Gleiche wie ich:

Der Mann hatte ernsthafte Neurosen, die unbedingt die kundige Hand eines Psychiaters bedurften.

Ich meine, wie lange war *Culloden* her? 300 Jahre? Etwas weniger? Sollte man nicht Gras darüber wachsen lassen? Erstens hatten die Schotten mit dem Aufstand angefangen, zweitens hatten sie verloren und mussten mit den Konsequenzen leben. Müssen wir Deutsche auch. So schwer konnte das doch nicht sein, einen kleinen Aufstand zu verarbeiten und weiterzumachen.

Die Deutschen und ihre englischen Begleiter waren weg. Die Gruppen um uns herum wanden sich wieder ihrem Essen zu und schwatzten fröhlich. Nur Malcolm konnte oder wollte nicht zur Ruhe kommen. Die Erwähnung von *Culloden* hatten bei ihm tiefe Wunden aufgerissen. Jedenfalls interpretierte er das so, entschuldigte sich, ließ sich mit hängendem Kopf auf der Bank nieder und starrte vor sich her.

Ich war mit dieser Situation gänzlich überfordert. Wüsste ich es nicht besser, müsste ich davon ausgehen, er litt an einer posttraumatischen Störung eines Kriegsveteranen. Ich wusste es jedoch besser, denn für *Culloden* war er zu jung.

Zögerlich legte ich Malcolm meine Hand auf die Schulter und suchte vergebens nach Worten des Trostes.

¥

Gott sei Dank übernahm Lena das Trösten. Sie hatte eindeutig mehr Erfahrung und Geduld mit anstrengenden Männern. Immerhin war sie über zehn Jahre mit Alex zusammen. Irgendwie konnte sie sich dazu bringen, Malcolms Betroffenheit ernst zu nehmen und mit ihm das Gespräch zu suchen. Da sie keine Ahnung von schottischer Geschichte hatte, ließ sie sich alles detailreich und ausufernd erklären.

Die Stuarts, den Jakobiteraufstand, die Verbote des Waffentragens und des Schottenrockes als Folge der verlorenen, "großen" Schlacht von *Culloden*, die unwürdige Flucht von Bonnie Prince Charlie als Mädchen verkleidet zurück nach Frankreich, die Verfolgung und Ächtung der Clans, die Auswandererbewegung und Vertreibung vieler Schotten.

Lena lauschte gebannt, während Malcolm sich all das aus der Seele redete. Das meiste davon kannte ich aus den Romanen von Diana Gabaldon und ihren Nachmacherinnen. Oma und ich hatten uns lange Zeit mit schottischen Clans beschäftigt. Obsessiv. Malcolm konnte mir nichts erzählen, was ich nicht selbst schon längst wusste.

Ich ließ sie vorangehen und hörte ihnen nur noch mit halbem Ohr zu. Irgendwie schreckte mich Malcolms Verhalten ab. Warum war er so sensibel, wenn es um die schottische Geschichte ging? Warum hatte der Mann sich so schwer in Griff, dass jeder schräge Blick eines vermeintlichen oder echten Engländers, bei ihm eine Krise auslöste und zu einer Schlägerei führte?

Früher hätte ich das – in meinem Jamiewahn –sexy gefunden, weil in der Literatur alles gerechtfertigt werden konnte. Sogar eine Testosteronvergiftung – man musste diese nur in die richtige Perspektive setzen. Im echten Leben dagegen, fiel es mir schwer, dafür Verständnis zu entwickeln.

Schade eigentlich, denn Malcolm sah richtig gut aus. Dazu war er noch unverschämt männlich und furchtlos. Es enttäuschte mich, dass er sich nicht als perfekt entpuppt hatte. Irgendwas war mit einem Kerl immer. War er reich, dann war er ein Arsch. War er kein Arsch, dann war er arm. Sah er gut aus, dann war er dumm. War er nicht dumm, dann sah er aus wie eine Klobürste. Immer war irgendetwas. Nie gab es im echten Leben das ganze Paket. Man musste sich, wenn man das eine wollte, gegen das andere entscheiden.

Und ich hasste es, mich entscheiden zu müssen.

Frustriert blieb ich stehen, schnappte mir mein Handy und machte ein Foto von einem Fluss, der seinen Weg unbeirrt zwischen Felsen meisterte und dabei traumhaft in der Sonne glitzerte. Wegen dem ganzen Stress mit Malcolm, hatte ich seit Stunden keine Bilder mehr gemacht.

Oder gepostet.

Nicht, dass mir das sonst möglich wäre – der Empfang in den Nationalparks ließ zu wünschen übrig. Ich war mittlerweile so süchtig nach den Likes, Kommentaren und Shares, dass ich das Telefon minütlich in die Hand nahm, um zu checken, ob ich mehr Follower dazu gewonnen hatte.

Empfang!

Ich hatte Empfang!

Sehr gut. Rasch suchte ich mir das beste Foto von dem Fluss aus und schrieb dazu inspirierende Sätze, die mehr Tiefgründigkeit suggerierten als ich in der Lage war zu denken, und kicherte vor Glück, weil ich mir so klug dabei vorkam. In dem Moment, in dem ich das Bild hochladen wollte, rief mich Alex an.

Alex?

Was wollte er denn?

Er rief mich sonst nie an.

»Jaaaaaa?«, ging ich verwundert ran.

»Ist alles okay bei euch?«, hörte ich ihn gehetzt fragen.

»Dir auch ein "Hallo" und "Wie geht's".«

»Ist Leni in der Nähe?«

»Mir geht es auch prima, danke der Nachfrage.«

Alex ärgerte mich. Warum rief er an? Ich wollte mein Bild hochladen und nicht mit ihm Quatschen. Empfang war zwischen Eichhörnchen und Fichten selten und kostbar. Gut möglich, dass er gleich wieder weg war.

»Kannst du mir deine Schwester reichen?«

»Nein. Ruf sie doch einfach selbst an. Ich kann von da, wo ich stehe, nicht weg.«

»Sie geht nicht ans Telefon.«

Ich blickte beschwörend zum Himmel. Womit verdiente ich so einen Schwager? Lena befand sich in einem schottischen Nationalpark. Warum sollte sie ausgerechnet jetzt mit ihm über seine Arbeit, den Grill oder das dumme Haus, was sie sich kaufen wollten, reden?

»Dann ruf sie später an. Ihr telefoniert doch gefühlt stündlich miteinander. Hältst du keinen halben Tag durch?«

»Tony, hör auf rumzuzicken und gib sie mir einfach, okay?«

Ich schielte durch die Büsche, in der Hoffnung, Lena in Hörweite zu sehen, doch Malcolm und sie mussten ohne mich weiter gegangen sein.

Gestresst fasste ich mir zwischen die Augen und überlegte, ob ich den Platz des perfekten Handyempfangs aufgeben sollte, damit Alex mal wieder mit meiner Schwester telefonieren konnte und entschied mich dagegen.

»Um was geht es?«, fragte ich dennoch. Falls es um Leben oder Tod ging, würde ich es mir eventuell anders überlegen.

»Ich will wissen, ob bei ihr alles in Ordnung ist. Sie verhält sich komisch und –«

»Ist das dein Ernst? Alex, ist das dein voller Ernst?«, unterbrach ich ihn wütend. »Du rufst mich an, weil du wissen willst, ob es Lena gut geht? Sag mal, sitzt bei dir da oben eine Schraube locker? Ihr zwei telefoniert jeden scheiß Tag miteinander und –«

»Nein, das tun wir eben nicht, seit Tagen ...«, die Verbindung wurde schlechter, ich hörte den Rest des Satzes nicht mehr.

»Erzähl mir doch kein Mist. Sie hat ihr Handy wegen dir nonstop in der Hand. Lena geht es gut. Sie hat Spaß und schaut sich Schottland an. Was bist du für ein Control-Freak, dass du mich anrufst, nur weil sie nicht 24/7 an der Strippe hängt und sich mit dir über langweiliges Zeug austauscht?«

»Du verstehst mich falsch … ich meine … und dann hat sie so Andeutungen gemacht … und ich …«

»Ich habe keine Ahnung, was du da sagst. Der Empfang ist schlecht.«

Genervt blickte ich auf den Display, sah die Balken schwinden und bekam Panik. Alex nahm mir meinen Empfang weg.

»Pass auf. In drei Tagen sind wir in Edinburgh und Lena fliegt zurück. Drei Tage, okay? So lange hältst du es doch bitte noch aus und lässt das komische Telefonstalken sein.«

»Tony, hör mir zu. Ich glaube, dass etwas nicht in Ordnung ist und …«

»Ja, das glaube ich aber auch«, gab ich ihm recht. »Und zwar mit dir und Lena. Im Moment mehr mit dir als mit Lena. Lass meine Schwester einfach mal ihren Urlaub genießen, ja? Ich zahl immerhin dafür und das ist das Mindeste, was ich verlangen kann. Und nun gib Ruhe!«

»Hör mir doch endlich mal zu! Leni benimmt —«

Frustriert legte ich auf.

Keine Balken mehr.

Der Empfang war weg.

Wie ärgerlich!

Ich ging ein paar Schritte, hoffte auf Veränderung, doch vergebens. Mir blieb nichts weiter übrig, als Malcolm und Lena hinterher zu laufen und mich zu ärgern. Hoffentlich hatten sie mein Fehlen bemerkt. Wäre schön dumm, wenn ich sie verloren hatte und nicht einmal anrufen konnte. Und das auch noch wegen Alex. Der Mann machte mich wahnsinnig. Als ob nächtelanges Telefonieren nicht genug wäre …

Keine Lena und kein Malcolm in Sicht.

Panik machte sich breit. Ich rechnete zwar nicht damit, in einem überlaufenen schottischen Nationalpark verloren zu gehen und zu verhungern, doch eine Nacht allein im Wald zu verbringen, war nichts für mich. Ich hatte es schon gern gemütlich.

Ich bog um die Ecke, bildete mir ein, auf dem trockenen Boden "frische" Fußspuren zu erkennen – der nichtvorhandene Indianer in mir kam in der Not hoch – und bog um die Ecke einer dichten Baumreihe. Der kleine Pfad blieb menschenleer. Ich stöhnte und legte noch einen Zahn zu.

Hoffentlich, hoffentlich, hatten die zwei bemerkt, dass ich mich nicht mehr hinter ihnen befand. Ich blickte auf die Balkenanzeige und ärgerte mich. Noch immer kein Empfang. Verzweifelt sah ich hoch und machte einen Freudensprung. Malcolm saß auf einem Felsvorsprung, ein Grashalm im Mund, die Augen geschlossen und das Gesicht, wie so oft, verträumt in die Sonne haltend.

Er wartete auf mich!

Von Lena war weit und breit keine Spur.

»Hallo Highlander«, begrüßte ich ihn erleichtert und trat näher.

»Hallo *mo bhòidhchead*«, antwortete er und öffnete ein Auge. »Hast du dich verlaufen?«

»Nein. Ich bin da, wo ich schon mein Leben lang sein wollte«, erwiderte ich und ließ meinen Blick über seine langen, muskulösen Glieder gleiten. Sein Anblick ließ mich vergessen, warum ich vorhin so abgeturnt von ihm war. Wie konnte man an so jemanden wie ihn zweifeln?

Ohne mich um unsere Vereinbarung zu scheren, beugte ich mich zu ihm vor und küsste seine breiten, warmen Lippen. Er erwiderte den Kuss, packte mich an den Schultern und drückte mich an sich.

»Bald, *mo bhòidhchead*«, flüsterte er, »bald sind wir in Edinburgh, dann gehörst du mir.«

Ich frohlockte über seine Worte.

In meiner wilden Fantasie verbrachten wir die nächsten Tage im Hotelzimmer und vögelten uns gegenseitig um den Verstand.

WER HÄTTE DAS GEDACHT?

Edinburgh

»Worin liegt der Unterschied zwischen einem 10 Jahre alten Whiskey und einem 15 Jahre alten Whiskey, außer dass der ältere doppelt so viel kostet?«, fragte mich Lena und hielt zwei identische Flaschen hoch.

Ich blickte von dem Schal im Tartanmuster hoch und zuckte mit den Schultern.

»Keine Ahnung. Der ältere stand länger im Weg herum und nahm Platz weg? Lass dich doch mal beraten.«

Hinter Lena lungerte ein eifriger Verkäufer, der nur darauf wartete, angesprochen zu werden.

»Ach nö.« Lena stellte beide Flaschen zurück ins Regal. »Ich kaufe Alex im Duty-Free-Shop einen Glenfiddich. Er wird ihn wahrscheinlich nicht trinken, aber die Flaschen findet er hübsch.«

»Du könntest ihm auch ein Kilt schenken und euer Liebesleben mit Highlander-Rollenspiele wieder auf Trab bringen.«

Lena ging auf meinen Vorschlag nicht ein, sondern stöberte lieber in ein paar Büchern herum. Interessiert zog sie *The Royal Stuarts* von Allan Massie aus dem Regal und blätterte darin.

Das war das erste Mal, dass ich Lena mit einem historischen Sachbuch in der Hand erblickte. Ein befremdlicher Anblick, doch ich ersparte mir einen Kommentar. In den letzten zwei Tagen hatten wir uns kein einziges Mal gestritten. Im Gegenteil. Ich verstand mich immer besser mit ihr und ab und zu gab es auch etwas zu lachen. Fast wünschte ich mir, sie würde heute Abend nicht zurückfliegen, sondern mit mir und Malcolm zu den Islands weiterziehen.

Fast.

Ich wollte Malcolm für mich und war nicht mehr bereit, ihn weiterhin mit ihr zu teilen. Deshalb hielt ich sie nicht zurück, außerdem war das Ticket bereits gebucht und von mir bezahlt.

Lena ging an mir vorbei, das Buch noch immer in der Hand, zur Kasse. Ich ließ vom Schal ab, ignorierte die vielen Kühlschrankmagneten, die mich wie Marmeladensorten in eine Existenzkrise stürzen konnten, und beobachtete sie skeptisch, wie sie die Monografie kaufte.

Noch immer sagte ich nichts dazu, aber es fiel mir von Minute zu Minute schwerer. Seit wann interessierte sich Lena für Geschichte?

»So. Das hätten wir.« Sie verstaute glücklich das Buch in ihrer Tasche, drehte sich zu mir und sah auf die Uhr.

»Noch vier Stunden, bis ich zum Flughafen muss, was machen wir?«

Ich grinste, ging aus dem Laden und zeigte auf einen mit griechischen Tempeln bebauten Berg.

»Du hast doch gesagt, du willst lieber in Griechenland Urlaub machen. Wie wäre es mit einer Akropolis?«

Lena folgte meiner Geste und machte große Augen.

»Ist nicht wahr! Haben die die nachgebaut?«

»Ja, bis sie kein Geld mehr hatten.«

»Verrückt!«

»Finde ich auch!«

Ich hakte mich bei Lena ein und wir schlenderten in die Richtung der Akropolis. Unterwegs erzählte ich ihr alles, was ich darüber auf Wikipedia herausfinden konnte.

¥

»Hast du alles?« Ich blickte skeptisch auf Lenas Rucksack, der mir kleiner und weniger vollgepackt erschien. Lag womöglich daran, dass kein Essen und Trinken mehr drin war. Und Mamas Wanderschuhe hatte sie mit schweren Herzen auch entsorgen müssen.

»Ich habe alles«, bestätigte sie und sah sich ein letztes Mal im Hotelzimmer um.

»Gut. Dann mal los, das Taxi wartet schon. Bringen wir dich zum Flughafen.«

Lena sperrte die Hotelzimmer zu und blickte erschrocken zu mir hoch.

»Kommst du mit?«

»Natürlich komme ich mit. Ich habe Mom und Alex versprochen, auf dich aufzupassen, solange du auf schottischen Boden stehst.«

»Du musst mich deswegen doch nicht gleich zum Flughafen begleiten. Das ist albern. Ich finde mein Flugzeug schon. Schau dir lieber die Stadt an.«

»Dafür habe ich später noch genug Zeit. Komm, trödle nicht. Das Taxi, Lena, das Taxi!« Ich nahm ihr den Schlüssel ab, damit sie nicht mit ihm davonflog und ging den schwach beleuchteten Hostelflur entlang. Unnötig langsam folgte sie mir.

»Tony, das musst du nicht machen.«

»Ich will aber.«

»Ja, warum denn? Es dauert ewig, bis wir ankommen und dann musst du auch noch den ganzen Weg zurück.«

»Mach dir darüber keine Gedanken. Ich will dich zum Terminal bringen und dir mit einem weißen Taschentuch zum Abschied winken. Danach habe ich noch genug Zeit, um mir einen Pub zu suchen, um mich vor Freude darüber, dich endlich los zu sein, zu betrinken.«

Ich hielt Lena die Tür auf und hüpfte fröhlich die Treppe hinter ihr herunter. Meine Stimmung war auf einem noch nie dagewesenen Hoch. Der Tag mit ihr in Edinburgh hatte sich als entspannt und unterhaltsam entpuppt, das Essen war gut gewesen und ich freute mich darüber, dass sie trotz Widerwillen sich dazu bereit erklärt hatte, mich zu begleiten. Das war nett von ihr gewesen und ich wusste das zu schätzen. Selbst die Telefonate mit Alex waren weniger geworden. Darüber freute ich mich auch.

Weil ich Lena nach Hause schickte und das irgendwie auch wollte, um meinen Schotten ganz für mich zu haben, beharrte ich darauf, sie wenigstens bis zum Flughafen zu begleiten. Zu meiner Verwunderung ging ihr das durch den Strich. Vor dem Eingang des Hostels blieb Lena erneut stehen.

»Tony, ohne Scheiß jetzt, ich komme klar. Du musst nicht mit mir zum Flughafen.«

»Das weiß ich doch!« Ich ging an ihr vorbei durch die Tür und winkte dem wartenden Taxifahrer zu. Der lehnte genervt an seinem Auto und machte den Kofferraum auf, sobald er uns sah.

»Ich will nicht, dass du mitkommst«, sagte Lena und reichte dem Mann ihren Rucksack.

»Pech für dich. Ich komme mit und es gibt nichts, was du dagegen machen kannst, außer dich damit abzufinden.«

Mir wurde das zu blöd. Mittlerweile ging es ums Prinzip. Warum wollte sie nicht, dass ich sie begleitete? Andere Leute wären glücklich und dankbar darüber, dass sie jemand zum Flughafen brachte, aber nicht Lena. Nein, Lena, die Geld bei Google scheißte, machte sich wahrscheinlich Sorgen um Fahrtkosten. Sie war schon immer geiziger als ich gewesen, aber das nahm absurde Züge an.

Ich setzte mich nach hinten und ließ keine weitere Diskussion mehr zu. Lena stöhnte und blieb zögerlich vor dem Taxi stehen. Sie benahm sich wie eine Fünfjährige. Ich wollte schon das Fenster runterdrehen und sie anschreien, als sie es sich doch noch anders überlegte und sich auf den Beifahrersitz setzte.

Na also, ging doch.

Der Taxifahrer kam hinzu, schnauzte uns an, dass wir uns anschnallen sollten, und wartete auf Anweisungen.

»Flughafen. Terminal 3«, sagte ich, weil von meiner Schwester nichts kam. Lena saß mit verschränkten Armen trotzig herum und machte ein finsteres Gesicht. Ich legte ihr zur Versöhnung eine Hand auf die Schulter.

»Ach komm schon. Das sind unsere letzten Stunden zusammen, bevor du wieder in Berlin bist, Alex heiratest und dein Leben einem Haus und seinem Grill widmest. Lass doch mal das schmollen.«

Sie erwiderte nichts, sondern schmollte weiter. Hübsche Straßenzüge zogen an uns vorbei, doch ich hatte keine Augen dafür. Ich ärgerte mich über Lena. Genervt gab ich auf, die Stimmung zwischen uns verbessern zu wollen und lehnte mich zurück.

»Stopp!«, platzte es plötzlich nach 15 Minuten Fahrt aus ihr heraus. Der Fahrer drückte auf die Bremse und fuhr so hastig in eine Parklücke, dass er die vorbeigehenden Passanten aufschrak.

»Was ist los? Hast du etwas vergessen?«

Lena schnallte sich ab, entschuldigte sich bei dem Mann für ihr plötzliches "Stopp" und wies ihn an, nicht weiterzufahren, sie wäre gleich zurück. Dann drehte sie sich zu mir nach hinten.

»Steig aus. Ich muss dir was gestehen.«

»Kannst du mir das nicht am Flughafen erzählen? Wir sind eh schon spät dran.«

»Nein, kann ich nicht.« Sie öffnete die Tür und stellte sich auf den Bürgersteig, ungeduldig darauf wartend, dass ich es ihr gleichtat. Ich zögerte, weil das mir zu doof war, da sie jedoch nicht wieder einsteigen wollte und der Fahrer Unmutsgeräusche von sich gab, schnallte ich mich ebenfalls ab und stieg aus dem Auto. Lena zog mich beiseite, damit das Taxi nichts hörte – oder warum auch immer –, holte tief Luft und verkündete:

»Ich fliege nicht zurück.«

»Was?« Verständnislos sah ich sie an.

»Ich fliege nicht zurück«, wiederholte sie hastig und weil ich noch immer ganz verdattert aus der Wäsche glotzte, fügte sie hinzu: »Nach Deutschland.«

»Oooookay. Stattdessen machst du was …?«

»Ich bleibe hier. In Schottland.«

»Du willst mit mir und Malcolm nach Mainland hoch?«

»Ja«, sagte sie und korrigierte sich gleich darauf. »Nein, nicht ganz.«

»Was denn nun? Ich check gar nichts.«

»Ich will mit Malcolm in den Norden, ja, aber nicht mit dir.«

Ich blinzelte. Was sollte das heißen?

»Ich … er … also er und ich wollen das ohne dich machen«, stotterte Lena und schaute beschämt zur Seite. »Sobald ich allein im Taxi gesessen wäre, hätte ich es dir per Nachricht geschrieben.«

»Was? Waassss? Was?« Ich bekam nichts anderes heraus. Sie und Malcolm? SIE UND MALCOLM? »Was labberst du da, Leni?«

Sie stöhnte und legte mir tröstend eine Hand auf die Schulter.

»Ich weiß, du hast ein Auge auf ihn geworfen und so … aber das mit ihm und mir, das ist mehr als nur ein Flirt. Ich kann es nicht beschreiben. Es ist … es ist … es ist, als hätte ich meinen Seelenverwanden gefunden.« Sie lachte über ihre eigenen Worte. »Das ist ein Klischee, ich weiß, doch anders kann ich es nicht erklären.«

»Du hast was? Was? Alex? Wie?

»Ich möchte nicht über Alex reden. Das schmerzt zu sehr.«

»Was? Wann? Wieso?« Mehr ging nicht. In meinem Gehirn setzte das System aus und mir blieb nichts anderes übrig, als mich an einen Reboot zu versuchen. Bis dahin bekam ich keine ganzen Sätze mehr heraus.

»Ich kann dir das nicht beantworten. Ich weiß es selbst nicht.« Lena sah mich verzweifelt an. »Niemals hätte ich gedacht, dass ich für jemanden so viel empfinden könnte wie für Malcolm. Und das ist noch nicht alles …«

»Nein?«, stöhnte ich. »Was noch?«

Sie trat näher an mich heran, damit keiner das zu hören bekam, was sie mir anvertrauen wollte.

»Malcolm ist aus der Vergangenheit. Er hat in *Culloden* gekämpft!«

Das sollte wohl ein Witz sein. Lena verarschte mich. Sie musste mich verarschen, weil sonst –

»Er kommt aus dem 18. Jahrhundert – ich darf dir das eigentlich nicht erzählen – und versucht zurückzukehren, um seine Familie zu retten, die alle nach der großen Schlacht von den Engländern ermordet wurden.«

Mir fiel das Kinn herunter.

»Ich weiß«, sprach sie hastig weiter, »das klingt verrückt und zuerst wollte ich es auch nicht glauben, aber dann hat er mir all die Dinge aus der Vergangenheit erzählt und ich habe sie gegoogelt und sie stimmen –«

»Leni, das klingt verrückt. Willst du mich verarschen? Ist das so eine Versteckte-Kamera-Sache?« Gespannt sah ich mich um. Das musste sich um einen Scherz handeln. Alles andere wäre geschmacklos.

»Nein. Will ich nicht. Malcolm weiß sogar Sachen, die findet man nicht im Internet. Ich konnte es am Anfang auch nicht glauben.«

»Aber jetzt glaubst du es, weil …?«

»Weil … weil … weil er mein Seelenverwandter ist!«

Führte ich dieses Gespräch wirklich, oder war das einer dieser skurrilen Träume, die man so hatte, um die letzten Tage irgendwie zu verarbeiten?

»Lena. Schwester. Das kannst du doch nicht ernsthaft glauben?! Erstens ergibt das mit dem "Wissen" keinen Sinn. Ich weiß, wenn ich ein historisches Buch lese, auch etwas über die Vergangenheit, das bedeutet aber nicht, dass ich aus der Vergangenheit bin. Es wäre anders, wenn er etwas über die Zukunft wüsste und das würde eintreten. Dann, und nur dann, wäre ich geneigt zu glauben, dass der Mann aus der Zukunft ist, aber doch nicht so. Mädchen, du warst in Logik Semesterbeste. Nutz doch mal deinen Verstand. Und zweitens kannst du nicht in ihn verliebt sein, du liebst Alex. Schon seit zehn Jahren. Was ist mit eurem Haus und all dem? Gibst du das auf, weil du mit Malcolm … oh mein Gott, hast du mit ihm geschlafen?«

Ich sah sie schockiert an.

Lena blickte erneut beschämt zur Seite.

»Du hast mit ihm geschlafen!«, rief ich und konnte es nicht glauben. »Du bist mit Alex verlobt und hast mit unserem schottischen Guide gebumst?«

»Pssst. Das muss doch keiner wissen!« Sie legte mir ihre Hand auf den Mund. Verärgert wischte ich sie fort.

»Wann? Wie? Ich meine nicht wie, sag mir bloß nicht wie, sondern nur *Wann* und was willst du Alex sagen?«

Der Taxifahrer hupte ungeduldig.

»Ich komme gleich«, rief Lena und drehte sich beschwörend zu mir. »Ich werde ihm gar nichts sagen. Ich kann das nicht. Du musst es ihm erzählen. Tony, ganz ehrlich, es tut mir leid. Ich wollte dich die letzten Tage nicht anlügen, aber es ist so passiert und gegen die Liebe ist man machtlos. Das mit mir und Malcolm, das ist Schicksal. Du wirst es verstehen. Eines Tages, wenn dir das auch passiert, wirst du es verstehen.«

Sie öffnete die Tür und setzte sich auf den Beifahrersitz.

»Kannst du Alex schreiben, dass er mich nicht abholen soll? Und würdest du Mom und Dad sagen, dass ich noch etwas länger in Schottland bleibe? Ja? Danke. Und nochmal sorry.«

Sie schloss die Tür und wendete sich zum Fahrer. Der startete den Motor und manövrierte das Taxi eilig aus der Parklücke heraus. Geschockt sah ich dem Taxi zu, sah wie es auf die Straße fuhr, sich einreihte und immer kleiner wurde.

Ich konnte das, was ich so eben gehört hatte, einfach nicht glauben.

¥

Sobald ich das Taxi nicht mehr sah und es auch nicht wiederkehrte, schnappte ich mir mein Telefon und versuchte Lena anzurufen. Sie ging nicht ran. Auch nach dem dritten, vierten, achten und zehnten Mal nicht. Ich versuchte es noch so lange, bis sie ihr Handy ausschaltete.

»Verfickte Scheiße!«, wütete ich und starrte mein Handy an. Was jetzt? Ich wusste nicht mal, wo ich war, und öffnete Google Maps. Das Hostel lag dreißig Minuten weg von hier. Da sollte ich hin. Was blieb mir auch anderes übrig? Lena kam nicht wieder und so schön war die Straße nicht, um länger zu verweilen.

Beim Gehen wählte ich Malcolms Nummer, um ihn zu fragen, ob das, was Lena mir aufgetischt hatte, stimmen konnte.

Ich wollte das nicht wahrhaben.

Er und ich. Ja. Er und Lena? Niemals! Wann genau sollte zwischen ihnen etwas gelaufen sein? Er verschwand doch immer, sobald wir ein Bed & Breakfast fanden und mied unsere Gesellschaft.

Und Lena, ja die, die hatte die ganze Zeit über mit Alex telefoniert, sodass ich mich allein umsehen …

Hm.

Vielleicht hatte sie auch nicht mit Alex telefoniert. Ich fluchte erneut und wählte Malcolms Nummer. Diesmal wütender und mit noch mehr Fragen, die nach einer Antwort verlangten.

Der Arsch ging nicht ran.

Lenas Handy blieb aus und die einzige Person, die womöglich mit mir reden würde, war Alex, den ich nicht anrufen wollte. Meine Schwester hatte einen Vogel. Sollte sie ihm doch sagen, dass sie nicht nach Deutschland zurückkam. Ich übernahm das sicher nicht für sie.

Blöde Kuh.

Und was sollte das heißen, Malcolm war aus der Vergangenheit und ihr Seelengefährte? So etwas Dummes hatte ich bis jetzt noch nie gehört.

Gelesen.

Ja.

In Groschenromanen über Highlander.

Aber gehört.

Nee.

¥

In meiner Wut verlief ich mich. Nach einer Stunde frustriertes Suchen kam ich im Hostel an und fragte nach Lena. Vergebens. Sie blieb verschwunden. Ihr Handy blieb weiterhin aus und Malcolm ging nicht ans Telefon. Ich musste mit meiner Wut allein klarkommen, was mir nicht leichtfiel. Ich benötigte jemanden zum Reden und hatte niemanden.

Aus Frust und Hilflosigkeit beschloss ich, in den Pub gegenüber zu gehen und ein Bier zu trinken. Ich hegte die leise Hoffnung, dass sich nach wenigen Stunden alles als ein blöder Scherz entpuppen, Malcolm sich bei mir meldete und wir gemeinsam bei einem kühlen Guinness unsere Reise in den Norden planen würden. Vorausgesetzt natürlich, zwischen ihm und Lena lief nichts und sie hatte sich das ausgedacht.

Wovon ich noch immer ausging.

Wahrscheinlich saß sie längst im Flugzeug und lachte sich einen ab.

Mit der Gewissheit, dass das der Fall sein musste, setzte ich mich an die Theke und bestellte ein Bier.

¥

In Minutentakt griff ich nach meinem Handy, um nachzusehen, ob ich angerufen wurde.

Nein, wurde ich nicht.

Mein Telefon blieb stumm. Ich trank das Bier leer, zahlte es und suchte eine rote Telefonzelle, um mich selbst anzurufen. Vielleicht stimmte mit meinem Handy etwas nicht?

Ich wählte meine Nummer zusammen mit der obligatorischen Auslandsvorwahl und spürte, wie es in der Hosentasche vibrierte.

Es lag nicht am Telefon.

»Mist!«, schimpfte ich, knallte den Hörer gegen die Gabel und stolperte aus dem roten Kasten. Es war seit einer Stunde dunkel und die Straßen mit abenteuersuchenden Touristen gefüllt. Lachen erklang aus den Pubs, deren Türen wegen der Spätsommerhitze offenblieben.

Leute vergnügten sich.

Ich sorgte mich.

Meine Stimmung war tief unten.

Was, wenn Lena wirklich mit Malcolm durchgebrannt war? Wie sollte ich das Alex –

Mein Handy klingelte.

Ich zog es mit zittrigen Fingern aus der Hosentasche, voller Hoffnung, es wäre Lena. Oder Malcolm. Oder beide, notfalls. Hauptsache wer.

Alex.

Oh nein.

Ich wollte nicht rangehen.

Ich sollte rangehen.

Aber ich wollte nicht.

Ich tat es trotzdem.

»Hi«, sagte ich und hörte die Angst aus meiner Stimme heraus.

»Wo ist Leni? Ist sie bei dir?« Alex klang sauer.

»Nein.«

»Wo ist sie? Sie ist nämlich nicht hier. Das Flugzeug ist seit einer Stunde gelandet und sie war nicht drin. Ich habe das ganze Terminal nach ihr abgesucht. Ist sie in das Flugzeug gestiegen?«

»Ich weiß es nicht.« Ich fing an, unruhig vor der Telefonzelle Auf und Ab zu gehen. Keine Ahnung, was ich Alex erzählen sollte, durfte oder musste. Warum kam ausgerechnet ich in die Position, ihm das mit Lena erklären zu müssen? Ich wusste auch nicht, was Sache war.

»Was soll das heißen, du weißt es nicht? Habt Ihr nicht ausgemacht, dass du sie nach Edinburgh begleitest?«

»Habe ich. Ich bin in Edinburgh.«

»Und wo ist Lena?«

»In Beeeeerlin?« Ich verzog das Gesicht, als ich das sagte. Scheinbar war sie da nicht, sonst würde Alex mich nicht anrufen.

Er schwieg. Eine lange Zeit kam nichts außer Stille. Ich lief noch schneller Auf und Ab.

»Okay, okay, okay«, sagte er schließlich. Ich konnte hören, wie er sich Mühe gab, ruhig zu klingen. »Kannst du mir sagen, was in den letzten Tagen los war? Ich habe fast nichts von Leni gehört. Irgendwie verhielt sie sich komisch. Manchmal dachte ich, du schreibst mir die ganzen Nachrichten, weil sie nicht nach ihr klangen. Ist etwas zwischen euch vorgefallen und ihr seid getrennte Wege gegangen?«

Ich dachte über die Frage nach.

»Tony?«

»Ja, ja. Ich denke noch.« Frustriert blieb ich stehen. Es brachte nichts, ihm das, was vor vier Stunden zwischen mir und Lena passiert war, zu verschweigen. Früher oder später musste ich es ihm sagen.

»Lena ist mit unserem schottischen Reiseführer getürmt.«

»Haha. Sehr witzig.«

»Nein, das ist kein Scherz, ich habe es auch erst kurz vor dem Abflug herausgefunden.«

»Tony. Ich bin heute seit 6 Uhr früh wach, stehe mir wie dumm die Beine in den Bauch und muss teure Parkgebühren blechen. Kannst du mir nicht einfach sagen, was zwischen dir und Lena vorgefallen ist? Ich verspreche auch, dass ich keine Partei ergreife, okay?«

Ich schloss die Augen, zählte in Gedanken bis zehn und erzählte Alex alles. Ich erzählte ihm von Malcolm, von seinem seltsamen Verhalten gegenüber Engländern, ich erzählte ihm von mir und Lena und unseren Reibereien und ich erzählte ihm das mit der "Vergangenheit" und dass Lena glaubte, oder mir zumindest weißmachen wollte, Malcolm währe aus dem 18. Jahrhundert und ihr Seelengefährte.

»Was?«, fragte Alex.

»Eine gute Frage«, kommentierte ich. Ich hatte auch nicht mehr als das herausgebracht.

»Ich weiß, das klingt alles sehr wirr, aber —«

Tüt-tüt-tüt-tüt.

Die Verbindung war weg.

Hatte er aufgelegt?

Das hatte er nicht! Das wäre echt frech.

Ich wählte seine Nummer. Besetzt. Wahrscheinlich rief er Lena an, um sie zu fragen, ob ich betrunken oder auf Drogen war. Viel Glück damit, Alex. Mit einem Schulterzucken steckte ich das Handy wieder in meine Hosentasche und ging zurück in den Pub, um mir noch ein Bier zu bestellen.

Mein Handy vibrierte. Ich verschluckte mich an meinem Bier und drehte es um, in Erwartung, Alex's Nummer zu sehen.

Mom!

Oh nein, Mom rief an!

Ich war versucht das Handy wieder wegzulegen und so zu tun, als wüsste ich nichts von ihrem Anruf, aber Mom war hartnäckig. Hartnäckiger als wir alle. So wie sie drauf war, würde sie herausfinden, in welchem Pub ich mich befand und die Wirtin dazu bringen, mich ans Telefon zu holen. Geschlagen ging ich ran.

»Hiiii«, grüßte ich und verzog den Mund.

»Tony, wo ist Lena?«

»Hat Alex dich etwa angerufen?« Diese elende Petze. War klar, dass er sofort zu meiner Mutter rennen würde, das Schwiegermuttersöhnchen.

»Ja, hat er. Er sagte, du hättest deine kleine Schwester verloren.«

»Ich habe meine "kleine" Schwester nicht verloren. Was soll der Blödsinn? Was labbert der da? Leni ist 29. Man verliert niemanden, der seit 11 Jahren volljährig ist.«

»Aha. Und wo ist sie jetzt? Sie ist nicht in Berlin angekommen und Alex sagte, sie wäre auch nicht bei dir. Habt ihr euch schon wieder gestritten?«

Ich rollte mit den Augen und trank einen großen Schluck. Die Geschichte schon wieder. Als ob Leni und ich uns ständig streiten würden.

»Nein, wir haben uns nicht gestritten. Wir haben uns in den letzten Tagen bestens verstanden und großartige Stunden miteinander verbracht.«

Mom sagte nichts. Sie machte das, was ich ebenfalls immer tat, wenn es mir zu blöd wurde. Sie wartete darauf, dass der andere weitersprach. Solche Spielchen konnte sie mit Dad veranstalten, aber nicht mit mir. Ich schwieg ebenfalls. Nach einer geschlagenen Ewigkeit hörte ich sie stöhnen und fragen:

»Ist Lena bei dir?«

»Nein.«

»Wo ist sie?«

Eine sehr gute Frage!

»Ich weiß es nicht. Vielleicht noch in Edinburgh. Vielleicht nicht mehr.«

»Ihr habt euch gestritten. Das ist okay, sag es mir einfach.«

Irgendwie beschlich mich das Gefühl, sie wollte mir die Schuld an der Situation in die Schuhe schieben.

»Nein, wir haben uns nicht gestritten. Wie oft denn noch?«

»Und warum ist sie weg?«

»Sie ist weg, weil sie eine Arschkuh ist, darum.«

»Tony —«

»Sorry, Mom, aber das ist so. Deine Lieblingstochter Leni-Bärchen ist eine verlogene Arschkuh. Das war sie schon immer. Weißt du, was sie diesmal angestellt hat?«

»Leni ist nicht meine —«

»Klar ist sie das. Pass auf, halt dich fest … oder besser: Setzt dich. Leni-Bärchen hat sich den schottischen Reiseführer geschnappt und ist mit ihm wortwörtlich über alle Berge. Ja, du hörst richtig: Lena ist mit einem Schotten getürmt, die kleine Schlampe.«

»Ich bin heute nicht für Scherze zu haben. Der Tag war sehr lang, ich musste zwei äußerst unfähige Leute entlassen und im Büro —«

»Das ist kein Scherz, Mom, das ist so, oder Leni behauptet, dass es so ist. Sie hat mich vor vollendeten Tatsachen gestellt, ist ins Taxi gestiegen und auf und davon gefahren.«

Mom sagte nichts. Doch diesmal nicht aus taktischem Kalkül, sondern weil sie vermutlich aus meiner Stimme die Wahrheit herausgehört und davon erschlagen worden war. Ja, Mom, deine Leni war ein Arschloch. Lebe damit.

»Hallo? Bist du noch da oder kämpfst du mit einem Herzinfarkt?«

»Ich bin noch da. Warst du schon bei der Polizei?«

»Nein. Wieso?«

»Wieso? Was ist das für eine Frage? Deine Schwester ist verschwunden.«

»Leni ist nicht verschwunden. Sie ist getürmt. Und glaube mir, zur Polizei zu gehen, ist hier schlicht und einfach Zeitverschwendung. Am Ende zwingen sie mich, ein dummes Video anzusehen. Mehr wird da auch nicht passieren.«

»Tony, was redest du da? Geh bitte sofort zur Polizei und melde deine Schwester als vermisst. Ich buche einen Flug und komme so schnell wie möglich zu dir. Vielleicht kann Papa seine Dienstreise vorzeitig unterbrechen, dann —«

»Mom, komm mal runter. Leni ist nicht verschwunden. Wirklich nicht. Du musst nicht extra herkommen —«

»Vielleicht schaffe ich es noch morgen früh nach Edinburgh, dann können wir zusammengehen. Aber darauf kann man nicht zählen. Es ist schon ziemlich spät. Geh du auf jeden Fall zur Polizei.«

»Mutter, hör mir zu —«

»Jemand versucht mich gerade anzurufen, hoffentlich ist es Leni. Ich hör jetzt auf. Du weißt ja, was du zu tun hast. Schick mir die Adresse deines Hotels. Bis morgen!«

»Mutter!«

Tüt-tüt-tüt-tüt.

Sie hatte aufgelegt.

Ich ließ frustriert meinen Kopf auf die Theke fallen. Die Wirtin interpretierte meine Lage richtig und schenkte mir ein weiteres Guinness ein. Immerhin musste man in Schottland nicht verdursten.

¥

Ich träumte von einem klingelnden Telefon, das sich nicht ausstellen ließ. Egal wie oft ich draufdrückte, es klingelte weiter und weiter und weiter.

Der Traum entpuppte sich als Realität, als ich meinen schweren Kopf zur Seite drehte, mein vibrierendes Handy in die Hand nahm und realisierte, dass heute Morgen um sechs, Alex mich drei Mal angerufen und mir acht Textnachrichten geschrieben, Mom mich fünf Mal angerufen und mir fünf Nachrichten geschrieben und Dad mir ein Kusssmilie geschickt hatte, wahrscheinlich aus Mitleid, weil er glaubte, Mom würde mir wieder zusetzen. Was stimmte.

Lena und Malcolm hatten sich nicht gemeldet.

Natürlich.

Mit Brummschädel und wenig Lust auf den Tag stand ich auf und überflog die lange Korrespondenz in der Familiengruppe, die es auch noch gab. Sie bestand hautsächlich aus Alex und Mom. Die zwei waren sich einig, dass Lena gekidnappt sein musste, und dass ich mit der Situation heillos überfordert war – wegen des Schocks natürlich.

Ich warf das Handy auf die Bettdecke und ging duschen.

Sobald ich aus der Dusche stieg, hörte ich mein Handy schon wieder vibrieren. Vorsichtig trocknete ich meine Haare, darauf bedacht, die Kopfschmerzen nicht zu verstärken und blickte drauf.

Mom:

Tony, wir kommen um 12:34 in Edinburgh an. Organisiere dir ein Taxi und hole uns ab.

Wir.
Wer war wir?
War wir Dad und sie, oder war wir Alex und sie? Hoffentlich nicht Alex und sie. Ich fühlte mich Alex gegenüber schuldig, immerhin hatte er mich warnen wollen und ich Dussel hatte ihn wegen des Empfangs abgewimmelt. Hätte ich auf ihn gehört, hätte ich die Situation zwischen Leni und Malcolm viel früher gerafft.

¥

Im Taxi ärgerte ich mich.

192

Gesten Nacht war ich zu überrumpelt und überfordert gewesen, dass mir dafür keine Zeit geblieben war, aber jetzt, allein mit mir und meinen Gedanken, wurde mir erst richtig bewusst, was mir zugestoßen sein musste.

Meine kleine Schwester hatte mich hinter meinem Rücken mit meinem Schottenlover hintergangen. Und nicht nur das. Sie hatte mich die letzten Tage wissentlich belogen, in dem sie mich in den Glauben ließ, sie würde mit Alex telefonieren und deswegen Zeit für sich brauchen. Von wegen Alex. Alex hatte sie schon längst abgeschrieben.

Armer Alex.

Den musste es noch härter treffen als mich.

Ich fühlte mich verraten und ziemlich dumm. Wäre ich bloß allein losgezogen, statt darauf zu beharren, von Leni begleitet zu werden. Oder noch besser, wäre ich einfach zu Hause geblieben, wie all die Jahre davor.

Blöder Michel.

Blöde Leni, blöder Michel.

¥

Ich kam gerade noch rechtzeitig angerannt, als Mom durch die Glastür marschierte, ihren kleinen Reisekoffer dominant hinter sich herzog und nicht auf Alex wartete, der daran scheiterte, mit ihr Schritt zu halten.

Also doch Alex.

»Du siehst müde aus, Antonia, hast du die ganze Nacht nicht schlafen können?«, begrüßte mich Mom, gab mir ein Küsschen rechts und links und richtete meine Haare. Ihre Haare waren wie immer frisch frisiert und standen wie Beton von ihrem Kopf ab.

»Hm«, sagte ich und winkte Alex zu, der außer Atem neben mir zum Stehen kam. »Wie war euer Flug?«

»Uninteressant. Warst du schon bei der Polizei? Was wollen sie unternehmen?« Mom schnappte sich ihren Koffer und lief an mir vorbei auf den Ausgang zu. »Hast du dem Fahrer gesagt, er soll vor der Tür warten? Um die Zeit bekommt man immer so schlecht ein Taxi. Ich habe uns drei Zimmer im Edinburgh Grand Hotel gebucht, das ist außerhalb der Innenstadt, du musst später zu deinem Hostel und deine Sachen holen.«

Ich eilte Mom hinterher, überfordert, worauf ich als erstes reagieren sollte.

»Nein, ich war nicht bei der Polizei. Das ist, wie gesagt, vergebene Liebesmüh. Der Fahrer wartet draußen. Ich mag mein Hostel und bleibe da, wo ich bin.«

Mom blieb stehen und blickte mich tadelnd an.

»Das kommt nicht in Frage. Antonia, du hast dich in eine Absteige einquartiert. Und was soll das heißen, du warst nicht bei der Polizei? Habe ich dir nicht gesagt, du sollst zur Polizei?« Bevor ich darauf antworten konnte, lief sie weiter und schimpfte vor sich hin. Alex holte mich ein und flüsterte mir zu:

»Ingrid musste gestern zwei Assistenten entlassen und ist nicht in bester Stimmung. Das mit Leni kommt ihr sehr ungelegen.«

»Das merke ich«, flüsterte ich zurück.

¥

Draußen wartete tatsächlich das Taxi noch immer auf uns. Sobald wir saßen und angeschnallt waren, kommandierte Mom den Fahrer herum:

»Zur nächsten größeren Polizeistation.« Sie drehte sich zu mir nach hinten. »Hat sich deine Schwester in Laufe der letzten Stunden bei dir gemeldet?«

»Nein, das Handy ist aus. Mom, dass mit der Polizei —«

»Lass mich das mit der Polizei regeln. Notfalls holen wir noch einen Anwalt hinzu. Ein Klient deines Vaters hat eine Kanzlei in London. Falls wir nicht weiterkommen, rufe ich da sofort an, die sollen uns ihre fähigsten Männer schicken.«

»Oder Frauen«, wandte Alex ein und kramte nach seinem Telefon.

»Frauen haben für so etwas nicht den nötigen Biss.« Mom drehte sich nach vorne und blickte angespannt auf die Straße.

»Ich weiß«, sagte ich, einen letzten Versuch startend, »ihr wollt das beide nicht hören, aber Leni ist freiwillig weg. Die Polizei wird da nicht viel machen können, auch wenn denen eine ganze Kanzlei an den Hals hetzt.«

»Sie ist nicht freiwillig verschwunden. Erzähl mir nichts«, sagte Mom, »in drei Tagen hat sie einen Kauftermin. Alex und sie haben das perfekte Haus gefunden. Dein Vater bezuschusst es mit einer viertel Million zusätzlich. Wer läuft da mit einem … was war der Mann nochmal von Beruf? Wanderer?«

»Touristenguide.«

»Touristenguide! Du meine Güte! Wer läuft mit so jemanden davon, wenn man kurz davor ist, sich solch ein Haus zu kaufen?«

Ich ging davon aus, dass meine Mutter die Antwort nicht hören wollte, deswegen verkniff ich sie mir. Stattdessen schielte ich zu Alex, der Lenis Nummer wählte, weil er die Hoffnung nicht aufgeben wollte, dass alles nur ein Missverständnis war. Er und Mom kannten Malcolm nicht, deswegen konnten sie sich weiterhin Illusionen hingeben.

¥

Der Polizist nahm die Sache ernst, weil meine Mutter sie sehr ernst vortrug. Immerzu nickte er und notierte sich alles. Ich war versucht mich einzumischen, besonders als es darum ging, dass Leni überwältigt und entführt worden sei – so ganz entsprach das nicht der Wahrheit –, doch Mom's Blick brachte mich zum Schweigen.

»Und sie haben keine Adresse von Mr. Macintosh?«, fragte er mich und nahm Malcolms Karte entgegen, auf der lediglich eine Nummer stand.

Ich schüttelte bedauernd den Kopf. Ich hatte gar nichts, außer seine Visitenkarte und die Erinnerungen an unsere Nacht im Stall, die mir mittlerweile peinlich war.

»Das macht nichts, wir können ja bei den Bed & Breakfast nachfragen. Die müssen zum Glück solche Sachen aufschreiben.« Der Polizist wirkte optimistisch.

»Er übernachtete nicht mit uns. Malcolm schlief immer draußen.«

»Wie? Auf der Straße?«

»Nee, in Scheunen und manchmal in einem kleinen Zelt im Wald.«

Das machte den Mann stutzig. Er sah mich zweifelnd an, woraufhin ich mit der Schulter zuckte. Zu dem Zeitpunkt hatte ich das als normal und auch als etwas sexy empfunden. Erst jetzt, wenn man anderen davon berichtete, wirkte es auf einen höchst verdächtig.

196

»Seid ihr etwa mit einem Landstreicher herumgezogen? Antonia, was habt ihr euch nur dabei gedacht?«

»Malcolm ist doch kein Landstreicher. Er ist …«

Der Polizist, Alex und Mom sahen mich gespannt an. Ja, was war Malcolm eigentlich?

» … er ist ein Touristenguide. Ein ziemlich guter sogar. Er wusste über jeden Hügel, jede Burg und jede Brücke Bescheid. Hatte ja keiner ahnen können, dass er ein ausgefuchster Casanova ist.«

»Ein Entführer ist er, und nichts anderes. Leni hat unmöglich mit so jemanden etwas angefangen. Sie ist verlobt.«

Jetzt reichte es mir aber. Wie kam meine Mutter nur darauf, dass Leni das nicht freiwillig machen würde? Ich wäre, hätte der Kerl sich für mich entschieden, ebenfalls mit ihm getürmt. Warum beharrte jeder nur darauf, dass es sich bei Lenis Verschwinden um ein Verbrechen handeln musste? Sie wäre nicht die erste Frau, die auf einen verträumten Highlander-Idioten hereinfiel.

»Und sie wollten weiter in den Norden?«, unterbrach uns der Beamte.

»Ja, Kirkwall, Mainland. Hoch zu den Inseln.«

»Warum das denn?«

Ich zuckte mit den Schultern.

»Weil es da schön ist?«

Er schnaufte belustigt.

»Kalt ist es da und alles riecht nach Fisch.«

Mom trommelte ungeduldig auf den Tisch. Für sie ging das nicht schnell genug.

»Wie lange werden sie brauchen, um meine Tochter zu finden? In was für eine Verfassung wird sie sein? Sollten wir unseren Psychologen anrufen und ihn bitten herzufliegen? Dr. Bremer ist zwar kein Spezialist auf dem Gebiet, aber Leni war zehn Jahre bei ihm in Behandlung. Sie kennt ihn. Ich ruf ihn am besten an.«

Ich stöhnte. Leni brauchte keinen Psychologen, genauso wenig, wie ich einen gebraucht hatte, als ich klein war. Das Einzige, wonach ihr im Moment der Sinn stand, war ein guter Bums, und den bekam sie jetzt.

Natürlich konnte ich das nicht laut sagen.

Nicht so lange Alex in der Nähe war.

Der Arme wurde von Minute zu Minute ruhiger und in sich gekehrter. Je mehr er realisierte, dass das kein Traum, sondern Wirklichkeit war, desto trostloser musste ihm alles erscheinen. Seine Verlobte war ihm durchgebrannt. Womöglich mit einem Landstreicher.

»Mein Handy klingelt! Es ist Leni!«, rief meine Mutter plötzlich, erhob sich und riss mich aus meinen Gedanken.

»Gehen Sie ran. Fragen Sie sie, wie es ihr geht und wo sie ist. Falls sie ihnen den Ort nicht sagen kann, muss sie ihn beschreiben.«

Meine Mutter nickte, räusperte sich und ging ans Telefon. Sie stellte es laut, damit wir mithören konnten.

»Mom? Hi, du hast hundert Mal angerufen. Was ist los?«, hörte ich Lena fröhlich sagen.

»Leni, geht es dir gut? Wo bist du?«

»Ich bin an der Küste. Mir geht es bestens. Ist etwas passiert? Geht es Daddy gut?«

»Deinem Vater geht es ausgezeichnet, mein Schatz. An welcher Küste bist du denn?«

Lena lachte verlegen.

»Ich kann den Namen nicht aussprechen, irgendetwas Schottisches. Warum hast du angerufen?«

»Ich mache mir Sorgen um dich. Du bist nicht zurück nach Berlin gekommen. Alex macht sich auch Sorgen. Er ist hier bei mir. Wie sieht die Küste, an der du bist, aus?«

»Etwas langweilig, es gibt keinen Strand, aber das macht nichts, wir ziehen in die Berge hoch. Mach dir keine Sorgen, mir geht es prima. Ich kann seit Tagen viel besser schlafen.«

Der Polizist sah uns fragend an. Er verstand kein Deutsch und wollte wissen, was los war. Vermutlich klang ihm Leni nicht entführt genug. War sie auch nicht. Sie hörte sich erholt und leicht beschwipst an.

»Leni, wer ist der Mann, mit dem du unterwegs bist? Weißt du etwas über ihn? Sein Geburtsdatum, seine Adresse?«

»Malcolm? Ich weiß alles über ihn!« Ich hörte, wie sie eine Hand auf das Mikrophon legte und tuschelte. Jemand schien sie zu rufen. »Mom, mach dir mal keine Sorgen, alles ist prima. Mir geht es gut. Tony kann es dir sicher erklären. Ich habe ihr alles erzählt.«

Mom und Alex sahen mich an. Ich hob die Hände und schüttelte den Kopf. Ich konnte gar nichts erklären.

»Leni-Bärchen, wir sind bei der Polizei. Wir kümmern uns. Du musst dich nicht verstellen, wir wissen was los ist. Verrate uns, wo du bist, wir kommen dir auf der Stelle zur Hilfe.«

Lena schwieg.

»Leni?«

»Mir geht es gut«, sagte sie schließlich, diesmal ernster. »Ich brauch keine Hilfe.«

»Doch, du brauchst Hilfe. Du weißt nicht, was du da sagst. Hier ist ein Beamter, der eine kleine Armee losschicken will, um dich zu retten. Du musst ihm nur einen Hinweis geben, wo du bist. Und Alex. Er ist auch hier. Er möchte dir etwas sagen.«

Mom sah Alex beschwörend an.

Alex räusperte sich.

»Leni, ich liebe dich. Und ich brauche den Grill nicht, wenn du ihn nicht willst. Der Grill ist mir egal, ich kann auch mit so einem kleinen, mobilen Ding super zurechtkommen.«

Na, wenn das kein Versprechen war, das ein Frauenherz höherschlagen ließ? Meine Schwester zog es vor, darauf nichts zu erwidern.

»Reden Sie mit ihr«, zischte Mom den Polizisten zu, sah Alex kopfschüttelnd an, nahm ihm das Handy weg und reichte es dem Schotten. Er schaltete die Lautsprecherfunktion aus und hielt es sich ans Ohr.

»Miss, hier spricht Sargent Clark Miller, wie geht es Ihnen und wo halten sie sich auf?«, fragte er Leni auf Englisch. Sie antwortete ihm, er nickte, sie sprach weiter, er nickte und machte »Aye« und »Mhmpf«.

Ich hielt die Luft an, konnte Lenis Stimme ab und zu hören, aber nicht verstehen, was sie sagte. Der Beamte schüttelte den Kopf, dann nickte er wieder. Das ging eine Minute lang so, bis er auflegte und meiner Mutter das Telefon reichte.

»Ich fürchte«, sagte er, »wir können Ihnen nicht weiterhelfen.«

Ich hatte es ja gesagt!

¥

»Unfassbar, wie nutzlos die schottische Polizei ist. Wie sind diese Leute nur an ihren Job gekommen? Hat man sie auf einem Jahrmarkt ausgelotst?« Mom polterte mit ihrem kleinen Rollkoffer über die Pflastersteine und sah sich nach einem Taxi um. »Sobald ich Leni gefunden habe, werde ich dem Mann eine Klage wegen Dienstverletzung an den Hals zaubern.«

Die Anzeigewut meiner Mutter hatte keine Grenzen. Sie kannte dafür zu viele gute Anwälte. Ich ließ mich zurückfallen und sah Alex an.

»Grill? Alex? Wirklich? Glaubst du wirklich, Leni ist wegen dem Grill auf und davon?«

»Ich weiß es nicht. Das war das einzige, weswegen wir uns das letzte Jahr in den Haaren bekommen haben. Wir streiten uns sonst nie. Vor einer Woche sagte sie mir noch, dass sie mich liebt und keinen anderen Menschen in ihrem Leben braucht. Und von einem Tag auf den anderen, schreibt sie mir, dass ich mit dem Grill wahrscheinlich glücklicher werden könnte als mit ihr und ruft nicht mehr zurück.«

Er sah niedergeschlagen aus und war kurz davor zu weinen. Alex verstand die Welt nicht mehr und das sah man ihm an. Mein schlechtes Gewissen nahm zu. Ich hätte Leni nicht nach Schottland schleppen sollen. Wer hätte gedacht, dass sie beim erstbesten Schotten die Biege machen würde? Sie war sonst so bodenständig und zielorientiert. Besonders wenn es um die Liebe ging. Lena hatte womöglich in ihrem ganzen Leben keinen Liebesroman gelesen. So bodenständig war sie.

Alex schluchzte. Tapfer versuchte er, seine Tränen zu unterdrücken. Ich trat näher, breitete die Arme aus und umarmte ihn. Seine Welt musste innerhalb weniger Stunden zusammengebrochen sein, und die Person, mit der er am liebsten darüber reden wollte, vergnügte sich in diesem Moment mit einem großen, unverschämten Schotten. Ich wünschte, er wäre nicht mit im Raum gewesen, als ich Malcolm hatte beschreiben müssen.

Mom fand ein Taxi, in dem sie sich auf die Straße stellte und es dazu zwang, anzuhalten, um sie nicht zu überfahren.

»Kommt, kommt. Wir sollten keine Zeit verlieren. Sobald wir im Hotel sind, rufe ich die Kanzlei an, die kümmert sich um die faulen Früchte dort«, damit meinte sie die Polizeistation, »und wir mieten uns ein Auto. So weit weg kann man Leni nicht verschleppt haben. Wir finden sie schon.«

Der Appell des Beamten, eine beinahe 30-jährige Frau nicht daran zu hindern, sich sexuell auszuleben, schien bei meiner Mutter nicht gefruchtet zu haben. Sie hielt noch immer daran fest, dass man ihre kleine Tochter entführt haben musste.

WAHRE LÜGEN

Edinburgh

Mom bestand drauf, dass ich mein Zimmer im Hostel aufgab und das Zimmer nahm, was sie mir in diesem 5* Monstrum von Grand-Hotel gebucht hatte. Nur so, so ihre Argumentation, konnten wir schnell genug agieren, wenn es Nachrichten von Lena gab.

Während sie laut mit Dad telefonierte und im Schlafzimmer Auf und Ab ging, reichte ich Alex im Salon ein kaltes Bier, das er geistesabwesend in die Hand nahm. Lenis Schweigen und Weigerung zurückzukehren, setzte ihm zu. Ich konnte sehen, wie verletzt und hilflos er war. Mit ihm war nichts mehr anzufangen. Seit einer Stunde sagte er gar nichts mehr

Vielleicht war es gut, dass Mom die Sache mit Lena in die Hand nahm. Ich konnte es nicht, weil ich nicht davon ausging, dass sie entführt worden war – jedenfalls nicht gegen ihren Willen – und Alex konnte es nicht, weil sich sein Hirn verabschiedet haben musste.

»Teddy kann erst in zwei Tagen kommen«, verkündete Mom als sie aus dem Schlafzimmertrat. »Er hat jedoch seinen Klienten darauf angesetzt. Der schickt uns juristische Verstärkung. Die machen den faulen Schotten in dieser Kaserne noch Beine. Alex, hast du Zugriff auf Lenas Konten? Kannst du sehen, ob sie irgendwo Geld abgehoben hat? An Automaten vielleicht? Alex?«

Er saß neben mir im Sessel, starrte das Bier an und reagierte nicht. Ich schubste ihn mit meinem Fuß.

Erschrocken sah er auf.

»Mom fragt, ob du auf Lenas Konten zugreifen kannst.«

»Äh«, er dachte ratlos über die Frage nach. Es dauerte ein bisschen, bis er sie verstand. »Äh, ja, habe ich … ich meine kann ich.«

Erleichtert darüber, etwas tun zu können, holte er sein Handy heraus und loggte sich ein.

»Von unserem gemeinsamen Konto hat sie nichts abgehoben. Jedenfalls die letzten drei Tage nicht. Die Kreditkarte wurde auch nicht belastet.«

Mom fand keine Zeit darüber enttäuscht zu sein. Sie hatte bereits einen neuen Entschluss gefasst und suchte die Nummer des Polizeipräsidenten von München, den sie natürlich kannte. Erst letzte Woche war er zum Grillen da gewesen und hatte sich ihren Zierfischteich angesehen.

»Wie will dir der Bertl in der Sache helfen?«, wollte ich wissen und rutschte peinlich berührt tiefer in den Sessel. »Was, wenn Leni wirklich nicht –«

»Tony, Leni geht es nicht gut. Ich weiß das. Eine Mutter weiß das … Bertl? Ich bins, die Ingrid. Bertl, du musst mir helfen, etwas Schlimmes ist unserer Leni zugestoßen …« Sie verschwand im Schlafzimmer und ließ mich und Alex im Salon zurück.

Alex scrollte über sein Handy und trank langsam sein Bier. Ich schloss die Augen und hoffte, dass Dad früher kommen konnte, um Mom davon abzuhalten, einen diplomatischen Eklat zwischen Schottland und Deutschland zu verursachen. Warum zog sie ausgerechnet Bertl mit –

Alex verschluckte sich an seinem Bier und verteilte es auf dem Teppich und seinem Handy. Er musste so stark husten, dass ich anfing ihm mit aller Kraft auf den Rücken zu klopfen, damit er nicht erstickte.

»Alles gut?«, fragte ich ihn.

»Nein … hust … nein … gar nichts ist gut.« Er lief rot an und schnappte nach Luft. Mit großen Augen hielt er das vollgerotzte Handy hoch. Ich nahm es leicht angeekelt in die Hand und versuchte herauszufinden, was ihn beinahe dazu gebracht hatte, an einer Flasche zu ersticken.

»Alter, du und Leni habt 625 000 Euro angespart?« Ich schüttelte den Kopf. Tatsache. Auf ihrem Sparkonto parkten über eine halbe Million. Ich wusste ja, dass beide Großverdiener waren, aber –

»Die Buchungen … hust … schau dir die Buchungen an«, röchelte er und klopfte sich auf die Brust.

Ich scrollte runter und schluckte.

In den letzten Tagen wurden über den Tag verteilt immer wieder große Summen abgebucht. Mal 2000 Euro, mal 5000, mal 3500. Insgesamt war das Konto um 25 000 Euro leichter.

»Kannst du es sperren?«, fragte ich ihn. Wenn das in dem Tempo weiter ging, blieb vom Haus nichts mehr übrig.

Alex schüttelte den Kopf.

»Ist Lenis Konto. Das Erbe eurer Oma und ihr ganzes Erspartes ist drauf. Und das Geld, was sie mit ihrer App nebenbei verdient. Ich habe ihr vor zwei Wochen meinen Anteil überwiesen. 125 000.«

Eine neue Kontobelastung kam gerade rein.

»6500«, las ich vor. »Leni hat gerade 6500 abgehoben.«

»Oh mein Gott. Meinst du, dieser Malcolm zwingt sie dazu?«

»Ich weiß es nicht! Mom! Moooom.«

Ich sprang auf und lief zum Schlafzimmer, um sie darüber zu informieren. Diese Entwicklung beunruhigte sogar mich.

»Mach´s gut Bertl. Danke für die Hilfe«, hörte ich Mom sagen und trat ein. Sie suchte ihre Heels und schlüpfte hinein, bevor sie sich zu mir umdrehte. »Ich wusste doch, dass Bertl uns helfen kann, Antonia. Er setzt sich mit dem *Deputy Chief Constable* in Verbindung. Ich fahre da jetzt hin, um mit dem Mann auf der Stelle zu sprechen.«

Ich hielt ihr kommentarlos Alex Handy hin. Erschrocken scrollte sie die letzten Kontovorgänge herunter und bekam einen trotzigen Zug um den Mund. Malcolm hatte sich mit der falschen Frau angelegt. Wenn es um Geld ging, verstand meine Mutter keinen Spaß.

Entschlossen lief sie an mir vorbei, nahm Alex das Bier ab, das er sich lustlos an den Mund führen wollte und informierte ihn über Bertl und den *Deputy Chief Constable*.

»Du«, trug sie ihm streng auf, »sperrst auf der Stelle die Konten —«

»Aber ich bin nicht der Eigentümer —«

»Das spielt keine Rolle. Erkläre der Bank die Situation. Bei ungewöhnlichen Vorgängen werden sie oft selbst tätig. Wenn das gemacht ist, versuche Leni erneut zu erreichen. Sobald ihre Entführer kein Geld mehr von ihr bekommen, werden sie gesprächsbereiter sein.«

»Aber wie —«

»Bank anrufen, sofort«, kommandierte Mom und warf sich ihren Blaser über. »Tony, du musst uns ein Auto mieten, damit wir mobiler werden. Aber nicht schon wieder so ein Mittelklassewagen wie letztes Mal. Und pass auf, dass es nicht nach Rauch stinkt, das verursacht bei mir Kopfschmerzen.«

Bevor ich die Gelegenheit hatte, den Wagen vom letzten Mal zu verteidigen oder Taxis vorzuschlagen, war sie schon längst durch die Tür marschiert.

¥

Ich organisierte uns einen S-Klasse Mercedes, der nach Zypressen- und Mandelöl roch. Ihn zu parken stellte sich für mich als eine kleine Herausforderung heraus. Vor dem Hotel gab es keine freien Plätze und in die Tiefgarage traute ich mich nicht, zu scharf war dafür die Kurve.

Lebte man so lange wie ich in Berlin, verstaubte der Führerschein und nahm unnötig Platz im Portemonnaie weg. In zehn Jahren bin ich höchstens drei Mal Auto gefahren. Und das mehr schlecht als recht. Autos, je größer desto schlimmer, verursachten bei mir Stress.

Mir blieb keine andere Wahl als mit verschwitzten Händen und klopfenden Herzen einen anderen Parkplatz zu suchen. Am besten einen, wo kein Auto weit und breit stand, das ich anfahren konnte.

Der Linksverkehr raubte mir zusätzlich den letzten Nerv. Ich bog, um der Hauptstraße zu entkommen, in eine unbefahrene Gasse ein – vollgeparkt natürlich – und dann in noch eine und noch eine, bis ich in einem Art Industriegebiet herauskam. Zwischen den parkenden LKWs aus Polen und Russland fanden sich Lücken, so groß wie Fußballfelder, in die ich mich mit dem Mercedes hinein traute.

Von links rückwärts einzuparken war schwieriger als erwartet und egal wie viel Mühe ich mir gab, die Lücke zwischen Bürgersteig und Auto wurde nicht kleiner. Nach fünfzehn Minuten ließ ich das so wie das war, selbst wenn der Mercedes zur Hälfte auf die Straße ragte, und legte genervt meinen Kopf auf den Lenkrad.

Müde schloss ich die Augen und verfluchte die Umstände, die mich dazu brachten, einen gemieteten Mercedes zwischen zwei LKWs in einem Industriegebiet parken zu müssen. Malcolm, der hinterfotzige Wichser hatte mich betrogen, und war mit meiner Schwester auf und davon, um sie auszunehmen.

Von all den Dingen, die einem im Urlaub zustoßen konnten, war das mit Abstand das bescheuertste. Andere bekamen Durchfall und Sonnenbrand, ich bekam –

Ein Klopfen an meinem Fenster ließ mich hochschrecken. Eine krumme Nase und zwei dunkle Augen starrten mich an. Ich starrte erschrocken zurück.

»Das darf doch nicht wahr sein!«, rief ich wütend und schnallte mich ab. Ohne Rücksicht zu nehmen, öffnete ich die Tür, sodass sie gegen Dimi knallte und stieg aus. »Du! Du hast mir gerade noch gefehlt. Was machst du hier? Und erzähl mir nicht, das wäre Zufall. Du verfolgst mich doch. Worauf hast du es diesmal abgesehen?«

Dimi verzog das Gesicht, weil die Tür empfindliche Teile von ihm getroffen haben musste – gut so – und ging ein paar Schritte nach hinten. Er rieb sich das Bein.

»Arbeiten, das mache ich.«

Ich prustete.

»Arbeiten. Geht klar. Was für Arbeit machst du denn? Hehlern, Schmuggel, Autodiebstahl?«

Ich verschloss den Mercedes und ignorierte seine schräge Parklage. Seit ich hier parkte, war kein Schwein an mir vorbeigefahren. Die Straße schien mir sicher zu sein. Bis morgen würde mir keiner reinfahren.

Hoffentlich.

»Logistik«, presste Dimi hervor und rieb sich noch immer das Bein. »Ich bin Spediteur.«

»Ist das ein Rang bei der russischen Mafia?«

Er lachte.

»Nein, das ist ein Beruf. Willst du das Auto hier stehen lassen?«

»Ja. Wieso fragst du? Willst du es klauen?«

»Nein«, antwortete Dimi und umrundete den Mercedes, belustigt über meine Parkkünste. »Ich nicht.«

Ich verfolgte ihn misstrauisch mit den Augen.

»Was soll das heißen: Du nicht?«

Dimi machte eine weite Geste mit seinen Händen, was mich an Italienern aus früheren Mafiafilmen erinnerte und kam wieder neben mir zum stehen.

»Und, wie ist es gelaufen?«

»Wie ist was gelaufen?«, fragte ich misstrauisch.

»Na die Nacht. Bei der Polizei.«

Die Nacht! Die Nacht, an der ich wegen illegalen Glückspiels und Tierquälerei verhaftet worden war. Dass er die Frechheit hatte, mich darauf anzusprechen, brachte mich in zusätzlich in Rage. Ich schlug ihn gegen die Schulter.

»Du machst mir nichts als Ärger.«

»Nicht gut also«, stellte er amüsiert fest und lachte erneut. Der Kerl war ein widerlicher Sadist.

»Nicht gut ist die Untertreibung des Jahres. Zum ersten Mal in meinem Leben hoffe ich, dass es so etwas wie Karma gibt und du eines Tages für deine Schandtaten büßen musst.«

»Es gibt Karma«, antwortete er und humpelte die Straße herunter.

Die Art, wie er das sagte – ernst und ohne Spott – ließ mich stutzig werden. War das, was mir zustieß, etwa Karma? Seit ich Michel über den Weg gelaufen bin, lief es nur noch bergab für mich. Mit Leni, mit Malcolm, mit Schottland im Allgemeinen. Fühlte sich Karma etwa so an? Und wenn ja, weswegen denn? Was hatte ich in meinem Leben so Schlimmes getan, dass ich das verdiente? Ich spendete regelmäßig zu Weihnachten eine große Summe und trug kein Leder. Außerdem kaufte ich Fair-Trade-Kaffee. Sollte das nicht genügen, um sich mit dem Universum gutzustellen? Was musste man denn noch tun, damit man einen schönen Urlaub erleben durfte? Wale retten? Den Hunger der Welt bekämpfen?

Das war nicht fair!

Nur mit Mühe hielt ich die Tränen des Selbstmitleides zurück und schluchzte auf. Dimi hörte das, drehte sich um und sah mich fragend an.

»Es ist nichts«, sagte ich und wischte mir über die Augen.

Sein Gesichtsausdruck wurde noch skeptischer.

»Komm mit«, forderte Dimi mich auf und deutete auf den Weg vor ihm. »Du brauchst Medizin für die Seele.«

»Nee, danke. Ich muss zurück, meine Schwester suchen.«

»Komm mit«, sagte Dimi bestimmt und ging weiter. Ich sah ihm nach, wissend, dass man ihm nicht trauen durfte – und erst recht nicht folgen – und kam trotzdem. Vielleicht brauchte ich tatsächlich Medizin für die Seele, was auch immer das sein sollte. Es fühlte sich im Moment so an, als hätte ich es nötig.

»Wo ist deine Schwester?«, fragte er, sobald ich ihn eingeholt hatte.

Ich stöhnte. Das war das Letzte, über was ich reden wollte. Doch darüber nicht zu reden konnte ich auch nicht. Lenas Verrat beschwerte mein Herz.

»Keine Ahnung. Sie hat sich verliebt. Nehme ich jedenfalls an«, müde rieb ich mein Gesicht und fügte hinzu: »In einen schottischen Idioten und ist mit ihm auf und davon. Ihr Konto wird auch immer leerer. Wahrscheinlich geben sie es mit vollen Händen aus und haben den Spaß ihres Lebens.«

»Ah. Die Liebesfalle.«

»Die Liebesfalle?«

»Du weißt schon, die Liebesfalle. Frau oder Mann trifft in Urlaub auf Einheimische, verliebt sich und kommt arm zurück. Unsere Frauen haben das perfektioniert.«

»Eure Frauen?«

»Unsere Frauen. Russinnen. Sie machen das, um sich etwas dazu zuverdienen oder für Urlaub in Paris. Sehr gute Masche. Funktioniert aber nur mit Amerikanern oder Westeuropäern. Die sind dumm genug dafür. Sehr dumme Menschen.«

Ich sah Dimi verständnislos an.

»Von was für einer Masche sprichst du? Und was haben Russinnen damit zu tun, was meiner Schwester zugestoßen ist? Wo sind wir hier eigentlich?«

Die Gegend wurde einsamer und industrieller. Immer mehr Fabriken und Autowerkstätten reihten sich aneinander, während der Verkehr um uns herum weniger und weniger wurde, bis ich nur noch aus der Ferne eine nahe Autobahn hören konnte.

»Eine sehr alte Masche«, antwortete er und sein Akzent wurde stärker, je länger er an die Russinnen und ihre Masche dachte. »Frauen machen sich an Männer ran — meist Geschäftsmänner oder Touristen, die allein reisen — gehen mit ihnen trinken, zeigen ihnen die Stadt. Alles sehr freundlich. Im Gespräch finden sie heraus, ob der Mann Geld hat oder nicht. Hat er Geld, dann bleiben sie und verabreden sich für den nächsten Tag. Bieten an, sie als Reiseführer zu begleiten, um das echte Russland kennen zu lernen.«

Dimi bog in eine dunkle, unbeleuchtete Gasse ein. Ich blieb stehen, unsicher, ob ich ihm folgen sollte. Wenn er sich als irrer Vergewaltiger-Mörder entpuppen würde, würde ich mich sehr darüber ärgern. Darauf wollte ich es nicht unbedingt ankommen lassen. Er bemerkte mein Zögern und kam aus der Gasse wieder heraus.

»Keine Abkürzung. Na gut«, sagte er, offensichtlich wissend, um was es mir ging. Er bog nach links, in eine breitere und besser beleuchtete Straße ein.

»Das echte Russland?«, wiederholte ich. Die Phrase ähnelte Malcoms Versprechen, uns das echte Schottland zu zeigen. Ich ahnte langsam, worauf Dimi hinauswollte.

»Natürlich. Das leidende Russland, wie die vielen Kranken, die tapferen Veteranen, die hungernden Kinder, immer in Abwechslung mit guten Essen und warmer Gastfreundschaft. Dabei *verlieben* sich die Männer in die Frauen – und in das Land. Besonders in das Land.«

»Sie verlieben sich in das Land?«

»Natürlich«, sagte Dimi und sein R rollte dabei verlockend. »Und in die Frauen, aber auch in das Land, das so leidet. Das ist besser so, weil sobald die Reise zu Ende geht, *öffnen* sich die Frauen.«

»Sie öffnen sich? Wie? Schütteln sie ihr Herz aus?«

»Sie machen die Beine breit.« Dimi grinste. »Nicht am Anfang. Russinnen lassen sich erst viel zahlen. Essen, Kaffees, Theater, aber sie geben natürlich auch etwas dafür zurück. Nicht wie westliche Frauen, die für nichts mit einem Mann ins Bett gehen.«

»Aha. Ist das nicht sexistisch? So ganz politisch korrekt hört sich das für mich nicht an.«

»Nein. Sexistisch wäre es, wenn sie sofort mit ihnen ins Bett gehen würden. Aber so ist das geschäftlich.«

Dimi hatte seine Definitionen von vorne bis hinten nicht in Griff.

»Okay, sie *öffnen* sich. Verstanden. Und das ist die Masche?«

Dimi sah mich von der Seite an und runzelte belustigt die Stirn.

»Nein. Das ist normal. So könnte es überall laufen, wenn Frauen auf reiche Männer treffen. Die Masche ist, dass sie nach dem Sex anfangen von ihrer Familie zu erzählen. Oder von der Arbeit. Es gibt immer Probleme. Die Mutter hat Krebs und man kann Operation nicht bezahlen. Oder man ist Krankenschwester, doch es fehlen Spritzen für Kinder im Krankenhaus. Oder man arbeitet in einer Schule, doch es gibt kein Geld für Heizöl. Probleme, Probleme und Tränen. Viele Tränen.«

Endlich fiel der Groschen.

Ich blieb stehen und faste mich an den Kopf.

»Leni ist auf eine schottische Russin hereingefallen«, flüsterte ich.

»Wer ist Leni?«

»Meine Schwester. Du hast recht. Mein Gott, Dimi, du hast recht. Malcolm ist eine Russin und Lena und ich sind die reichen Geschäftsmännertouristen, die er ausnehmen will. Und gerade ausnimmt!«

Ich konnte es nicht fassen, wie naiv ich gewesen war. Sein Angebot uns herumzuführen, seine Weigerung irgendwo zu übernachten, und sich fotografieren zu lassen, seine seltsamen Geschichten über das Leid der Schotten und die Ausbeutung Schottlands durch die Engländer. Das war alles von vornherein geplant. Natürlich war es das. Warum sollte so ein Kerl freiwillig mit zwei langweiligen Deutschen, die aussahen als würden sie nur Birkenstocks im Schrank haben, durch die Pampa wandern?

»Ich habe immer recht«, antwortete Dimi und blieb vor einem weißen Häuschen stehen, dass sich eng zwischen zwei Import-Export-Geschäfte quetschte. »Wir sind da.«

Er klopfte an die Tür und winkte mich ungeduldig zu sich. Ich schüttelte den Kopf.

»Ich muss weiter.« Ich kramte nach meinem Handy, um Mom anzurufen und sie über die Lage zu informieren.

Wahrscheinlich ahnte sie es die ganze Zeit über schon, nur ich benötigte länger, um die Lage zu durchblicken. »Vielleicht können wir Leni doch noch rechtzeitig zur Vernunft bringen.«

Ich trat auf die Straße, in der Hoffnung, dass ein Taxi vorbeifuhr, das mich mitnehmen konnte. Pustekuchen, wie in Glasgow, war auch hier die Katz gebleut. Notgedrungen musste ich mir eins rufen.

»Komm mit. Deiner Schwester passiert schon nichts. Sie wird für viel Geld gut durchgebumst.«

Ich zeigte Dimi einen Vogel.

Jemand öffnete die Tür und eine Rauchwolke, durchmischt mit Bier, Dampf und Schweiß, kam heraus. Laute Stimmen, meist vergnüglich, sprachen durcheinander. Auf einmal schrie ein Mann auf, während parallel ein anderer jubelte. Das klang mir verdächtig nach Fußball.

»Nein, danke, Lenis Haus hat Vorrang vor ihrer Vulva«, sagte ich und schielte nach dem Straßenschild. Wo zur Hölle war ich eigentlich?

»Wie du meinst.« Dimi nickte zum Abschied, schlüpfte durch die Tür und wurde von dem Rauch wie ein alter Freund willkommen geheißen. Ich sah noch, wie er darin verschwand, die Tür fiel auf eine wundersame Weise hinter ihm zu und jegliche Geräusche von Geselligkeit verstummten.

Es würde mich nicht wundern, wenn sich das kleine weiße Haus zusammenzog und wie der Grimmaulplatz 12, Sirius Blacks Stadthaus, verschwand.

Tat es jedoch nicht.

Ich schüttelte den Kopf über meine Fantasie, googelte nach einem Taxi und legte mir schon mal die Sätze zurecht, um Alex und Mom die Lage zu erklären.

Leni war in eine Liebesfalle getreten.

Endlich ergab alles einen Sinn.

JAKOBITER

Die Sache mit dem Thron

Taxi bekommen, einen schrägen Blick kassiert, weil der Fahrer sich fragte, was ich in dieser hundsverlassenen Gegend machte, mit Erstaunen festgestellt, dass ich nur sechs Straßenzüge von der schicken Straße, in dem sich das Hotel befand, weg war, ungeschickt aus dem Wagen gestolpert und vergessen Trinkgeld zu geben.

Mom ging nicht an ihr Handy, was nichts Gutes bedeutete. Ich klopfte und wartete, dass mir jemand öffnete. Licht brannte durch den Türschlitz hindurch. Irgendjemand musste da drin sein. Stimmen waren zu vernehmen. Ich klopfte erneut, diesmal lauter.

Die Stimmen verstummten, es passierte nichts, und mein Herz pochte auf einmal schneller. Etwas stimmte nicht.

Schritte!

Endlich.

Jemand eilte an die Tür.

Mom öffnete sie mit Schwung, erkannte mich, zog mich rein und lief in den Salon zurück. Mich ließ sie stehen. Besorgt sah ich in das angrenzende Zimmer. Alex saß mit verweinten Augen neben zwei fremden Männern im Anzug. Sie erhoben sich, sobald meine Mutter zu ihnen trat und sich wieder setzte.

Alle sahen sehr ernst aus, als wäre jemand gestorben.

»Ist Leni etwas passiert?«, fragte ich. Der schreckliche, sich mir aufdrängende Verdacht, man hätte sie gefunden, aber nicht mehr mit allen Körperteilen dran, lähmte mich. Ich hielt mich an der Tür fest und fürchtete die Antwort.

Mom lachte bitter über die Frage.

»Miss Adler?«, sprach mich einer der Anzugträger an. Er sah ernst aus. Wie von einem Beerdigungsinstitut. »Miss Antonia Adler?«

»Jaaaa, die bin ich.« Ich kam zögerlich herein, unschlüssig, ob ich wirklich bleiben und das hören wollte, was ich jetzt zu hören bekommen würde.

»Bitte setzen Sie sich. Wir haben ein paar Fragen an Sie.«

Er deutete auf den leeren Stuhl neben Alex.

»Nein, danke, ich stehe lieber.«

»Setzt dich, Tony«, sagte Mom streng.

Ich setzte mich.

»Miss Adler, pflegen Sie Kontakt mit Franz Bonaventura Adalbert Maria Herzog von Bayern, auch bekannt als Franz von Bayern?«, fragte mich der Anzugträger, während sein Partner noch immer nichts sagte und mich emotionslos ansah.

Einfach nur ansah.

»Wer?«

»Der alte Franzl, Tony, du weißt schon, der mit dem Dackel.«

Ich durchforstete mein Gehirn nach einem alten Mann mit einem Dackel, und die einzige Erinnerung, die mir kam, lag über 20 Jahre zurück. Da saß ich auf dem Schoss eines nach Tabak duftenden Herren, dessen Dackel an den Bommeln meiner Lackschuhe knabberte. Das musste auf einer diesen doofen Hochzeiten gewesen sein, auf der sich die versnobte Münchner Gesellschaft gegenseitig mit ihrem Geld vor Langweile in den Schlaf lullte.

»Der alte Mann bei der Hochzeit?«

Mom nickte.

»Ähm, nein, ich pflege keinen Kontakt mit ihm. Warum?«

»Und Ihre Schwester? Lena Adler? Hat sie Kontakt mit Franz von Bayern?«

»Ob Sie Kontakt mit ihm hat? Woher soll ich das wissen? Ich glaube nicht.« Ich sah zu Mom. Was sollte das denn? »Weißt du mehr?«

Mom machte eine unsichere Geste.

»Ich verstehe nicht. Was hat der alte Fanzl mit der Leni zu tun? Der Mann steht mit einem Bein im Grab.«

Ich bekam keine Antwort. Stattdessen reichte mir der stille Kerl ein Foto und deutete mit dem Finger drauf.

»Kennen Sie diesen Jungen?«

Auf dem Bild war ein 15-jähriger, dürrer Kerl abgebildet, der grimmig in eine Polizeikamera starrte. Eine Kennnummer war unter ihm eingeblendet. Es handelte sich um einen *Mugshot*. Ich war versuch mit »Nein« zu antworten und ihnen das Bild zurückzugeben, als mir das breite Kinn und der breite Mund auffiel. Der

Junge war mager, aber sein Gesicht hatte bereits die Züge von …

»Malcolm Macintosh!«, rief ich aus. »Das ist Malcolm. Nur viel jünger.«

Ich drehte das Foto verwundert in meiner Hand um.

»Sind Sie sich da sicher?«

»Ich bin mir da ganz sicher. Auf dem Bild ist er ein Teenager, aber dennoch … ja, das ist er.«

Mom stöhnte auf und ließ ihr Gesicht in die Hände fallen. Alex erhob sich und ging ans Fenster.

»Was ist los?«, fragte ich und blickte verunsichert zwischen ihnen hin und her.

»Es ist alles viel Schlimmer, als wir vermutet haben«, hörte ich sie in die Hände murmeln. »Viel, viel schlimmer.«

»Sein richtiger Name lautet Ian Fraser«, klärte mich der Anzugträger auf. »Sein letzter Wohnort war Inverness bei seiner englischen Mutter. Der schottische Vater ist vor fünf Jahren verstorben. Da war der junge Mann kaum volljährig. Er kam mit den falschen Leuten in Kontakt und geriet auf die falsche Bahn.«

»Was für Leute? Mit wem, um Gottes Willen, ist Leni auf und davon?«

»Ihre Schwester hat sich einer terroristischen Nachfolgerorganisation der Neo-Jakobiter angeschlossen«, klärte man mich auf.

»Leni hat was?

Man nahm mir das Bild von Malcolm wieder ab und reichte mir ein anderes. Darauf zu sehen, ein alter Mann und mehrere Jagdhunde. Der kam mir bekannt vor.

»Ist das der alte Franzl?«, fragte ich vorsichtig.

»Richtig. Das ist Franz von Bayern, in Schottland besser bekannt unter dem Namen Francis II. Er gilt in einigen Kreisen als der rechtmäßige Erbe des britischen Throns.«

»Was?« Ich starrte die Männer mit offenem Mund an. »Der alte Franzl ist ein Stuart?«

»Ja«, war die knappe Antwort, bevor man mir auch dieses Bild aus den Händen nahm.

»Das ist ja verrückt. Das wusste ich gar nicht.« Ich musste darüber lachen. »Und was hat Leni damit zu tun? Ist sie etwa eine illegitime Tochter des Franzl und somit Prinzessin?«

Ich blickte grinsend in die Runde, in der Annahme, ein paar Lacher einzusammeln, bekam jedoch nur übertrieben ernste Blicke zurück.

»Ist sie etwa …«, fragte der Anzugträger meine Mutter und sah sie neugierig an.

»Ach Quatsch! Natürlich nicht«, sagte sie zu ihm und drehte sich vorwurfsvoll zu mir um. »Was redest du da Tony?«

Ich zuckte mit den Schultern und murmelte »Sorry«. Das war scheinbar kein guter Zeitpunkt für Witze.

»Und was genau hat meine Schwester mit dem Franzl, Malcolm und dieser Terrororganisation zu tun? Ich meine, führt diese Befragung irgendwohin, oder verschwenden wir hier nur etwas Zeit? Ich habe nämlich herausgefunden, dass Leni auf eine sogenannte "Liebesfalle" hereingefallen ist. Das passiert vielen Touristen. In Russland. Klingt jetzt vielleicht kontextlos, aber das ist so.«

Alex stöhnte am Fenster wie ein verwundetes Tier auf. Die zwei Männer reagierten nicht und Mom ging zur Bar, um sich Whiskey einzuschenken.

»Okay, okay, okay«, sagte ich und fasste mir müde zwischen die Augen, in der Hoffnung eine Massage konnte die aufkommenden Kopfschmerzen verhindern. »Soweit ich das richtig verstehe, geht ihr davon aus, dass Malcolm seit Jahren den Liebeslockvogel für eine terroristische, katholische Vereinigung von Neo-Jakobiter spielt, die sich in den 80er Jahren mit dem aufkommenden Patriotismus der Schotten neuformierte und sich zum Ziel setzte, den ihrer Meinung nach rechtmäßigem König – einen Stuart-Nachfolger und derzeitigen Herzog von Bayern – wieder auf den englischen Thron zu setzen. Deswegen haben sie in den 90er versucht den Franzl in Ungarn zu entführen und vor 10 Jahren einen Komplott gegen die Windsor geschmiedet. Ist das richtig bis jetzt?«

Die zwei Beamte des MI5 – man wollte es nicht glauben, ich saß mit Möchtegern-James-Bonds in einem Grand Hotel und sprach über Verschwörungen gegen die britische Krone – nickten.

»Und ihr glaubt«, fuhr ich fort, »dass Malcolm sich an mich und Leni heranmachte, um in erster Linie an unser Geld zu kommen, um auf diese Weise eine terroristische Organisation zu finanzieren – etwas, was er bereits bei vielen anderen meist amerikanischen und deutschen Touristinnen gemacht und geschafft hat.«

Wieder ein Nicken. Meine Kopfschmerzen nahmen zu.

»Doch jetzt, da Malcolm womöglich dahintergekommen ist, dass Leni aus München stammt und Kontakte zu einem Stuart haben könnte, vermutet ihr, dass es nicht nur beim Ausnehmen bleibt, sondern, dass man sie benutzen möchte, um an den Franzl zu kommen, der auf sein Erbrecht, d. h. die britische und schottische Krone, bis jetzt verzichtete.«

Sie nickten synchron.

»Das ist mit Abstand das Lächerlichste, was ich in meinem Leben gehört habe!« Ich konnte nicht glauben, dass diese Beamten den Unsinn, den sie Mom, Alex und mir auftischten, selbst glauben wollten.

»Zugegeben«, lenkte der gesprächigere Agent ein. »Hört es sich, wenn man sich mit englisch-schottischer Geschichte nicht auskennt, möglicherweise etwas —«

»Ich kenne mich mit englisch-schottischer Geschichte aus. Ich war jahrelang in einem "Outlander-Fanclub"«, gab ich trotzig zurück.

Die Männer sahen sich an und kommentierten das nicht weiter. War auch besser so.

»Leni hat sich auf gar keinen Fall einer terroristischen Vereinigung angeschlossen. Sie würde auch nicht den alten Franzl entführen wollen. Das ist doch blanker Unsinn! Sie hat sich in einen schleimigen Schotten verliebt und hurt mit ihm in irgendeinem Cottage hemmungslos herum, bis ihr das Geld ausgeht und er sich eine andere Dumme sucht. Das ist nämlich in Wahrheit passiert. Und nichts weiter. Dafür braucht man doch keinen Geheimdienst. Habt ihr nichts Besseres zu tun? Vielleicht der IRA hinterher spionieren? Soweit ich weiß, will Nordirland noch immer nichts von euch Engländern wissen.«

Ich verschränkte trotzig die Arme und funkelte die zwei böse an. Mir wurscht, ob sie vom MI5 waren und eine Lizenz zum Töten besaßen. Auf keinen Fall ließ ich zu, dass die meine Schwester in ihre hanebüchenen Theorien hineinzogen. Die hatten sie doch nicht alle. Wenn das stimmte, was sie sagten, dann machte sich Lena auf mehrfacherweise straffällig:

- Finanzierung einer inländischen Terrorgruppe
- Verschwörung gegen die britische Krone und damit Staatsverrat (ging das überhaupt als Ausländer?)
- Planung einer Entführung
- Besondere, grenzdebile Dummheit, hervorgerufen durch einen schottischen Pimmel

Ich sah Mom an, die ebenfalls aus ihrer Schockstarre zu erwachen schien. Auch ihr dämmerte es, was die Vögel unserer Leni unterstellten. Mit einem Ruck erhob sie sich und sah auf die Uhr.

»Du meine Güte, das ist aber schon spät«, sagte sie und ging zur Tür. »Ich schlage vor, meine Herren, wir setzen unser Gespräch morgen fort, bis dahin werden auch die Anwälte meines Mannes eingetroffen sein und können uns dabei helfen, die Situation besser zu verstehen.«

Widerwillig standen die Agenten auf. Man sah ihnen an, dass sie noch nicht alles, weswegen sie hier waren, in Erfahrung gebracht hatten. Sie reichten Mom ihre Karten, ließen ein letztes Mal ihren Blick durch unser Zimmer wandern – sehr auffällig – und verschwanden. Wir lauschten gebannt, wie ihre Schritte den langen Flur entlang verklangen. Erst, nachdem ich die Tür aufgemacht und nach links und rechts blickte, erlaubte ich es mir, auszuatmen.

»Lena ist in einer Liebesfalle getreten. Mehr nicht«, flüsterte ich Mom und Alex zu und suchte meine Jacke.

»Wir müssen sie vor dem MI5 finden. Die zwei sehen mir zu karrieregeil aus. Am Ende würden sie ihr noch den Anschlag des 5. Novembers in die Schuhe schieben, um die Leiter hochzuklettern.«

Mom nickte.

»Ich hätte sie spätestens, nachdem sie nach dem Franzl gefragt haben, rausschmeißen sollen.«

Ich zog mir meine Jacke über, tastete sie nach Handy, Portemonnaie und Papiere ab, und schlich mich zur Tür.

»Wo willst du hin?«, fragte Alex, der bis jetzt still und untätig geblieben war.

»Ich hole das Auto, und dann fahren wir in den Norden. Ich ahne schon, wohin Malcolm mit ihr verschwunden ist.«

»Wohin?« Alex fing ebenfalls an, seine Jacke zu suchen.

»*Culloden*«, antwortete ich.

»Wohin?«

Genervt rollte ich mit den Augen. Kannte sich niemand mit schottischer Geschichte aus?

»Erkläre ich euch, sobald wir losgefahren sind. Bleibt bis dahin hier. Wenn wir zu dritt rausgehen, wirkt das auffällig. Ich klingle an, sobald ich das Auto habe. Wird etwas dauern, ich habe ein paar Straßen weitergeparkt.«

Bevor sie Einwand erheben konnten, schlüpfte ich durch die Tür und hüpfte von einer Ecke des Hotels zur nächsten, stets mit dem Gefühl im Nacken, beobachtet zu werden.

ZUR SPÄTER STUNDE

Nie auf den Sieger setzen

Ich fand das Auto nicht.

Verdammte Scheiße.

Ich lief die Industriestraße zum hundertsten Mal hoch und runter und fand das Auto nicht. Hatte ich doch woanders geparkt?

Nein.

Wütend blieb ich zwischen zwei LKWs stehen und fasste mich mit beiden Händen an den Kopf. Ich hatte den Wagen genau hier abgestellt. Das weiß ich noch. Dimi ging mit mir diese Straße lang …

Dimi!

Der elende Hund!

Ganz sicher hatte er das Auto geklaut. Ich erinnerte mich an seine Anspielungen. Oh, wenn ich den Kerl in die Finger bekam, ich würde seine Eier quetschen, bis er in Ohnmacht fiel.

Wütend drehte ich mich um und lief den Weg entlang, den ich zuvor mit ihm genommen hatte. Dieser Mistkerl. Man durfte ihm keinen Millimeter über den Weg trauen.

Ich brauchte nicht lange, um das weiße Haus zu finden, in das er mich hatte locken wollen. Die Gegend empfand ich nicht als vertrauenswürdig und irgendwie fürchtete ich mich vor dem Haus, dabei war es klein und unscheinbar. Wollte ich da wirklich rein? Gänsehaut überzog meine Arme und ich schüttelte mich. Es war um Mitternacht und statistisch gesehen stiegen um die Zeit Gewaltverbrechen an. Ich könnte auch wieder gehen und Mom erzählen, dass das Auto gestohl –

Nein!

Das wollte ich nicht machen! Ich ließ mich nicht schon wieder von diesem Arschloch vorführen. Meine Wut war stärker als mein Überlebensinstinkt. Ich war so stinkig, ich wäre bereit in einem Bikini in das Versteck der Taliban zu marschieren und dort einen Scheißhaufen zu hinterlassen.

Ich klopfte an die Tür, wartete keine Reaktion ab, klopfte erneut und dann noch mal. Dimi befand sich da drin. Das wusste ich. Nichts würde mich davor abhalten, ihn sich mir zu schnappen.

Nichts, außer der riesige Gorilla, der aussah wie ein Sowjetboxer auf Steroide. Mit einem genervten Gesichtsausdruck öffnete er die Tür und blickte auf mich gelangweilt herunter.

»Что ты хочешь?«, fragte er mich.

Keine Ahnung, was das bedeutet. Warum sprach in Schottland niemand Englisch? Gälisch und Russisch hörte ich öfters als bodenständiges Oxford-Englisch.

»Ich will da rein«, antwortete ich trotzig und deutete mit dem Kopf hinter ihn auf den Rauch und Dampf. Jemand musste einen Strohballen Hanf angezündet haben, so sehr stank es danach. »Ich suche Dimi.«

Ohne seine Antwort abzuwarten, machte ich einen Schritt nach vorne und wollte an ihm vorbei. Er streckte eine Hand aus und schubste mich auf die Straße zurück. Ehe ich wütend schreien konnte, dass er mich gefälligst nicht anfassen sollte, war die Tür zu und ich fand mich auf der Straße wieder, von dem Geruch nach Gras benebelt.

»Verflixte Scheiße!«, schimpfte ich. »Verflixte scheiß Scheiße.«

Wenn ich das Auto nicht fand, musste ich schon wieder zu Polizei und es als gestohlen melden. Die besaßen mittlerweile sicher ein eigenes Archiv, nur für mich, so oft tauchte ich da mal freiwillig mal unfreiwillig auf. Wütend über die Aussicht, kickte ich eine leere Plastikflasche von mir weg und fluchte.

»Stalkerin«, hörte ich Dimis fröhliche Stimme hinter mir rufen. »Du bist doch zurück. Hast es dir also anders überlegt, ha?«

Er steckte seinen Kopf durch die Tür und grinste mich unverschämt siegessicher an.

»Ich will mein Auto zurück, du verhinderter Pole!«, schrie ich wütend.

»Was ist mit deinem Auto?«

»Frag nicht so dumm, du weißt genau, was mit meinem Auto ist. Sorg dafür, dass es in 15 Minuten da steht, wo ich es geparkt habe, oder ich ruf die Bullen und mach sie auf euren kleinen Coffee-Shop aufmerksam. Soweit ich weiß, ist Gras in Schottland nicht legal.« Ich deutete auf das Haus und machte ein sehr ernstes Gesicht. Mir war nicht mehr nach Spaß zu Mute.

»Das wäre nicht fair. Ich habe es nicht.«

Ich lachte höhnisch.

»Fair? Was ist schon fair? Wo ist das Auto, Dimi? Wo ist es?«

Er schüttelte über mich den Kopf, stieß die Tür weiter auf und winkte mich hinein. Ich zögerte. Der Türsteher im Gang machte auf mich keinen vertrauenswürdigen Eindruck. Dimi winkte erneut und verschwand im Nebeldunst. Da mir absolut nicht nach Polizei war, folgte ich ihm, das Handy griffbereit, um jemanden damit zu bewerfen, oder nach Hilfe zu rufen.

Was auch immer ich mir vorgestellt hatte, um was es sich bei diesem Haus handelte – bis jetzt noch nichts –, es war nicht das, was man erwarten sollte.

Es gab lediglich ein großes Zimmer, deren Wände voll mit Flachbildschirmen behangen waren. Zu sehen bekam man alle möglichen Sportarten. Boxen, Dart, Billiard, Pferderennen, Fußball. Tabellen wurden eingeblendet. Eine Zahlenreihe nach der nächsten. Ich blieb stehen und wertete sie aus. Ich konnte nicht anders. Mein Gehirn war darauf trainiert Zahlen in eine Sinnordnung zu bringen.

Dimi blieb an einem Tisch grimmig dreinblickender Männer stehen, die aussahen, als wären sie von einem Baugerüst gefallen. Er deutete auf mich, dann auf sie, machte einen Witz, der natürlich – wie konnte es auch anders sein – auf meine Kosten ging. Sie diskutierten herum, einer von ihnen, der mir bekannt vorkam – das war Dimis Kumpel vom Hahnenkampf – rollte genervt mit den Augen, trank sein Bier aus und erhob sich.

Sichtlich unwillig ging er an mir vorbei auf den Ausgang zu.

Ich sah ihm misstrauisch hinterher.

»Waldi kümmert sich um dein Auto«, sagte Dimi und deutete mir, ihm zu einer Art improvisierten Bar zu folgen.

Hier passte nichts zusammen. Der ganze Raum schien mir, abgesehen von den vielen Bildschirmen, zusammengewürfelt zu sein.

»Warum kümmert sich Waldi um mein Auto? Hat er es etwa gestohlen?«

»Nein. Er kümmert sich nur.«

»Der Arsch hat mein Auto gestohlen. Ich fasse es nicht. Was ist mit euch Leuten bloß los?«

Dimi tat so, als wäre ich anstrengend – man musste sich das mal auf der Zunge zergehen lassen – und bestellte zwei Bier aus der Flasche bei einem weiteren Gorilla.

»Was ist das hier? Ein illegales Wettbüro?«, fragte ich ihn und nahm mein Bier zögerlich entgegen. Dimi zahlte, bevor er sich zu mir umdrehte und antwortete:

»Nein.«

»Was ist es dann?«

»Eine Bar.«

Ich gluckste in die Flasche, dachte darüber nach, dass ich noch fahren musste und trank trotzdem. Meine Nerven brauchten das. Seit ich in Schottland war, mutierte ich zum Alkoholiker. Das, was Bayern nicht aus mir machen konnte, vollbringt dieses Land mühelos.

»Hast du deine Schwester gefunden?«, fragte Dimi und lehnte sich lässig an die Bar. Er strahlte unverschämt viel Selbstbewusstsein und Souveränität aus, was mich ärgerte.

Wie konnte es sein, dass ein Kleinkrimineller, wie er einer war, sich dermaßen selbstsicher in der Welt bewegte?

»Nein. Es stellte sich heraus, dass sie sich einer Gruppe Terroristen anschloss, die einen alten Opi aus Bayern zum englischen König machen wollen. Die nennen sich Neo-Jakobiter.« Ich lachte, in Erwartung, dass Dimi es mir gleichtat oder wenigstens verwirrt aus der Wäsche guckte. Tat er nicht. Stattdessen kommentierte er gelangweilt:

»Ach die.«

Ich verschluckte mich an meinem Bier.

»Du … hust … kennst … hust … die?« Er klopfte mir schmerzhaft auf den Rücken, was mich dazu brachte, noch mehr zu husten.

»Kennen? Нет. Sind Konkurrenz. Machen krumme Geschäfte. Viel mit Schmuggel und Touristen. Für sinnloses Ziel. Wir Russen wollen die Romanovs auch nicht wiederhaben. Versteht keiner, warum sie einen König wollen.«

»Die gibt es wirklich?«, krächzte ich.

»Komische Leute. Wie Tschetschenen, nur komischer.«

Ich erzählte ihm das mit Leni, Malcolm und Franzl, in der Hoffnung, dass er wenigstens das als abwegig empfinden würde.

»Du siehst deine Schwester nicht wieder«, sagte er in derselben Tonlage, wie er auch über das Wetter sprechen würde. »Sie ist nicht die erste Verrückte, die bleibt und um die Steine tanzt.«

»Um die Steine tanzt? Was bedeutet das?«

»Komische Frauen aus Westeuropa und Amerika, die in Nachthemd um Steine tanzen. Mit Kerzen. Sie wollen zurück in die Vergangenheit. Sieht sehr dumm aus. Ich muss immer lachen, wenn ich das sehe.«

Das glaubte ich. Ich ahnte auch, auf was Dimi hinauswollte. Lenas wirre Worte, dass Malcolm aus der Vergangenheit sein sollte, kamen mir wieder in den Sinn. Er hatte sie mit *Outlander* herumbekommen und so für seine Umsturzpläne gewinnen können. Unglaublich, dass ausgerechnet sie darauf reingefallen war. Mich hatte sie deswegen früher kritisiert.

»Was für ein Scheiß«, schimpfte ich und knallte wütend mein Bier auf die Theke. »Das darf doch nicht wahr sein. Wie dumm ist Leni denn? Unfassbar.«

Dimi sagte dazu nichts, sondern starrte auf die Bildschirme und holte sein Handy heraus, um die fertigen Wetten mit Hilfe einer App zu vergleichen.

»Was mache ich jetzt?«, fragte ich laut. »Vielleicht haben die Deppen von MI5 recht, und Leni ist völlig durchgedreht und auf den Jakobiter-Zug aufgesprungen.«

»Frauen sind dumm. Die machen so etwas für Männer.«, sagte er abgelenkt, da er sich gleichzeitig über seine Ergebnisse ärgerte.

»Na danke, Sexismus ist in diesem Moment eine große Hilfe.«

»Das ist kein Sexismus, das ist Wahrheit. Wenn du deine Schwester wiederhaben willst, dann musst du sie entführen. Zurück kommt sie nicht.« Dimi schaltete frustriert sein Handy aus und ließ es zurück in seine Tasche gleiten. Genervt drehte er den Bildschirmen den Rücken zu.

»Entführen. Ja klar. Ich weiß nicht mal, wo sie ist. Zuerst dachte ich, der schleppt sie mit nach *Culloden* und jammert ihr das Ohr voll, wie viele Clanmänner 1746 von den Engländern niedergemetzelt wurden. So wie die Sache im Moment ausschaut, muss er das gar nicht mehr.

Leni glaubt ihm eh jeden Scheiß.« Nach einer langen Sekunde fügte ich hinzu: »Die hohle Nudel, die.«

»10 000 Pfund.«

»Was?« Ich sah Dimi verständnislos an.

»10 000 Pfund. Dafür würde ich es machen.«

»Was machen?«

»Lenitschka entführen. 10 000 Pfund.«

»Warum brauchst du dafür 10 000 Pfund? Du solltest es allein schon wegen meiner Kamera machen und wegen dem Geld, dass du aus Lenis Tasche gestohlen hast.«

»Verdienstausfall.«

Ich lachte.

»Verdienstausfall? Ja sicher, geht klar. Was machst du noch mal? Taschendiebstahl und Lagerleerräumung? Kommt da etwa so viel herum?«

Ich zeigte ihm einen Vogel.

Dimi sagte nichts, sondern zog lediglich beide Augenbrauen hoch.

Ich stutzte.

Er sah mir nicht nach jemanden aus, der an wenigen Tagen 10 000 Pfund verdienen würde. Steuerfrei auch noch. Würde er mir auf der Straße entgegenkommen, ich würde ihn auf der Stelle wieder vergessen. Vielleicht war das von ihm auch so gewollt. Nicht auffallen, in der Masse untergehen und sich auf diese Weise an ihr bereichern. So jemand wie er konnte es vielleicht besser mit irren Nostalgikern aufnehmen als die unfähige, schottische Polizei.

Das Problem war, dass ich ihm nicht traute. Höchstwahrscheinlich war sein Angebot auch nur eine Masche, um mich auszunehmen.

Mein Geld bekam er sicher nicht, allein aus Prinzip schon nicht. Dann lieber auf eigene Faust suchen gehen. Aber wo? Ich hatte geglaubt, dass Malcolm Lena nach *Culloden* schleppen würde. Mit etwas Glück – viel Glück – konnte ich recht haben. Mit noch mehr Pech würde ich meine, Moms und Alex Zeit verschwenden.

»Wo finde ich die Neo-Jakobiter?«

»Im Norden.«

»Wo genau?«

Dimi rieb den Daumen mit Zeige– und Mittelfinger aneinander und lächelte diebisch. Sollte wohl heißen, dass er ohne Moneten nicht mit der Sprache rausrücken würde. Ich stöhnte gequält. Sollte ich dieses Risiko eingehen und mich erneut von ihm übers Ohr hauen lassen?

Entscheidungen!

Wie ich sie hasste!

»Gib mir dein Handy«, sagte ich schließlich nach einer langen Bedenkpause.

»Wieso?«

»Ich besorge dir die 10 000 Pfund. Also her mit deinem Telefon.«

Er warf mir einen misstrauischen Blick zu, kramte es trotzdem heraus und entriegelte das Display. Ich nahm es entgegen und suchte die Wett-App, mit der er seine Einsätze tätigte. Die Bildschirme mit den Pferderennen befanden sich zu meiner Linken. Ich trank aus, bedeutete dem Barkeeper, mir eine weitere Flasche zu bringen und beobachtete die eingeblendeten Tabellen. Zum Glück fanden überall auf der Welt Pferderennen statt, sodass man zu jeder Tageszeit die Möglichkeit fand, sein Geld zum Fenster hinauszuwerfen.

»Was machst du da?«, fragte Dimi.

»Ich setze deine verbliebenen 584,76 Pfund gewinnbringend ein. Das mache ich. Und jetzt sei still, ich muss mich konzentrieren. Habe das seit der Uni nicht mehr gemacht.«

»Warum mit Pferdewetten? Warum setzt du nicht auf Boxen?«

Ich ging die Tabellen auf den Monitoren durch, versuchte mich wieder einzuarbeiten und schnappte mir den Kugelschreiber des Barkeepers. Hastig notierte ich mir die Namen der Pferde auf Servietten, eher ich antwortete:

»Man hat bei solchen Wetten höhere Quoten, außerdem kann man bei Pferdewetten auf die Verlierer setzen, was praktisch ist, da es stets mehr Verlierer als Sieger gibt. Die Wahrscheinlichkeiten sind da einfach höher und besser zu berechnen.«

»Du setzt auf Verlierer?«

»Verlierer bei Speedratings«, ergänzte ich. »Nicht auf irgendwelche Verlierer. Für diese Art von Wetten muss ich wissen, wie schnell das Pferd, das verlieren soll, in den letzten Rennen gelaufen ist. Dafür benötige ich Daten, und Speedratings liefern haufenweise Daten. Psst jetzt, ich rechne, dafür brauche ich Ruhe. Gib mir die Serviette da drüben.«

Ich hatte die erste Serviette vollgeschrieben und würde noch ein paar mehr gebrauchen. Für jedes Pferd wenigstens eine.

Dimi stellte sich so nah neben mich, dass ich sein Atem auf meiner Wange spüren konnte und das Bier roch. Komischerweise störte mich das nicht. Er strahlte so viel Ruhe und Ausgeglichenheit aus, dass mich seine Nähe entspannte. Neugierig betrachtete er die Zahlenreihen, die ich vom Bildschirm abschrieb und in Verhältnis zueinander setzte.

»*Golden Boy* gilt als Favorit.« Er nahm die erste vollgeschriebene Serviette in die Hand und versuchte daraus schlau zu werden. »Wie kannst du wetten, dass er verliert?«

»Richtig, *Golden Boy* gilt als Favorit, aber er hat zugleich die niedrigste Quote. Wenn wir auf seine Niederlage setzen, gewinnen wir wenig, verlieren aber auch wenig, falls wir uns irren. In dem Fall irren wir uns aber nicht. *Golden Boy* wird versagen.«

»Woher weißt du das?«

Dimi gab mir die Serviette wieder.

Ich hatte weder Zeit noch Lust, ihm das Prinzip von Pferdewetten zu erklären. Mom und Alex warteten auf mich. Da er zweifelnd auf sein Handy in meiner Hand schielte und mir nicht vertraute, stöhnte ich demonstrativ laut und deutete auf die Bildschirme vor uns, die in regelmäßigen Abständen die Werte der letzten Rennen und Pferde ausspuckten.

»Schau«, begann ich in oberlehrerhafter Manier, »es treten in diesem Rennen mindestens zehn weitere Pferde, die über das Jahr verteilt und im letzten Rennen schneller gelaufen sind als *Golden Boy,* an. Und nicht nur das…«

Ich wartete, bis die nächste Tabelle eingeblendet wurde.

»Abgesehen davon, dass sie schneller sind, laufen sie dazu noch in einer besseren Klasse. *Golden Boy* wurde Erster und Zweiter in Klasse 4 und Klasse 5. Die Pferde, gegen die er diesmal antritt, sind aus hören Klassen. Also 2 und 3. Er ist zwar ein Favorit in diesem Rennen, aber nur, weil er in niedrigen Klassen gut gelaufen ist, mehr nicht. Die Werte der anderen Pferde sind weitaus höher als die seinen. Und jetzt stör mich nicht weiter, ich muss aus deinen lächerlichen 500 Pfund in den nächsten Stunden 10 000 machen.«

»Also weil …«

»Pssst, Dimi, ich sagte pssst!«

¥

Ich setzte die Wetten für die ersten vier Rennen und dutzende Pferde, wimmelte meine Mutter und Alex ab, die mich in Minutentakt versuchten zu erreichen, und trank viel zu viel Bier für jemanden, der demnächst Auto fahren wollte.

Irgendwann sammelten sich die anwesenden Männer um mich herum wie Kranke um Jesus und schauten mir über die Schulter dabei zu, wie ich eine Serviette nach der nächsten vollschrieb.

Sobald ich sie nicht mehr brauchte und zur Seite legte, stritten sie sich um das Stück Papier, um ebenfalls ihre Wetten zu tätigen. Damit sie mich nicht weiter mit ihren Fragen nervten, umkringelte ich die ausgerechnete Wahrscheinlichkeit einer Niederlage und machte ein Sternchen dran, um zu signalisieren, dass ich auf dieses Pferd setzen wollte.

Sie taten es mir gleich. Es herrschte eine seltsame Ruhe und Disziplin, die ich in so einer Situation durchaus zu schätzen wusste. Immerhin nahmen die das ernst, was ich hier tat.

Nach drei langen Stunden, in denen sich mein Gehirn von dem vielen Rechnen und dem Geruch nach Gras, Bier und Männerschweiß in Brei verwandelt hatte und ich immer mehr nach Gefühl statt nach Mathematik ging, hatte ich endlich 10 566,76 Pfund zusammen.

»Hier, du gieriger Halunke, hier sind deine 10 000 Pfund. Jetzt bist du an der Reihe ein Wunder zu vollbringen. Entführe meine Schwester zurück.«

Dimi nahm mit großen Augen sein Handy entgegen, starrte auf die Summe und dann auf mich.

»Hallooo. Erde an Mond. Wollen wir los? Ich verbleibe keine Sekunde länger in diesem Dunst. Es ist ein Wunder, dass wir noch nicht erstickt sind.«

Ein magerer alter Kerl mit abgearbeiteten Händen und Falten, so tief wie die geschmolzenen Gletscher der Alpen, krallte sich die restlichen Servietten vom Tisch und sagte etwas zu Dimi, das ihm ein mühsames und widerwilliges Nicken abverlangte.

»Was hat er gesagt?«

Dimi steckte sein Handy ein und deutete in Richtung Tür.

»Was ist los, hat es dir die Sprache verschlagen?«

Ich ging voran und wich einen Mann aus, der mit seiner Hand ehrfürchtig über meinen Arm streifte. Warum guckten die alle so komisch?

»Er sagte«, Dimi räusperte sich, »er sagte, dass du das Dritte Auge hast, und ich soll dich heiraten. Mache ich das nicht, dann wäre ich dumm. Er müsste mich abknallen und dafür sorgen, dass du mich vergisst.«

Bei seinen Worten – sie klangen mir zu ernst, um sie für einen Scherz oder Kompliment zu halten – legte ich einen Zahn zu, beobachtete den Türsteher aus dem Augenwinkel, der mich anstarrte, als wäre ich ein goldenes Kalb und schnappte nach Dimis Hand.

Ein ungutes Gefühl beschlich mich.

»Ich heirate niemanden«, zischte ich ihm zu. »Lass dich trotzdem nicht abknallen. Jedenfalls so lange nicht, bis ich aus dieser Gegend wieder draußen bin. Ab dann ist es mir egal.«

Dimi erwiderte meinen Händedruck.

Wir stolperten aus dem Häuschen. Ich konnte die gierigen Augen der Männer auf meinem Nacken spüren und fühlte mich sehr unwohl dabei. Erleichtert pfiff ich aus, als ich den Mercedes vor der Tür parken sah. Waldi befand sich davor und schien beschäftigt zu sein.

»Warum fummelst du an den Kennzeichen herum?«, wollte ich von ihm wissen.

Wie das letzte Mal schon, ignorierte er mich und blickte zu Dimi hoch.

»*Чем вы так долго занимались?*«, fragte er ihn.

»*Сразу скажу. Запрыгивай*«, war Dimis kurzangebundene Antwort. Er öffnete die Beifahrertür und deutete Waldi, sich nach hinten zu setzen. Ohne ihn zu verstehen, wusste ich, dass Dimi von hier so schnell wie möglich weg wollte.

Ich auch.

Endlich mal eine Sache, bei der wir uns einig waren. Ich kramte den Schlüssel hervor, setzte mich auf die Fahrerseite und versuchte das Auto zu starten. Der Mercedes startete nicht.

»Was ist los mit dem Ding? Warum geht es nicht?« Panisch blickte ich zur Tür, aus der sich die Typen des Wettbüros drängten. Waldi beugte sich vor, nahm mir den Schlüssel ab, schüttelte ihn und gab ihn mir zurück.

»Als ob das helfen würde!«, rief ich.

»Versuch nochmal«, kommentierte Dimi und verriegelte seine Tür.

Ich tat es.

Der Wagen sprang an, ich drückte das Gaspedal durch und machte einen Hüpfer nach vorne, weil ich ihn abwürgte. Ich wiederholte meinen Versuch. Und endlich setzte sich der Mercedes in Bewegung. So schnell ich mich traute, raste ich die leere Straße herunter. Im Rückspiegel konnte ich sehen, wie sich die komplette Sportsbar auf der Straße versammelte und uns hinterherstarrte.

»Puh«, kommentierte ich erleichtert, »die haben uns angesehen wie Zombies, scharf auf Menschenhirn.«

Waldi fragte Dimi etwas auf Russisch, der ihm knapp antwortete und sich dabei fest in den Sitz krallte. Ich hatte vor lauter Schreck vergessen, dass Linksverkehr herrschte und wäre beinahe in einen Lastwagen gefahren. Der Fahrer hupte uns verärgert entgegen.

Ui, das war knapp gewesen.

»Sorry«, murmelte ich und versuchte den Wagen in den Griff zu bekommen, was mir mäßig gelang. Selbst parkende Autos stellten für mich ein unkalkulierbares Risiko dar.

»Stopp!«, schrie Dimi irgendwann, nachdem ich erneut auf die Gegenfahrbahn schlidderte. »Stopp!«

Ich hielt in zweiter Reihe und krallte mich in das Lenkrad. Autofahren setzte mich unter schlimmen Stress.

»Ich fahre.« Dimi stieg aus, umrundete das Auto und öffnete meine Tür. »Du fährst schlechter als meine Oma nach einer Flasche Wodka.«

»Ich fühle mich, als hätte ich eine Flasche Wodka getrunken«, erwiderte ich und kam aus dem Auto gestolpert. »Der Rauch hat mich high gemacht.«

Sobald wir die Plätze getauscht hatten und ich Dimi navigierte, fand ich die Zeit, mich im Auto umzusehen.

»Moment mal«, stellte ich fest und runzelte die Stirn. »Das ist nicht der gleiche Mercedes.«

Ich hatte die Armaturen, das Bord-System und das Leder in völlig anderer Erinnerung. Außerdem roch das Auto nach Zigaretten und altem Schweiß.

»Du redest Unsinn. Das ist dein Mercedes.«

»Nein, das ist er nicht. Ich habe ihn heute Nachmittag gemietet und er hat ganz anders ausgesehen. Und gerochen hat er auch anders. Habt ihr mir einen anderen Wagen angedreht?«

Ich blickte nach hinten zu Waldi, der sich gelangweilt in die Sitze wälzte und auf meinen Vorwurf nicht reagierte.

»*Это правильный автомобиль?*«, fragte Dimi.

»*Нет*«

»Es ist dein Auto«, stellte Dimi klar.

»Wie kann das sein? Waldi hat "Net" gesagt, das heißt doch "Nein" auf Russisch. Also, mein Mietwagen ist das sicher nicht. Wessen Auto ist das? Hat Waldi es gegen ein anderes ausgetauscht? Ist das ein Russenmafiading?«

»Nein. Das würde er nie machen.«

Ich blickte zu Waldi, der Aussah wie eine Figur aus einer Kinderpiratengeschichte. Ganz sicher würde der das machen. Ich traute ihm sogar mehr als das zu.

»Ich will das alte Auto wieder«, sagte ich zu ihm auf Englisch. »Ich weiß, du kannst mich verstehen. Ich will das alte Auto wieder.«

Und auf Deutsch fügte ich hinzu:

»Sonst laufe ich mit meinen verstärkten Wanderschuhen auf deinem Gesicht herum, du blöddreingrinsender Pavian.«

Waldi hob unbeeindruckt eine Augenbraue und sagte nichts.

AUF IN DEN NORDEN

Hilfe von Unten

Wir hielten vor dem Hotel und blieben sitzen. Ich schrieb Mom, dass wir unten auf sie warten würden und bekam erstmal keine Reaktion, auch wenn ich sehen konnte, dass sie die Nachricht gelesen haben musste. Sie war fraglos wütend, weil ich über fünf Stunden gebraucht hatte, um das Auto zu holen.

»Woher kannst du das?«, fragte Dimi und zeigte auf sein Handy. Er hatte die App offen und bewunderte seine grünen 10 500 Pfund auf dem Konto.

»Das ist mein Beruf. Ich habe es auf der Uni gelernt«, erwiderte ich und starrte auf die Tür, in der Hoffnung, meine Mutter kam bald. Mir juckte es in den Fingern, Leni endlich aus den Klauen eines terroristischen Liebesbetrügers zu befreien und dieses Land zu verlassen. Für mich war der schottische Traum ausgeträumt.

»Das lernt man auf der Universität?«

»Nicht ganz. Man lernt mit Daten umzugehen und sie auszuwerten. Und wenn man nicht besonders bescheuert ist und gut rechnen kann, dann studiert man Probabilistik dazu und verdient sich ein goldenes Näschen damit.«

»Probe … was?«

»Wahrscheinlichkeitsrechnung.«

»Aha. Und? Machst du das?«

»Was mache ich?« Die Tür ging auf und ich wollte schon aussteigen, wissend, dass meine Mutter darauf bestehen würde, vorne zu sitzen, doch sie war es nicht. Ein Page kam heraus und kramte nach seinen Zigaretten.

»Dir goldenes Näschen verdienen. Wettest du?«

»Nein, ich wette nicht. Muss ich auch nicht, wäre mir zu viel Stress.«

»Warum nicht? Bist du dumm? Du könntest reich sein.«

»Ich bin reich zu Welt gekommen. Außerdem mag ich es nicht, mich entscheiden zu müssen. So etwas liegt mir nicht.«

Dimi schüttelte den Kopf.

»Verstehe ich nicht. Könnte ich voraussagen, ich würde das jeden Tag machen. Jede Nacht auch.«

»Das hat nichts mit Voraussagen zu tun. Lass die Finger davon. Zu viele versuchen sich an solchen Taktiken und gehen daran zu Grunde. Abgesehen davon, dass Glückspiel unglücklich macht, würde man dich früher oder später eh sperren. Wie im Casino, da fliegt man raus, wenn man bei Black Jack die Karten zählt. Ah, da sind sie ja!«

Mom kam durch die Tür und sah aus, als hätte sie in eine saure Zitrone gebissen. Sie war eindeutig wütend.

»Erzähl meiner Mutter nichts von der Wette. Sie fühlt sich unwohl zwischen Nichtsnutzen, die ihre Zeit auf solch eine Weise verschwenden. Und behalte deine langen Finger bei dir.« Ich sah Dimi mahnend an und stieg aus, um mich zu Waldi auf den Hintersitz zu quetschen.

»Was hast du so lange gemacht?«, rief mir Mom über die Straße hinweg wütend zu.

»Einen Fahrer und Guide organisiert. Dimi weiß, wo die Neo-Jakobiter stecken.«

»Noch einen Guide?«, fragte Alex, der versuchte mit meiner Mutter Schritt zu halten. »Haben wir mittlerweile nicht genug von schottischen Guides?«

»Keine Sorge«, antwortete ich ihm auf Deutsch, »der ist Russe und hässlich. Ich lerne aus meinen Fehlern.«

¥

Mom und Dimi verstanden sich blendend.

Davon irritiert saß ich auf der Rückbank zwischen Alex und Waldi und hörte ihr und Dimi dabei zu, wie sie Anekdoten aus ihrer Kindheit austauschten. Beide kamen sie von einem großen Bauernhof, hatten einen Deutschen Schäferhund als Kind gehabt und mehr Geschwister, als es einem gut tun konnte, wenn es darum ging, am Abend satt zu werden.

Ich rollte mit den Augen, weil meine Mutter maßlos mit ihrer "armen" Kindheit in Niederbayern übertrieb, um mit Dimis Geschichten mitzuhalten. Nie und nimmer war sie jemals im Leben hungrig ins Bett gegangen.

»Und zurück willst du nicht?«, fragte sie ihn und verzog immer wieder den Mund, weil sie sich an den abgestandenen Rauch im Auto störte.

»*Hem*«, antwortete er und schüttelte entschieden den Kopf. »Kann ich nicht. Wurde verflucht. Wenn ich wiederkomme, wird das Unglück über mich hereinbrechen.«

Ich lachte.

Als Einzige.

Alex und Waldi schliefen und meine Mom nahm das, was Dimi sagte, ernst. Sie warf mir einen strengen Blick über die Schulter zu.

»Was ist passiert?«, hakte sie nach.

»Falsche Frau geheiratet«, antwortete er. »Mit 17 Jahren in ein hübsches Gesicht verliebt, Antrag gemacht und nach der Hochzeit neben einer Hexe aufgewacht. Ihre Großmutter ist auch eine Hexe. Ich hätte es wissen müssen.«

»Du bist verheiratet?«, fragte ich und beugte mich vor.

»Du nicht?«, kam es frech zurück. »Du bist über 30.«

»Und? Was soll das heißen? Nur weil ich über 30 bin, muss ich nicht verheiratet sein.«

»Da, wo ich herkomme, haben Frauen in deinem Alter schon vier Kinder und zwei Scheidungen.«

»Wundert mich nicht, wenn du alles bist, was man da abbekommt.«

»Antonia!«, mischte sich Mom ein. »Hör auf dich so zickig zu benehmen. In Russland heiratet man halt früher. War bei uns früher auch nicht anders.«

Ich fasste mich an den Kopf und überließ die zwei Seelenverwandten sich selbst. Dimi und meine Mom hatten sich so viel zu erzählen, sie wollten mit dem Quatschen gar nicht mehr aufhören.

Es stellte sich heraus, dass er seine Frau nach nur einer Woche verlassen hatte, weil sie sich als eine Art russische

Xanthippe entpuppte und ihm in den Wahnsinn trieb. Daraufhin verfluchte ihre Großmutter ihn, um dafür zu sorgen, dass er zurück ins Haus kehrte. Ihm sollte solange Unglück widerfahren, solange er dem Bett seiner Frau fernblieb. Dimi hatte keinen anderen Ausweg gesehen, als so weit wie möglich von der Hexe wegzukommen. Ihr Fluch wirkte nicht auf Distanz und Schottland befand sich auf der anderen Seite der Welt. In Edinburgh hatte er bemerkt, dass der Fluch nachließ und sein Glück wiederkehrte.

Ich schnaubte belustigt über seine Geschichte, ließ meinen Kopf nach hinten sinken und bedeckte meine Augen mit der Hand. Was für ein Schwachsinn. Hatten im Norden alle Kerle eine Schraube locker, oder besaß ich ein besonderes Händchen für fantasierende Idioten? Erst Malcolm mit seinem Vergangenheitsquatsch, jetzt Dimi mit seinen Hexenflüchen.

»Was? Was ist los?« Alex schreckte neben mir aus dem Schlaf auf, schmatzte und sah sich verwirrt um. »Sind wir schon da?«

»Nein, dauert noch«, antwortete ich ihm auf Deutsch und gähnte laut.

»Wohin fahren wir nochmal? Cullen?«

»*Culloden*. Wir müssen da doch nicht hin. Dimi meint, dass die Neo-Jakobiter sich in *Oban* aufhalten und Leni dort womöglich auch sein würde.«

»Woher weiß er das?«

»Keine Ahnung. Er scheint öfters etwas mit ihnen zu tun zu haben.«

»Hm«, machte Alex und schielte zu Waldi herüber, der wegen uns aufgewacht war und aus dem Fenster starrte. »Die Typen sehen mir sogar nicht vertrauenswürdig aus.

Würde mich nicht wundern, wenn die uns ausrauben, niederschlagen und in einem Graben liegen lassen.«

»Könnte passieren. Aber ich sehe keine andere Möglichkeit, als es darauf ankommen zu lassen. Die Polizei kannst du vergessen, die sind hier reinste Straßendeko. Und dem MI5 traue ich nicht über den Weg. Die Agenten haben mir eine viel zu lebhafte Fantasie. Das Einzige, was mir im Moment vernünftig erscheint – auch wenn das ein Widerspruch in sich selbst ist –, ist die Hoffnung, dass Dimi ausnahmsweise nicht lügt und uns helfen möchte.«

»Und wer ist nochmal Dimi?«

»Der Fahrer«, flüsterte ich ihm zu, damit Mom das nicht hörte. »Er ist ein kleiner Langfinger, der einen nach Strich und Faden hintergeht. Behalte deine Sachen gut im Blick. Handy, Brieftasche, Uhr.«

Dimi hatte seinen Namen gehört und drehte sich zu uns.

»Was ist?«, fragte er.

»Nichts. Schau lieber wieder nach vorne, sonst fährst du noch in den Graben.«

Waldi meldete sich neben mir müde zu Wort, gähnte und laberte Dimi auf Russisch voll. Der lachte, sah auf die Straße und suchte im Rückspiegel Alex's Blick.

»Keine Sorge«, sagte er zu ihm. »Dein altes Samsung und die Casio bringen mir kein Geld ein. Kannst ruhig weiterschlafen.«

Mir klappte die Kinnlade nach unten. Verstand er etwa Deutsch? Hatte er uns die ganze Zeit über belauscht?

»Waldemar ist Deutsch-Russe«, klärte Dimi mich auf und grinste breit, bevor er erneut sein fesselndes

Gespräch mit Mom aufnahm. Ich drehte mich zu Waldi um, der mich gelangweilt anblickte und nichts sagte.

»Petzte«, flüsterte ich ihm zu.

»Selber«, flüsterte er zurück, bevor er sich zum Fenster drehte, sein Kopf an die Scheibe lehnte und einschlief.

¥

Weiß der Himmel, warum es einen Haufen Monarchisten ausgerechnet nach *Oban* verschlug. Die Stadt war reizloser als eine Packung Schluppis bei Aldi für 3,99 €.

Müde stolperte ich aus dem Mercedes, rieb mir die Augen und sinnierte darüber, ob das wirklich eine gute Idee war, auf Dimi zu vertrauen. Die letzten dreißig Minuten war er mit uns planlos durch die Ausgeburt der Tristesse gefahren, parkte für fünf Minuten in dunklen Gassen, fuhr weiter, parkte wieder. Auf Nachfragen hatte er nicht reagiert.

»Was ist noch Mal unser Plan?«, wollte ich von ihm wissen. Dimi kramte in seiner Jeansjacke nach seinem Handy, tippte eine Nummer ein und ging ein paar Schritte zur Seite, um zu telefonieren. Ich sah ihm nach, schüttelte den Kopf und knöpfte mir Waldi vor.

»Was machen wir hier? Ist Leni in der Nähe?«

Waldi zuckte mit den Schultern, stellte sich an einen Baum und erleichterte sich. Ich gab den Mann auf. Soziale Skills waren eindeutig nicht seine Stärke.

Mom und Alex wurden nervös. Man konnte ihnen die Übernächtigung, den Stress der letzten Stunden, die Sorge um Leni und die Verwirrung über unsere Situation ansehen. Ich wünschte, ich könnte eine flammende Rede halten und mit den Worten enden, dass alles gut werden würde, doch ich war zu müde und zu hungrig dafür.

Außerdem konnte ich nicht garantieren, dass alles gut werden würde. Dafür kannte ich die Parameter nicht. Ohne Zahlen keine Rechnung. Als ich mich auf Dimi eingelassen hatte, musste ich von dem Gras benebelt gewesen sein.

Wie hatte er mich davon überzeugen können, die Lösung für unsere Probleme zu haben? Vielleicht hatte er mir Drogen ins Bier gekippt? Das würde meine Kopfschmerzen erklären.

Die Sonne schien mir unerträglich aufdringlich ins Gesicht und ich kniff die Augen zusammen, um meine Umgebung besser begutachten zu können. Das Haus sah mir verdächtig nach einer verlassenen, alten Lagerhalle aus, die mir zu weit weg von der Zivilisation lag.

Dimi hörte mit dem Telefonat auf, ging zu der Tür der Halle, probierte, ob sie auf war – war sie nicht – holte etwas aus der Tasche heraus und hantierte damit am Schloss herum.

Nach wenigen Sekunden bekam er die Tür auf, schlüpfte hinein, machte das Licht an und betätigte einen Schalter, der die große Tür der Halle öffnete und nach oben schob.

»Darf er das oder bricht er gerade ein?«, fragte Alex und stellte sich neben mich.

»Wahrscheinlich nicht und wahrscheinlich ja«, antwortete ich und beobachtete, wie Dimi Waldi aus der Lagerhaustür den Schlüssel zuwarf, worauf dieser sich in den Mercedes setzte und das Auto in die Halle fuhr.

Warum auch immer.

AUF DIMI'S ART

Lenis Rettung

»Ich verstehe nicht, warum ich nicht mitkommen kann, und meine Mutter schon«, sagte ich zum wiederholten Male und ließ mich wütend auf einen abgerotzten Hocker fallen.

»Weil mich Malcolm nicht kennt, darum«, sagte Mom und war natürlich auf Dimis Seite, der nur sie mitkommen lassen wollte.

»Na und? Malcolm kennt Alex auch nicht. Warum muss er mit mir hierbleiben?«

»Eine gute Frage«, wandte Alex ein und stellte sich neben mich. »Ich will Leni ebenfalls retten.«

»Nein, schlechte Idee. Eine Mutter kann Schuldgefühle machen. Das ist viel besser als alter Freund, den sie nicht haben will.«

Alex schluckte.

Dimi besaß so viel Taktgefühl wie ein Traktor. Ich streichelte Alex zum Trost über den Arm und sah freundlich zu ihm hoch, während er mit den Tränen kämpfte.

»Sie wird dich sicher wieder wollen, sobald sie dich sieht«, flüsterte ich ihm zu.

»Dimitri hat schon recht, Antonia. Es ist besser, wenn ich die zwei begleite. Ich kann Leni ausmachen und ich kann ihr, wenn wir sie allein erwischen, viel besser ins Gewissen reden. Sie hört auf mich. Hat sie schon immer gemacht.«

»Ist das der Plan? Mit Leni reden?« Ich verschränkte belustigt die Arme. »Ich sag euch gleich, dass das nichts wird. Sie ist durch. Ihr solltet sie einsacken und außer Landes schaffen.«

»Das ist Plan B«, sagte Dimi und knackte das Schloss des alten Hondas, das in der Halle friedlich vor sich hinschlummert. »Einsteigen.«

»Warum nimmst du nicht den Mercedes? Warum musst du ausgerechnet schon wieder etwas klauen? Ist das bei dir krankhaft?«

»Mercedes fällt auf. Wenn ich damit herumstehe, mache ich Leute misstrauisch. Außerdem klaue ich nicht. Das Auto gehört einem Freund.«

»Und hast du diesen Freund nach seiner Erlaubnis gefragt?«

»Noch nicht.« Dimi zog die Fahrertür zu und fing an, den Honda kurzzuschließen.

»Dein Vater regelt das schon, wenn wir Ärger bekommen«, sagte Mom, ging auf den Beifahrersitz des Autos zu und zog aus ihrer Tasche Reinigungstücher, um die Sitze zu desinfizieren.

»Darum geht es nicht. Ich habe mittlerweile genug Ärger mit der schottischen Polizei. Ich will dieses Land auch mal wieder verlassen können.«

»Warum hast du Ärger mit der schottischen Polizei?« Mom sah zu mir hoch und runzelte die Stirn.

»Ich bin Dimi über den Weg gelaufen.«

Ich grinste freudlos in seine Richtung, doch er war zu sehr mit der Karre beschäftigt, um mir überhaupt zuzuhören. Das Auto sprang an, Waldi ging an mir vorbei und setzte sich auf die Rückbank.

»Er etwa auch? Na toll, und was machen Alex und ich in der Zeit?«

»Hier bleiben«, antwortete Dimi und fuhr rückwärts heraus.

¥

Mein Magen knurrte so laut, dass es mir selbst vor Alex peinlich war. Ich drehte mich auf dem Beifahrersitz laut um, in der Hoffnung, dass die dabei verursachten Geräusche die Rebellion meines Darmes übertönen konnten.

In der Halle gab es nichts zu essen – wir hatten bereits jede Ecke durchsucht. Auch um das Gebäude herum war tote Hose, sodass ich mich gezwungen sah, zu verhungern. Immerhin war ich müde genug, um hin und wieder einzunicken und mein Leid zu vergessen.

Alex lief derweil neben dem Mercedes nervös hin und her und führte Selbstgespräche.

»Wie konnte es nur dazu kommen?«, hörte ich ihn in meinem Dämmerzustand sagen. »Warum ausgerechnet Leni? Meine Leni? Du bist doch viel besser dazu geeignet auf solche Typen hereinzufallen. Leni ist viel zu vernünftig dafür.«

Wen meinte Alex mit "Du"? Meinte er mich damit?

»Hm?«, fragte ich und kämpfte mit meinen Augenliedern.

»Warum hatte er es ausgerechnet auf Leni abgesehen?«

»Keine Ahnung«, ich musste gähnen, »womöglich wegen ihres Geldes?«

»Du hast auch Geld.«

»Nicht so viel wie ihr beide.« Ich drehte mich auf dem Sitz um und schloss erneut die Augen. Es war besser den Hunger zu verschlafen, als ständig ans Essen denken zu müssen.

»Leni ist vernünftig. Das war sie schon immer.«

»Das sagtest du bereits.« Was wollte Alex mir mit der Aussage vermitteln? War ich etwa unvernünftig und deswegen ein besseres Liebesfallenopfer? Hätte ich es mehr verdient?

»Meinst du, es war der Sex?«

Bitte nicht. Alex, bitte nicht das Thema schon wieder. Vor zwei Jahren hatte er sich schon bei mir darüber ausgeheult, dass zwischen ihm und Leni im Bett eine Flaute herrschte. Dafür gab es doch Kumpels und Therapeuten. Warum musste er ausgerechnet mit mir darüber reden?

»Welcher Sex?« Oh Gott, warum fragte ich überhaupt nach? Die Antwort interessierte mich nicht.

»Du weißt schon … mit ihm … Leni und ich … also wir beide sind schon so lange zusammen, da ist es nicht mehr —«

Ich hielt mir die Ohren zu.

»Nicht schon wieder. Ich will das nicht wissen! Alex, ich will das nicht wissen.«

»Aber ICH muss es wissen!«, rief er verzweifelt und blieb vor der Beifahrertür stehen. »Ich kann nicht anders, als die ganze Zeit daran denken, dass sie und er … dass sie … dass sie —«

»Stopp!«

Ich richtete mich auf und fuhr mir frustriert mit beiden Händen über das Gesicht. Alex wollte mich nicht schlafen lassen.

»Ich an deiner Stelle würde mir über andere Dinge Gedanken machen. Wie die Sache mit dem Geld. Wie viel hat sie abheben können, bevor du die Bank dazu brachtest, das Konto zu sperren? 25 000?«

»34 000.«

»Wow. Das ist viel. Denk doch mal darüber nach. Oder über ihren Geisteszustand, weil sie glaubt, Malcolm ist aus der Vergangenheit. Vielleicht ist Leni gestört? Das würde mir mehr Sorgen machen als der Sex.«

»Leni ist nicht gestört.«

»Das sagst du. Ich finde ihr Verhalten ultra gestört. Erst geizt sie wegen der Reise rum, dann meckert sie über jede Kleinigkeit, dann tut sie auf einmal so, als wäre die Welt in Ordnung. Und dann … ja und dann … dann fängt sie hinter meinem Rücken etwas mit Malcolm an, dabei musste sie genau gewusst haben, dass ich mit ihm vorher schon etwas am Laufen hatte. Das war so offensichtlich —«

»Moment mal. Du hattest was mit diesem Schotten?«

Ich verstummte. Das war mir rausgerutscht. Eigentlich hatte ich mir geschworen, das niemanden zu erzählen. Ich schämte mich dafür, auf so einen Idioten hereingefallen zu sein.

»Neeeeiiiinnn.«

»Das darf doch nicht wahr sein! Warum?«

Ich öffnete den Mund, um zu gestehen, dass mich aus einem tiefenpsychologischen Grund große, starke Männer, die mit bloßen Händen im Fluss Fische fangen konnten, anturnten. Noch rechtzeitig erkannte ich, dass das eine Information war, die Alex in eine noch größere Sinneskrise stürzen konnte und hielt den Mund.

»Es war nur ein Flirt. Nichts weiter.«

»Hast du mit ihm geschlafen?«

»Das geht dich gar nichts an!« Ich drehte Alex den Rücken zu und schloss meine Augen.

Alex stöhnte.

Für ihn war das Gespräch noch nicht vorbei. Für mich schon. Sollte er glauben, was er wollte. Das Letzte, wonach mir der Sinn stand, war über Malcolm nachzudenken. Den hatte ich schon längst abgeschrieben.

Ein Auto fuhr langsam vor die Halle. Ich hörte, wie es zum Stehen kam, vernahm, wie eine Tür aufging und zufiel und dann stand Dimi plötzlich im Raum, eine herrlich riechende Tüte in der Hand.

»Hunger?«, fragte er und hielt sie hoch.

Ich stolperte aus dem Mercedes, riss ihm die Tüte aus der Hand und stopfte mir die Fish & Chips in den Mund. Mir egal, wie das für Umstehende aussah, ich konnte mit einem Loch im Magen nicht richtig funktionieren.

»Wir haben das nicht nur für dich gekauft, Antonia«, sagte Mom und trat mit Waldi im Schlepptau ein. »Gib Alex etwas ab.«

Widerwillig kam ich dem nach.

»Habt ihr Leni gefunden?«, fragte ich mit vollem Mund und riss Waldi die Cola Flasche aus der Hand, um nachzuspülen.

»Ja, das haben wir. Dank diesem gewieften jungen Mann hier! Dimitri, Sie würden einen hervorragenden Polizisten abgeben.« Mom klopfte ihm stolz auf die Schulter. Ich verschluckte mich an der Cola. Schaum kam mir aus der Nase heraus.

»Was ist mit dir?«, fragte sie. »Wenn man dich so anschaut, könnte man glauben, dein Vater und ich haben dich mit Wölfen aufgezogen.«

»Wo ist sie? Geht es ihr gut?«, mischte sich Alex ein. Ihn interessierten die Fish & Chips nicht. Ich schnappte mir die vor Fett triefende Tüte zurück.

»In einem nahegelegenen Bed & Breakfest neben deren Zentrale. Sie sah gut aus«, antwortete Dimi.

»Was soll das heißen, sie sah gut aus?«, fragte ich.

»Nichts soll das heißen. Sie sah gut aus. Hat gelacht und ihn viel geküsst. Der Schotte besorgt es ihr anscheinend ordentlich.«

¥

Drama, Drama.

Dimis taktloser Kommentar stürzte Alex doch noch in die erwartete Sinneskrise. Die daraufhin aufkommende Diskussion war dermaßen schrecklich, dass ich es vorzog, das Essen zu verspeisen, an der Cola zu nuckeln und nichts dazu zu sagen.

Nach einem langen und unproduktiven Hin und Her, beschloss Waldi, sich ins Auto zu legen und zu schlafen, was ich gern nachahmen würde, wäre da nicht Alex und

Dimi, die dazu übergingen, sich darum zu streiten, wer meine Schwester auf welche Weise retten sollte.

Natürlich wusste es der eine besser als der andere.

Alex Position war einfach:

Er wollte das Bed & Breakfast mit der Polizei zusammen stürmen, Malcolm verhaften und hinrichten lassen (falls das nach schottischen Recht möglich war) und Leni danach in Ruhe ins Gewissen reden.

Dimi kommentierte den Plan mit »Das ist dumm« und schlug vor, bis abends auszuharren, Leni zu beschatten, den richtigen Moment abzuwarten, in dem sie allein war, sie mit etwas zu betäuben – er wusste noch nicht was –, und herzubringen. Mit genug Zeit, konnte er uns auch ein Boot organisieren, mit dem wir an die niederländische Küste kommen würden.

Eine klassische Entführung gegen den Willen des Opfers, inklusive illegaler Grenzüberschreitung. Und das für lachhafte 10 000 Euro.

Ich hatte ein regelrechtes Schnäppchen gemacht.

Mom, die mittlerweile länger als 24 Stunden auf den Beinen sein musste, war müde und zwischen ihrer Loyalität zu Alex und ihrer offensichtlichen Sympathie für Dimi hin und her gerissen.

Ich wollte schlafen.

»Tony«, sprach mich Alex von der Seite an, »was sagst du? Immerhin kennst du diesen elenden Schuft besser als wir alle zusammen. Ist er gefährlich? Droht Leni Gefahr, wenn wir unangekündigt einfach mit der Polizei hineinspazieren und das Gespräch mit ihr suchen?«

Alex, Mom und Dimi sahen mich an.

»Ich will keine Entscheidung treffen müssen. Klärt Lenis Rettung unter euch und sagt mir einfach, was ich tun soll.«

»Entführung. Schnell, ohne Drama«, sagte Dimi bestimmt.

»Nein. Nein, auf gar keinen Fall. Was, wenn Leni dabei etwas passiert? Was, wenn dieser Malcolm sie festhält und auch noch eine Waffe hat? Ich sage, wir holen uns Unterstützung. Tony, ist der Typ gefährlich?«

»Ja, keine Ahnung. Etwas vielleicht? Er hat einen Amerikaner wegen seines Namens angegriffen. Und einen Deutschen gewürgt, weil sein Urururururgroßvater ein britischer Offizier war« Ich zuckte mit den Schultern. »Vielleicht macht ihn das gefährlich, vielleicht auch nicht? Woher soll ich das wissen?«

»Du hast mit ihm geschlafen. Irgendwie wirst du ihn schon einschätzen können« Alex reagierte wütend, weil ich mich nicht auf seine Seite schlug. Dabei fand ich seinen Plan und den von Dimi gleich blöd.

»Du hast was?« Mom sah mich entgeistert an.

»Ich habe —«

»Ha! Ich wusste es«, kommentierte Dimi selbstzufrieden. »Vor acht Tagen.«

Ich warf ihm einen bösen Blick zu. Was ging ihn das an und warum musste er das auch noch bestätigen?

»Woher weiß —«, fragte Alex und sah von Dimi zu mir.

Mom sah mich fassungslos an.

»Verstehe ich das richtig, du und Lena haben etwas mit einem verlausten, gewalttätigen Terroristen angefangen? Beide! Gleichzeitig?«

»So würde ich das nicht ausdrücken. Das ist komplizierter, als es einem vielleicht auf den ersten Blick —«

»Wir machen es auf Dimitris Art«, entschied meine Mutter und bekam wieder diesen trotzigen Zug um den Mund. Sobald wir wieder zu Hause waren, würde mir und Leni eine lange Standpauke drohen.

Inklusive Enterbung.

¥

"Dimitris Art" hatte zu Folge, dass wir bis zur Abenddämmerung warteten, während Waldi das Bed & Breakfast im Auge behielt und Dimi die ganze Zeit am Telefon irgendwelche krummen Geschäfte regelte. Ab und zu versuchte er mich dazu zu überreden, Wetten für ihn abzuschließen, doch mir war nicht danach, ihn noch reicher zu machen.

Der Kerl ging mir auf den Sack.

Alex sprach aus Kränkung nicht mehr viel und Mom schrieb Dad lange Nachrichten. Wahrscheinlich erzählte sie ihm das von Malcom und mir.

Irgendwann musste ich dringend groß und da es weit und breit kein Klo gab, sah ich mich gezwungen, ein Häufchen hinter der Halle zu machen. In dem Moment kam Dimi, der etwas Ähnliches in den Büschen fabriziert haben musste, heraus und erwischte mich dabei

Ich schrie erschrocken auf, er schrie ebenfalls, dann lachte er wie blöd und verschwand in dem Busch, aus dem er gekrochen gekommen war.

Sinnbildlich der beschissenste Tiefpunkt meiner Schottlandreise. Weil ich mich dafür schämte beim

Kacken beobachtet worden zu sein, druckste ich mich eine Weile draußen herum, bis ich hörte, wie der Honda erneut kurzgeschlossen wurde und aus der Halle fuhr. Waldi musste Leni in einem unbewachten Moment erwischt haben.

Ich lief hinein und fragte:

»Geht es los?«

Mom nickte und schrieb weiter ihre langen Nachrichten. Nervös sah ich zu Alex, der sich an den Mercedes lehnte und sich über das Gesicht fuhr. Wenn alles nach Plan ging, würde er Leni gleich wiedersehen. Man konnte schwer leugnen, dass sie ihm etwas bedeutete. Jeder andere hätte schon längst aus Stolz das Handtuch geschmissen. Nur Alex nicht. Für ihn war Leni ab Tag eins "Die Eine". Daraus hatte er nie ein Geheimnis gemacht.

Ich hoffte inbrünstig, dass Leni sich dessen gewahr wurde und einsichtig zeigte. So einen treuen Kerl wie Alex gab es wahrscheinlich kein zweites Mal auf der Welt.

WHAT IS LOVE?

Baby, don't hurt me

Ich schreckte von dem Beifahrersitz hoch, als ich das Zuschlagen einer Tür hörte, gefolgt von Scharren und gedämpften Schreien.

Gespannt sprang ich aus dem Auto. Mein Herz klopfte und ich wurde nervös. Hatte es funktioniert? Hatten Dimi und Waldi Leni gefunden und hergebracht? Das wäre phänomenal.

Mom öffnete die kleine Tür der Lagerhalle, trat nach draußen und schrie freudig auf.

Also ja!

Alex sah mich erleichtert an und wir fielen uns in die Arme. Am Ende konnte doch noch alles Gut werden.

Mom machte Platz, als Dimi und Waldi eine sichtlich unwillige, geknebelte und gefesselte Leni in die Halle schleppten. Sie wehrte sich, so gut es in ihrer Position ging. Als sie Mom erblickte, weiteten sich ihre Augen und sie wurde wütend. Unter ihren Knebel, der mir verdächtig nach einer gebrauchten Socke aussah, konnte ich unterdrückte Flüche hören.

Viele Flüche.

»Leni-Bärchen!«, rief Mom und eilte Dimi und Waldi hinterher, die sich abmühten, Lena auf eine umgeworfene Kiste abzusetzen. »Wir sind hier, um dich zu retten.«

Ich musste lachen, weil die Situation etwas völlig anderes suggerierte und Leni das wahrscheinlich auch anders sah. Mom entfernte den Knebel und wich zurück, als Lena sie von unten anschrie.

»Seid ihr alle verrückt geworden? Was soll denn das? Was sind das für Typen? Und was macht ihr überhaupt hier?«

»Wir helfen dir!«, antwortete Alex, über ihre Reaktion irritiert.

»Mir helfen? MIR HELFEN? Bei was denn bitte sehr?«

»Wir befreien dich aus einer sehr unglücklichen Lage. Ich verstehe nicht, warum du so undankbar reagierst. Wegen dir musste ich unzählige Termine verschieben, was dazu führen wird, dass, sobald ich wieder da bin, alles in der Firma in Chaos versinkt. Du könntest ruhig etwas —«

»Habe ich dich gebeten, herzukommen, Mom? Nein! Ich sagte doch, es ist alles in Ordnung. Macht mich los. Das ist doch lächerlich!« Leni kämpfte mit ihren Fesseln und sah frustriert zu mir hoch. »Tony! Was hast du denen erzählt, um Gottes Willen!«

»Was denkst du denn, was ich ihnen erzählt habe? Die Wahrheit natürlich.«

Leni sah mich böse an.

»Warum sind sie dann hier?«

»Grummelbärchen –«, fing Alex an.

»Nenn mich nicht so!«

»Grummelbärchen!«, wiederholte er mit Nachdruck. »Du kannst nicht einfach von einem Tag auf den nächsten verschwinden, viel Geld abheben und uns ohne Erklärung zurücklassen. Was dachtest du denn, was passieren wird? Natürlich eilen wir her und versuchen zu verstehen, was dir zugestoßen ist.«

»Nichts ist mir zugestoßen. Ich habe mich verliebt. Das ist alles.«

»In wen? Weißt du eigentlich, wer der Typ ist, für den du dich zum Affen machst?«, fragte ich.

»In Schottland. Ich habe mich in Schottland verliebt«, erwiderte Leni trotzig.

Ich lachte.

»Ja genau, geht klar. Nur damit du es weißt, Malcolms richtiger Name lautet Ian, er ist 23 Jahre alt und wohnt noch bei seiner Mutter«, klärte ich sie auf.

»Das ist nicht wahr.«

»Doch, das ist wahr. Wir haben es durch das MI5 erfahren, stell dir das mal vor«, kam mir Alex zur Hilfe, der nur zu gern Malcolm in den Dreck ziehen wollte. »Der Mann hatte noch nie in seinem Leben einen richtigen Job. Er hangelt sich von einer Frau zur nächsten.«

»DAS IST NICHT WAHR! Ich habe sein Bild in einem alten Kunstkaffee gesehen. Es stammte aus dem 18. Jahrhundert. Malcolm ist nicht aus unserer Zeit.«

»Das bedeutet nichts«, antwortete ich. »Das hat er sicher anfertigen lassen und aufgehängt.«

»Nein. Es ist ein altes Bild. In Öl gemalt.«

»Und du bist Kunstexpertin, oder was? Woher willst du wissen, wie alt das Bild ist? Warum diskutiere ich überhaupt mit dir darüber? Lass den Vergangenheitsscheiß. Malcolm ist sicher nicht aus dem 18. Jahrhundert. Ich habe gestern ebenfalls ein Bild von ihm gesehen, da war er jünger und auf der Polizeiwache. Ein *Mugshot*. Sehr modern.«

»Du bist nur eifersüchtig, weil er mich lieber als dich wollte!«, erwiderte Leni und zog weiter an ihren Fesseln. »Er liebt mich. Das hat er immer schon, sogar, als ich noch nicht auf der Welt war und…«

Ich drehte mich genervt um und marschierte aus der Halle. Mir wurde das zu dumm. Nach Jahren Outlandersucht, kannte ich die Story um James und Claire auswendig und wusste alles über ihre große Liebe, die sogar die Jahrhunderte überwinden konnte. Das, was Malcolm ihr da aufgetischt hatte, war nichts weiter als eine billige Eins zu Eins Kopie, um sein dämliches Verhalten zu rechtfertigen.

Ein Plagiat.

Natürlich mit dem Unterschied, dass nicht sie, Lena, in die Vergangenheit reist (was auch nicht möglich ist, ich hatte es bereits mit einem improvisierten Steinkreis in unserem Garten ausprobiert), sondern, dass Malcolm dafür für sie in die Zukunft muss. Darüber handeln die meisten Fanfiction von *Outlander*. Eine Variation davon spuckte im Internet von mir herum. Sie trug den Titel "Jamies Reise" und sie war mir peinlich. Insbesondere wegen der vielen unnötigen Sexszenen. Mehr Sex als Szenen. Im Grunde hatte ich nichts anderes als einen Porno auf Basis der "Outlander-Reihe" fabriziert.

Mom und Leni schrien sich an. Ich glaubte sogar, Alex frustriert Aufschreien zu hören. Er musste sehr wütend sein. Normalerweise fuhr er nicht aus seiner Haut.

Ich ging noch ein paar Schritte weiter von der Halle weg. Sollten sie es doch untereinander klären. Ich hatte bereits geahnt, dass ein Gespräch Leni nicht von ihrem Schotten abbringen würde. Befanden sich Frauen erstmal in ihrem Schottenwahn, gab es kein Halten mehr.

Ich starrte in die Nacht hinaus, ignorierte die undefinierbaren Geräusche meiner Umgebung und bemitleidete mich selbst. Diese Reise verlief so gar nicht, wie ich sie mir vorgestellt hatte. So gar nicht gar nicht. Lena hatte sie mir ruiniert. Hätte ich geahnt, dass sie dem nächstbesten Idioten in den Arm laufen würde, der ihr schöne Augen macht, ich hätte sie nicht mitgenommen.

Es ärgerte mich, dass ich in den letzten 24 Stunden nicht einmal Zeit gefunden hatte, wenigstens ein Foto auf Instagram zu posten. Wahrscheinlich hatten sich 30% meiner neuen Follower bereits verabschiedet und mir verblieb nur noch der blöde Michel, wegen dem ich das Theater überhaupt veranstaltete.

Mein Gott, ich war so dumm gewesen.

Warum hatte es mich interessiert, was Michel von mir dachte? War doch völlig egal, wenn er glaubte, ohne mich besser dran zu sein. Das stimmte womöglich auch.

Er war offensichtlich ohne mich besser dran.

All der Stress mit Leni, nur um einen blöden bayerischen Dorfassi davon zu überzeugen, dass er nicht als Gewinner aus unserer Beziehung herauskam?! Wäre ich doch bloß Zuhause geblieben.

»Tony, du bist so bescheuert«, murmelte ich in die Dunkelheit und erschrak, als plötzlich Waldi und Dimi neben mir auftauchten.

Sie diskutierten auf Russisch und wirkten dabei genervt. In der Halle nahm derweil die Lautstärke zu und ich konnte Lena kreischen hören, weil sie das, was Mom ihr antwortete, nicht hören wollte.

Waldi und Dimi verstummten und drehten sich in die Richtung der Stimmen. Sie hörten sich das eine Weile lang an, Waldi seufzte geschlagen, ging zum Honda und setzte sich rein.

»Wo will er hin?«, flüsterte ich Dimi zu.

»Deine Schwester ist verrückt. Er holt Hilfe.«

»Hilfe? Hilfe welcher Art? Wenn ihr einen Psychiater meint, dann spart euch die Mühe. Dr. Bremer meinte, Leni sei normal, auch wenn sie manchmal ihre Stimmungen hat.«

Dimi sagte nichts. Er blieb einfach neben mir stehen und starrte den sternenbehangenen Himmel hoch. Peinlich berührt lauschten wir dem Geschrei. Alex hatte sich meiner Mom und Leni angeschlossen und kreischte rum. Man konnte keinen Satz verstehen, weil niemand den anderen ausreden ließ.

¥

»Ich komme nicht mit euch mit!«, sagte Leni müde und ließ ihren Kopf gegen einen Pfosten fallen. Ihre Stimme war von dem vielen Schreien heißer. Vor dreißig Minuten hatte Mom sie losgemacht, weil sie es nicht ertragen konnte, ihre süße Leni gefesselt zusehen, worauf hin ebendiese süße Leni einen Fluchtversuch unternommen

267

hatte und Dimi, der sich ihr in den Weg stellte, mit der Kiste attackierte. Es ging nicht gut aus. Mittlerweile saß er noch weiter weg von uns und versorgte seine aufgeplatzte Lippe.

Deswegen war Leni an einen Pfosten gebunden und noch weniger umgänglich als davor.

»Ich werde dir keine andere Wahl lassen«, erwiderte meine Mutter und fügte noch hinzu: »Papa weiß ebenfalls über alles Bescheid und wird spätestens morgen früh in Edinburgh ankommen.«

»Er wird es verstehen.«

Lena klang sich dessen nicht so sicher. Es war eine Sache mit Mom zu streiten, es war jedoch eine völlig andere Geschichte, es mit Dad machen zu müssen. Ich würde an ihrer Stelle schon mal Argumente dafür suchen, warum sie es für eine gute Idee hält, sich von einem zeitreisenden Terroristen ausnehmen zu lassen. Für Dad brauchte man einen philosophischen Abschluss. Am besten einen Doktor oder aufwärts.

»Was ist mit uns?«, fragte Alex zum wiederholten Male. »Ist dir das mit uns egal?«

»Alex, ich liebe dich«, sagte Leni müde und blickte ihn beschwörend an. »Und ich werde dich immer lieben, aber das mit Malcolm ist Schicksal. Verstehst du das denn nicht?«

»Nein! Ich verstehe das nicht. Du kennst den Mann erst seit zwei Wochen. Wie kannst du glauben, dass das echt ist, was du fühlst? Wir waren 10 Jahre glücklich miteinander. 10 großartige Jahre. Man gibt das doch nicht auf für … für … für Sex!«

Leni sagte nichts. Sie kämpfte mit den Tränen, weil sie ehrlich bedauerte, was sie Alex antat.

»Es tut mir leid, doch ich kann nicht mehr zu meinem alten Leben zurück.«

Alex fing wieder an zu weinen, woraufhin sie ebenfalls weinte und Mom stöhnte, weil sie seit Stunden Kopfschmerzen plagten. Ich blickte rüber zu Dimi, der seine dicke Lippe mit einem Taschentuch bedeckte und ein Gesicht machte wie eine saure Gurke.

Irgendwie schämte ich mich wegen meiner Familie vor ihm, dabei war er ein Ganove ohne Moral und Grenzen und stammt von einem Bauernhof ab, auf dem es kein Klo gegeben hatte, sodass seine ganze Familie hatte aufs Feld kacken müssen.

Es gab keinen Grund mich zu schämen. Nicht vor ihm. Vor allem nicht vor ihm.

Zum hundertsten Mal hörte man ein Auto vor die Halle fahren. Neugierig setzte ich mich auf und starrte auf die kleine Seitentür der Lagerhalle, sehr auf die "Hilfe" gespannt, die Waldi hatte organisieren wollen.

Waldi öffnete die Tür, kam mit einer alten Ledertasche in der Hand herein und hielt sie weiterhin offen, um jemand anderes eintreten zu lassen. Mom sah mich verwundert an. Ich zuckte mit der Schulter. Keine Ahnung, was das sollte.

Eine alte Frau, sie musste weit über 80 sein, kam langsam hereingekrochen. Mühsam machte sie einen Schritt nach den nächsten, sich auf einem Stock abstützend. Ihr Gesicht war so faltig, dass ich mit Mühe einzelne Komponenten wie Augen, Nase und Mund ausmachen konnte.

»Ist das die Hilfe?«, fragte ich Dimi.

Der nickte, packte das blutige Taschentuch weg und ging ehrfürchtig auf die Frau zu.

»Спасибо, что пришли, бабушка.« Er deutete auf Leni und die alte Frau wechselte in Zeitlupe die Richtung. Sie murmelte mit kratziger Stimme vor sich hin. So leise, dass ich es nicht verstand.

»Was für eine Hilfe soll das sein?«, fragte ich und sah der Frau dabei zu, wie sie beim Gehen die Zeit dehnte.

»Die beste Hilfe, wenn es um Verrückte und Flüche geht, die man bekommen kann«, antwortete er und nahm Waldi die Ledertasche ab, um sie der Alten hinterher zu tragen.

»Was wird das?« Lena beobachtete misstrauisch, wie die Alte ihr immer näherkam und rüttelte an ihren Armfesseln. »Was habt ihr vor? Ich will nicht, dass diese lebende Leiche zu mir kommt.«

»Es wirkt schon. Der Geist wird sauer«, bemerkte Dimi zufrieden und stellte die Tasche vor Lenas Füßen ab. Die versuchte sie von sich weg zu kicken, stand aber nicht im richtigen Winkel dafür.

»Welcher Geist?«, meine Mom stellte sich neben uns. »Was macht die Frau hier?«

»Sie ist eine Hexe. Ich habe sie geholt, damit sie den bösen Geist vertreibt, der Besitz von deiner Tochter genommen hat. Sie ist gut. Ich kenne sie. Sie kommt von meinem Nachbardorf. Als meine Tante unfruchtbar war, konnte sie ihr helfen. Sie ist nur ein Mal zu der Alten hin und nächste Woche war sie schon im dritten Monat schwanger.«

Mom nickte beeindruckt. Sie schien das zu überzeugen.

Ich dagegen runzelte die Stirn.

Mathematisch haute das nicht hin.

»Wie nochmal? Deine Tante ist zu der Frau da, und eine Woche danach war sie im dritten Monat?«

»Ja.«

»Das ergibt doch keinen Sinn.«

»Ich weiß. Deswegen ist es ja ein Wunder.«

Die Frau kam vor Lena, die sie ängstlich anstarrte, zum Stehen. Augenblicklich eilte Dimi zu ihr, um die Tasche zu öffnen. Gebückt, als wäre er ihm Kino und müsste sich zwischen den Sitzreihen durchkämpfen, lief er zurück und blickte gespannt auf die Alte.

Dimi bedeutete uns, still zu sein.

»Was genau wird denn jetzt passieren?«, flüsterte ich.

»Pssst. Nicht sprechen. *Госпожа Попов* braucht Ruhe.«

Frau Popo, oder wie sie hieß, benötigte höchstens einen Rollator und eventuell demnächst einen Sarg. Ich konnte mir beim besten Willen nicht vorstellen, wie sie sich am Leben erhielt.

Auf einmal ließ sie ihren Stock fallen.

Ich schrak auf, weil ich dachte, sie würde gleich vornüberfallen und eilte in ihre Richtung. Dimi hielt mich zurück und schüttelte den Kopf.

»Aber —«

»Pssst. Lass sie.«

Die Alte blieb aufrecht stehen und fing an mit dem Oberkörper hin und her zu pendeln. Dabei kamen aus ihrem Mund langgezogene Töne. Sie pendelte schneller und wurde lauter.

»Was macht sie da?«, fragte Lena panisch und versuchte sich hinter den Pfosten, an dem sie gefesselt war, zu verstecken.

Eine gute Frage. Ich hatte noch immer keine Ahnung.

Die Alte hörte mit dem Pendeln und Singen auf, bückte sich, als wäre ihr Rücken wie durch ein Wunder biegsam wie junge Weiden, zu ihrer Tasche und holte eine Dose heraus. Sie schraubte die Dose auf und verteilte mit einer weiten Geste weißes Pulver über Leni. Leni schrie auf, bekam von dem Zeug etwas in den Mund und spukte die Teile angewidert aus.

Ich war davon dermaßen überrascht, dass ich nichts machte und es geschehen ließ. Auch Mom sah perplex aus. Nur Alex wollte Leni zu Hilfe eilen. Waldi hielt ihn zurück.

Leni spuckte weiter. Sie bekam ihre Augen nicht auf, sie waren bedeckt von dem Pulver. Das galt auch für ihre Haare, Hals und Oberkörper.

Das schrille Singen fing wieder an. Diesmal lauter. Die Alte wippte in alle Richtungen, immer schneller, immer wilder, auch ihr Gesang nahm an Tempo zu.

Ich wunderte mich über das Pulver. Was konnte es sein? Mehl? Koks? Babypuder? Das alles war mir zu verrückt, ich wusste nicht, was ich denken oder machen soll. War das Pulver giftig? Sollte ich Leni helfen?

Der Gesang verstummte.

Zum zweiten Mal bückte sich die Alte über die Tasche und kramte eine 1,5l Plastikflasche hervor, die zur Hälfte mit einer durchsichtigen Flüssigkeit gefüllt war.

Ich hielt die Luft an.

Die Alte schraubte den Verschluss auf und führte die Flasche zum Mund.

Erleichtert atmete ich aus. Sie wollte nur trinken –

Ohne Vorwarnung spuckte sie den Inhalt ihres Mundes Leni ins Gesicht.

»Ihhhhh!«, schrie Leni auf. »Was ist das? Ist der Alkohol? Was soll der Scheiß? Warum macht ihr das mit mir? Seid ihr noch ganz dicht? Alex! Alex, hilf mir!«

Alex und Waldi fingen an, sich zu raufen.

Alex wollte helfen, Waldi wollte nicht, dass Alex half. Währenddessen wiederholte die Frau die Spuckerei, bis Leni gänzlich nass im Gesicht war. Das Pulver lief ihr in Bächen den Hals herunter.

Ich musste lachen.

Nicht, weil ich das lustig fand – okay, etwas lustig war das schon – sondern, weil es mir zu surreal vorkam. Ich konnte mich nicht des Eindrucks verwehren, in einem verrückten Traum gefangen zu sein.

Nachdem die Alte Leni mehrfach vollgespuckt hatte, schraubte sie die Flasche wieder zu, verstaute sie in der Tasche und holte ein Stück Ast heraus, hielt ihn hoch, kreischte laut auf und brach ihn dann vor Lenis Gesicht in zwei.

Ich lachte erneut.

Meine Schwester sah verdattert und ängstlich zu gleich auf die zwei Stöcke in den Händen der Alten. Sie sollte ihr Gesicht mal sehen. Leni sah urkomisch aus. Das Lachen brach aus mir heraus und wollte nicht aufhören. Selbst nachdem Dimi mir zu zischte, ich sollte Respekt zeigen, konnte ich nicht aufhören. Ich musste bei seinen Worten noch lauter lachen.

Die Alte ließ den zerbrochenen Zweig demonstrativ fallen, spuckte auf beide Teile und nickte zufrieden. Ohne auf mich, die wütende Leni und den erschöpften Alex zu achten, bückte sie sich nach ihrem Gehstock und drehte sich langsam um. Im gleichen zähen Tempo, wie sie zuvor zu Leni geschlichen war, lief sie zur Tür zurück. Keine Spur mehr von der jugendlichen Wendigkeit, die sie vor einer Minute noch ausgestrahlt hatte.

Sobald sie an mir vorbeikam, sah sie mich aus ihren wässrigen Augen an, blickte dann zu Dimi und winkte ihn näher zu sich heran. Ich versuchte mein Lachen unter Kontrolle zu bekommen, doch es wollte mir nicht gelingen.

Dimi bekam von ihr etwas ins Ohr geflüstert. Er nickte ernst, nahm ihre Hand und drückte einen Schmatzer drauf.

Als wäre sie der Papst!

Ich kippte beinahe um und bekam Seitenstechen, als ich das sah.

KONFUSSION

Im Kornfeld

Nachdem die alte Frau mit ihrem Exorzismus fertig war und von Waldi nach Hause kutschiert wurde, fing Lena an zu weinen und ließ sich endlich von Alex trösten, der für alles Verständnis zu haben schien. Sogar dafür, dass Lena nach so einer langen Beziehung ein Abenteuer gebraucht hatte. Immerhin, so sagte er, stand sie vor der ernsten Entscheidung sich mit ihm ein Haus zu kaufen, ihn zu ehelichen und einen teuren Grill zu adoptieren. Wäre er an ihrer Stelle, er hätte auch Muffensausen bekommen.

Lena weinte daraufhin noch mehr.

Es tat ihr am Ende alles schrecklich leid. Beim Geld abheben, waren ihr bereits die ersten Zweifel gekommen, sie hatte jedoch nicht darauf hören wollen, weil Malcolm so präsent war, und zwar in allem, was er tat. Sie konnte sich auch nicht erklären, was in sie gefahren sein musste. Sie fühlte sich verwirrt. Verwirrter als sonst.

Mit offenem Mund starrte ich Dimi an, als ich das hörte.

»Ist der Hokuspokus für den Sinneswandel zuständig?«, fragte ich ihn.

»Natürlich«, war seine kurzangebundene Antwort, bevor er aus der Halle ging und nicht mehr wiederkam.

Er kam nicht mehr wieder.

Tatsache.

Kein Waldi, kein Dimi. Die zwei blieben stundenlang verschwunden, bis wir keinen Bock mehr hatten, auf die zu warten, in den Mercedes stiegen und nach Edinburgh fuhren.

Was hätten wir sonst tun sollen? Seine Nummer hatte ich ja nicht.

Im Autor beteuerte Lena immer wieder, dass es ihr leidtat. Alex verzieh ihr, Mom verzieh ihr und da ich Autofahren musste und an schlimmen Stress dabei litt, verzieh ich ihr ebenfalls, auch wenn ich es nicht so meinte. Ihre verdiente Standpauke würde sie von mir in Deutschland kassieren. Das hatte Zeit. Ich musste erst dafür sorgen, dass wir alle heil nach Edinburgh kamen.

¥

Ich wurde von einem dezenten Klopfen geweckt. Jedenfalls glaubte ich das. Das Klopfen wiederholte sich.

Eindeutig ein Klopfen.

Benommen, noch immer von den letzten zwei Tagen völlig fertig und gerädert, quälte ich mich aus dem Hotelbett und öffnete die Tür. Ein Page stand davor, grinste breit und hielt mir eine kompakte schwarze Stofftasche hin.

»Was soll ich damit?«, fragte ich verärgert. Ich wollte schlafen. Ich musste schlafen. Schlafen war alles, wonach mir der Sinn stand.

»Wurde für Sie an der Rezeption abgegeben«, er hielt die Tasche noch höher. Der Kerl sah aus, als würde er nicht gehen, eher er mir das Ding angedreht hatte. Ich nahm es geschlagen entgegen, suchte mein Portemonnaie, um ihm Trinkgeld zu geben und knallte die Tür zu, bevor er die Gelegenheit hatte, sich für den Schein zu bedanken.

Müde setzte ich mich aufs Bett und öffnete einen der vielen Reißverschlüsse.

Es befand sich eine Kamera darin.

Eine Canon.

Ich blickte auf sie herunter und schüttelte den Kopf.

Dimi hatte mir eine Panasonic gestohlen.

Was sollte ich mit einer Canon? Wahrscheinlich gehörte sie einer anderen armen Sau, die sich in diesem Moment schrecklich über Dimi ärgerte. Ich packte das Ding genervt weg und legte mich wieder hin. Für Scherze war ich noch viel zu müde.

¥

Ich wartete auf Mom und Leni vor dem deutschen Konsulat. Meine Schwester, die mittlerweile gänzlich zur Einsicht und Reue gekommen war, benötigte einen neuen Pass, weil sich ihr alter noch im Rucksack befand, und der Rucksack wiederrum im Bed & Breakfast und damit in Malcolms Nähe.

Den sie nie wieder sehen wollte.

Unter keinen Umständen.

Wir durften seinen Namen auch nicht mehr in den Mund nehmen. Zum Glück hatten wir wegen des Diebstahls der Tasche vor zwei Wochen einen neuen Pass angefragt und konnten ihn problemlos abholen.

Na gut, so problemlos gestaltete es sich am Ende doch nicht. Das MI5 hatte sich mit der Deutschen Botschaft in Verbindung gesetzt und sie darüber informiert, dass Neo-Jakobiter möglicherweise erneut planten den Herzog von Bayern zu entführen.

Ganz unbegründet war der Verdacht – so stellte es sich heraus – nicht. Leni gestand uns, dass sie beinahe den alten Franzl angerufen hätte, weil Malcolm so begeistert von dem Mann war – immerhin trotzte der alte Franzl und sein Vater den Nationalsozialisten und wurde dafür in ein Lager gesperrt. Sie hatte Malcolm damit beeindrucken wollen, dass sie den alten Franzl kennt. Getraut hatte sie sich das aber am Ende doch nicht und nach drei Freizeichen wieder aufgelegt.

Ihr Glück.

Hätte sie es gemacht, sie wäre wahrscheinlich in nächster Zeit aus Schottland nicht herausgekommen.

»Die Wichser wollten über Lena an den Franzl heran«, sagte ich und schüttelte den Kopf. Eine Passantin lief an mir vorbei und sah mich verständnislos an. Ich lächelte und drehte mich in eine andere Richtung. Seit neusten führte ich Selbstgespräche. Dieser "Urlaub" oder wie man das, was ich erlebt hatte, beschreiben wollte, musste mich traumatisiert haben.

Ein weiterer Passant kam mir entgegen, etwas größer als ich, schlanke Figur. Der Gang lässig, die Hände in der Jeansjacke verborgen. Ich erstarrte, weil ich für einen

Augenblick glaubte, dass es sich um Dimi handelte. Doch das war er nicht.

Schade, ich hätte ihm gern gesagt, was für ein Idiot er war. Er hatte mir die falsche Kamera gestohlen und zurückgebracht. So ein Depp.

Es ärgerte mich, dass ich immer wieder nach ihm Ausschau hielt. Aus irgendeinem Grund ging ich ständig davon aus, ihm über den Weg laufen zu müssen. Immerhin war ich ihm so oft begegnet, dass es kein Zufall mehr sein konnte. Jedenfalls für Leute, die an Schicksal glaubten.

Was ich nicht tat.

Mom und Leni kamen endlich aus der Botschaft und lachten.

»Was hat das denn so lange gedauert?«, fragte ich.

»Ach«, sagte Mom, »der Botschafter stellte sich als ein alter Bekannter deines Vaters heraus. Der Gernot, mit dem war er zu Uni-Zeiten immer auf der Hüttel. Ein herzensguter Kerl. Hat uns gleich auf einen Kaffee eingeladen und versprochen, sich um den Nachrichtendienst zu kümmern. Und auch um deine kleinen Problemchen. Tony, diese depperten schottischen Polizisten haben eine Gefährderakte von dir angelegt. Das musst du dir mal auf der Zunge zergehen lassen. Angeblich hättest du einen Mann gestalkt. Mehrmals. Und an illegalen Wetten teilgenommen.«

Mom lachte und hackte sich bei Lena ein, die das nicht kommentierte, sondern Alex' Nummer wählte, um ihm alles haarklein zu erzählen.

»Ich sagte doch, die Bullen hier können nichts«, antwortete ich und tat so, als wäre das völlig an den Haaren herbeigezogen.

»Aber wirklich. Bin ich froh, wenn wir morgen wieder in Bayern sind. Da funktioniert alles noch, wie es soll.«

»Hmmm«, antwortete ich und sah mich ein letztes Mal um. Vielleicht lungerte Dimi doch noch irgendwo herum. Man wusste ja nie.

¥

5 Monate später

»Meine Haftpflichtversicherung kümmert sich um den Verlust. Zum Glück habe ich eine Diebstahlklausel«, sagte ich ins Telefon und füllte meine Gießkanne auf, um meine Palme zu gießen. »Erzähl mir lieber, wie es bei der Therapie lief.«

»Es lief super! Dr. Paskova ist das Beste, was mir und Alex hätte passieren können. Sie hat so viel Durchblick und weiß ganz genau, worin unsere Probleme liegen. Schon nach drei Sitzungen wurde unsere Beziehung auf einen völlig anderen Level gehoben.«

»Wow«, antwortete ich und begutachtete die gelben Palmenwedel. Es war keine gute Entscheidung gewesen, das Ding zu kaufen. Ich rechnete mir eine Wahrscheinlichkeit von 58% aus, dass die Palme bei mir überleben würde. Und wie so oft, wenn es um Entscheidungen ging, die mich betrafen, lag ich daneben, weil ich mich zu verantwortungsvoll einschätzte.

»Ja. Wow! Beinahe bin ich über das, was mir in Schottland zugestoßen ist, froh. Mein inneres Auge ist jetzt offen und ich weiß, was ich von einer Beziehung will und bin auch bereit an daran zu arbeiten.«

»Bist du das, die da spricht, oder ist das deine Therapeutin?«

Ich beschloss, dass die Palme nicht mehr zu retten war und stellte die Gießkanne beiseite. Ihr Schicksal sollte mir mal wieder eine Lektion sein.

»Ich natürlich.« Lena knallte eine Tür zu. »Sorry, habe mich noch immer nicht daran gewöhnt, dass im Haus alles viel lauter und größer ist als in unserer Wohnung. Die Zimmer sind riesig. Apropos Haus. Papa kommt morgen wegen der Zahlungsabwicklung vorbei. Und wegen eines Mercedes. Er meinte am Telefon zu mir, dass nächste Mal sollten wir besser aufpassen, wenn wir ein Auto mieten und uns nicht so übers Ohr hauen lassen. Ich habe keinen Plan, wovon er da sprach. Warum und wann haben wir ein Auto gemietet?«

Ich stöhnte ins Telefon, klemmte es zwischen Schulter und Ohr und versuchte die Palme in den Flur zu schieben, um sie später mit runter zum Müll zunehmen.

»Frag nicht. Der Autoverleih meint, ich hätte ihnen das falsche Auto zurückgebracht.«

»Welches Auto? Das, mit dem wir ins Hotel sind?«

»Genau das. Angeblich soll ich es gemietet und durch ein älteres Model eingetauscht haben.«

»Hä? Warum solltest du so etwas machen?«

»Eine gute Frage. Zum Glück kümmert sich die Kanzlei darum. Ich habe keine Ahnung, was ich noch zu dem blödsinnigen Vorwurf sagen soll, außer, dass ich das Auto nicht ausgetauscht habe.«

Es klingelte an der Tür.

Ich ließ die Palme da stehen, wo sie sich gerade befand – zwischen Flur und Wohnzimmer –, betätigte den Buzzer und öffnete die Wohnungstür. Vermutlich war das

DHL, mit einem Paket für meinen bestellfreudigen Nachbarn.

»Ah! Alex ist wieder da. Er hat neue Farbe besorgt, damit wir das Wohnzimmer weiter streichen können. Ich muss aufhören«, verkündete Leni. Ich konnte hören, wie sie ihm einen Willkommensschmatzer gab. »Wir können ja morgen weitersprechen, wenn Papa da ist. Bye, bye.«

Sie legte auf, bevor ich Tschüss sagen konnte. Kopfschüttelnd legte ich das Telefon zur Seite. Zwischen Alex und Leni lief es besser als jemals zuvor. Schottland hatte ihrer Beziehung gutgetan und sie wurden nicht müde, es jedem auf die Nase zu binden. Ihnen kann nicht mal ein blöder Schotte etwas. Alex war perfekt. Die Beziehung war perfekt und das Haus, das war auch perfekt.

Bäh.

Ich hörte den Postboten die Treppe mühsam hochsteigen. Es musste ein großes Paket sein.

»Stellen Sie es in den Gang. Und vergessen Sie nicht, einen Zettel zu schreiben. Das letzte Paket stand hier eine Woche herum, bis jemand dahinterkam, dass ich es habe«, rief ich in den Gang, während ich die Flecken auf dem Teppich betrachtete, wo zuvor die Palme stand. Sollte ich versuchen, das zu reinigen oder einfach etwas anderes draufstellen?

»Ich verstehe nicht, was du sagst. Deine Tür ist offen. Ich komme rein«, hörte ich Dimi auf Englisch antworten.

Erschrocken richtete ich mich auf.

Dimi! Hier! In Berlin!

»Du!«, rief ich wütend und eilte in den Gang. »Du gemeiner Hund, du! Wohin bist du mit Waldi verschwunden? Wir haben in der blöden Lagerhalle vier lange Stunden auf euch gewartet.«

Ich stemmte meine Hände in die Hüfte und sah ihn wütend an. Er sah aus wie in Schottland. Jeanshose, Jeansjacke, Shirt und noch immer die gebrochene Nase im Gesicht. Es herrschten Minusgrade da draußen, doch das schien ihn nicht zu stören. Er lief rum, als wäre Frühling.

»Ich musste Geschäfte erledigen«, rechtfertigte er sich, ließ einen schweren Seesack zum Boden gleiten und sah sich neugierig um. »Du wohnst wie in der Armee.«

Er nörgelte an meinem nihilistisch-minimalistisch angehauchten Lebensstil herum. Keine zwei Sekunden war er da, schon nörgelte er.

»Und du bist ein Arschloch. Du hast mir die falsche Kamera zurückgegeben. Ich hatte eine Panasonic, keine Canon.«

»Welche Kamera?«

»Du weißt genau, welche Kamera, frag nicht so blöd. Ich habe meine Kaution vom Verleih nicht zurückbekommen und habe dazu zu allem Überfluss eine Kamera herumstehen, die ich nicht brauche.

»Canon ist besser als alte Panasonic.« Dimi zog die Wohnungstür hinter sich zu und seine Schuhe aus.

»Das ist nicht der Punkt. Was machst du denn da?«, fragte ich ihn misstrauisch. Er war nicht eingeladen und ich wusste nicht, ob ich mich über das Widersehen freuen oder ärgern sollte.

Ich war unschlüssig.

»Ich ziehe Schuhe aus. In Russland ist es unhöflich mit Straßenschuhen ein Haus zu betreten.«

»Ich sehe, was du machst. Ich wollte wissen, was du hier machst. Woher hast du meine Adresse?«

»Ingrid«, antwortete er, stellte seine Schuhe gerade zur Wand und kam näher. »Ich bin wegen dir hier.«

Dimi blieb vor mir stehen und sah mich auf seine undurchdringliche, ruhige Art an.

Ich bekam einen Kloß im Hals.

»Wegen mir?«, fragte ich dumm.

»Wegen dir.«

»Warum?«

Dimi beugte sich noch weiter vor, soweit, dass sich seine Augen nur wenige Zentimeter vor den meinen befanden. Erst aus der Nähe konnte ich sehen, dass sie gar nicht schwarz, sondern dunkelbraun waren. Ich war dermaßen darauf fixiert, dass ich den Kuss erst bemerkte, als seine Lippen meine berührten.

Das kam unerwartet.

Nicht unwillkommen, aber unerwartet.

Deswegen war er also hier. Ich gluckste und ließ es zu. Überraschenderweise gefiel es mir. Dabei war er ein Halunke, dem man nicht über den Weg trauen sollte. Am Ende war das auch nur ein Trick, um mich auszunehmen. Morgen würde ich aufwachen und die Wohnung stand leer.

Meine plötzliche Sorge um die wenigen Sachen, die mir wirklich am Herzen lagen, überwog mein Herzklopfen und das einsetzende Hochgefühl.

»Halt. Halt. Halt!«, sagte ich streng. Ich hatte meine Lektion mit Malcolm gelernt. Noch einmal ließ ich mich nicht übers Ohr hauen.

Dimi hörte auf mich zu küssen.

»Warum genau bist du hier?«, fragte ich misstrauisch.

Anstatt zu antworten, hob er lediglich seine beiden Augenbrauen und betrat mein Wohnzimmer.

»Du hast keinen Geschmack«, kommentierte er meine Einrichtung. »Sieht aus wie in Klinik.«

»Du hast keine Manieren.«

Ich blieb im Türrahmen stehen und ließ ihn nicht aus den Augen. Was wurde das? Der war doch nicht einfach zu Besuch da. Das konnte er seiner Großmutter erzählen, aber nicht mir.

»Erinnerst du dich an *Госпожа Попов*?«

»Frau Popo?« Ich lachte. »Natürlich erinnere ich mich an sie. Wie könnte ich die vergessen?«

»Hmmm«, Dimi sah sich den Fernseher an und die dazugehörigen Boxen. »Sie hat mir einen Rat gegeben. Für die Zukunft.«

»Aha. Hat sie das? Finger weg von meinem Fernseher.« Ich stellte mich vorsorglich vor meine Gustav Klimt Skizze. Ein Original. Geschenk von Papa. »Was für ein Ratschlag war es denn? Sollst du dich um Mitternacht mit Krokodilkacka einreiben und Kamelurin trinken, um den "Fluch" wieder loszuwerden.«

»Ja. Das auch. Und dich heiraten.«

Ich lachte.

Er lachte nicht. Er sah mich ruhig an.

Ich hörte auf zu lachen.

»Du meinst das ernst«, stellte ich fest.

»Ja«, war seine Antwort, bevor er sich meinen Platten im Regal zuwandte.

»Machst du alles, zu was dir demente alte Frauen anraten?«

»Ja.« Er zog Prince - Purple Rain heraus und nickte zufrieden. Über die Platte oder über meine Frage, wusste der Himmel. »Gibt es in der Nähe ein gutes russisches Restaurant?«

Plötzlicher, plumper Themenwechsel. Wollte er mit mir Essen gehen?

»Du bist in Berlin. Hier gibt es alles. Indisch, Thai, Griechisch, Sudanesisch, Döner. Alles. Tu die wieder zurück. Das ist ein rares Exemplar.«

»Russisches Restaurant«, stellte er noch einmal klar. Er schob die Platte zurück.

Ich verdrehte über seine Hartnäckigkeit die Augen. Wäre ich in Russland, würde ich nicht nach einer deutschen Curry-Wurst fragen.

»Warum ausgerechnet Russisch? Ich kenne einen grandiosen Inder. Nach seinem Palak Paneer leckst du dir die Finger ab.«

»Ich muss Kontakte knöpfen«, war seine Antwort, bevor er sich auf das Sofa fallen ließ.

»Kontakte für was?«

Dimi grinste mich frech an. Es war die Art, wie er es sagte, die bei mir alle Alarmglocken läuten ließ.

»Für ein Projekt.«

ENDE

ÜBER DIE AUTORIN

Über mich gibt es in der Tat viel zu berichten. Selbstverständlich heiße ich nicht A.S. Love, sondern habe einen langweiligen osteuropäischen Namen, der sich auf einem Buchcover nicht so hübsch macht.

Ich studiere schon sehr lange, häufe akademische Titel an wie andere kleine Keramikkätzchen und Überraschungsei-Figuren und verdiene meinen Lebensunterhalt mit dem Schreiben.

In meiner Freizeit hänge ich oft herum und mache nichts Aufregendes. Ich trinke viel Wein, lasse aber immer einen Schluck in der Flasche, um mir vorzumachen, keine Alkoholikerin zu sein, weil ich eben nicht eine Flasche pro Tag lehre wie so manche meiner Bekannten. Die, unter uns gesagt, ganz sicher Alkoholiker sind.

Meine Freunde würden mich als liebenswert, witzig und gebildet bezeichnen. Ich selbst würde das nicht von mir behaupten. Dazu bin ich viel zu bescheiden.

Mein Freund ist sehr groß, klug und ein sehr fähiger Jurist. Wir haben zwei großartige, verwöhnte Katzen, holen uns bald einen süßen Welpen dazu und liebäugeln mit einem Gut in Mecklenburg-Vorpommern, das ich mit diesem Buch zu finanzieren plane. Falls du, liebe Leserin, lieber Leser, mich dabei unterstützen möchtest, kannst du gern noch mehr Exemplare kaufen und sie an deine Freunde verschenken.

Warst du jedoch unzufrieden mit dieser Geschichte, so fühle dich frei, mein Buch zu verbrennen und dir noch ein Exemplar zu besorgen, um dieses ebenfalls abzufackeln. Das kann man beliebig oft wiederholen. Dagegen habe ich keine Einwände.

Allen, die auf dem Kindle gelesen haben, würde ich allerdings davon abraten. Es könnte auf Dauer teuer werden, den Kindle zu ersetzen.

Deine
A.S. Love